LAS HOJAS ROJAS

Thomas H. Cook

Las hojas rojas

Traducción de
Martín Rodríguez-Courel Ginzo

Argentina • Chile • Colombia • España
Estados Unidos • México • Uruguay • Venezuela

Título original: *Red Leaves*
Editor original: Harcourt, Inc.
Traducción: Martín Rodríguez-Courel Ginzo

Copyright © 2005 *by* Thomas H. Cook
Published with arrangement with Harcourt, Inc.
© de la traducción, 2006 *by* Martín Rodríguez-Courel Ginzo
© 2006 *by* Ediciones Urano, S.A.
   Aribau, 142, pral. – 08036 Barcelona
   www.umbrieleditores.com

ISBN: 84-89367-08-6
Depósito legal: B - 29.284 - 2006

Fotocomposición: Germán Algarra
Impreso por: Romanyà-Valls
                     Verdaguer, 1 – 08786 Capellades (Barcelona)

Impreso en España – *Printed in Spain*

Para Susan Terner,
por su valor bajo las balas.

Vamos, vuelve a empezar de cero, dijo el maestro.
Utiliza lo que anda tirado por la casa.
Haz que sea sencillo y triste.

STEPHEN DUNN, *Visiting the master*

PRIMERA PARTE

Cuando los recuerdas, aquellos tiempos vuelven a ti en una sucesión de fotografías. Ves a Meredith el día que te casaste con ella. Estáis en el exterior del juzgado, y es un día radiante de primavera. Lleva un vestido blanco y está a tu lado, con la mano en tu brazo. Se ha prendido un ramillete de flores blancas en el vestido. Más que a la cámara os estáis mirando fijamente el uno al otro. Os brillan los ojos, y el aire baila a vuestro alrededor.

Luego vienen las cortas vacaciones antes de que nazca Keith. Descendéis por el río Colorado en una balsa, rociados por un agua blanca. Ahí estáis en New Hampshire, cegados casi por el follaje otoñal. En el mirador del Empire State Building miráis a la cámara haciendo muecas, con los pies separados y los puños apretados en las caderas, como si fuerais los amos del mundo. Tú tienes veinticuatro años, y ella veintiuno, y en vuestra manera de estar juntos hay una especie de confianza maravillosa, segura, casi chulesca. Sobre todo, no hay miedo. A esas alturas, habéis decidido que el amor es una especie de coraza.

Acunado en el brazo derecho de Meredith; así aparece Keith por primera vez. Ella está en la cama del hospital, con la cara bañada por el sudor y el pelo revuelto. El pequeño cuerpo de Keith flota en un revoltijo de ropa de cama. Tiene la cara de perfil, y una mano diminuta y rosada busca de manera instintiva algo que sus ojos cerrados no pueden ver, el pecho, casi al descubierto, de su madre. Meredith ríe ante el gesto, pero recuerdas también que se volvió loca de alegría, convencida de que aquello era una señal de gran inteligencia o de audacia precoz, de ambición, de ese instinto que deja huella. Le recordaste, bromeando, que su hijo sólo tenía unos minutos de vida. Sí, sí, por supuesto, fue lo que respondió ella.

Aquí está Keith a los dos años, puesto en pie, inseguro, caminando con paso vacilante hacia el oso de peluche que tu hermano Warren le regaló por Navidades. Warren está sentado en el sofá, junto a Meredith, y se ha inclinado hacia delante, con las manos grandes y regordetas desdibujadas, porque estaba aplaudiendo cuando hiciste la foto; aplaudiendo deprisa y con brío, mientras animaba a Keith a avanzar, como si fuera un viento favorable soplando en la espalda del crío. Qué afortunado eres, hermanito, te dirá en la puerta antes de marcharse, qué afortunado por tener todo esto.

A menudo posas ante todo lo que tienes. Aquí estás con Meredith y Keith, ya con seis años, y que sujeta un bate de béisbol de plástico, marca Wiffles, en las manos. Estáis delante de la pequeña casa de Cranberry Way. La comprasteis ofreciendo la más insignificante de las garantías económicas, y Meredith predijo que os denegarían el préstamo; así que, cuando os lo concedieron, descorchasteis una botella de champán barato y brindasteis por vuestra nueva condición de propietarios. Ahí está la foto: tú y Meredith, con las copas en alto, y, entre los dos, Keith remeda la pose, levantando su mano de seis años que sujeta un vaso de zumo de manzana.

El negocio prospera, y compráis una segunda casa, más grande, en un lugar más aislado. En esa casa más grande, las celebraciones festivas menudean. Trincháis el pavo y colgáis los adornos en árboles de verdad y, más tarde, por miedo al fuego, en árboles artificiales. Hay fotografías en las que aparecéis revolcándoos entre envoltorios de regalos y, con el paso de los años, las fotos muestran vuestras caras resplandecientes a la luz de muchas velas de cumpleaños.

Por vuestro decimoquinto aniversario le compras un anillo a Meredith, y con Keith y Warren de testigos, la vuelves a desposar, esta vez escribiendo vuestros propios votos. Esa noche, en la oscuridad reconfortante del dormitorio, te dice que nunca ha dejado de amarte, y no puedes hacer otra cosa que echarte a llorar.

Cuando Keith cumple diez años, le compras una bicicleta barata, sencilla de manejar, y a los catorce, un complicado artilugio de doce marchas. Keith no se siente especialmente atraído por la mecánica, así que dedicas algún tiempo a enseñarle cómo se meten las marchas. Al cabo de un rato, le preguntas si hubiera preferido una menos complicada, y te dice que sí, pero que no tiene nada que ver con las marchas. Es que él prefiere que todo sea menos complicado, te dice, y la mirada que hay en sus ojos al decirlo te sugiere que puede haber cimas ocultas en su interior, complejidades inesperadas, que desconoces. Sin embargo, no dices nada de esto, aunque más tarde te preguntas si tu hijo, ese que otrora descansaba con tanta seguridad en el brazo de Meredith, no ha empezado a salir del cómodo capullo que con tanto esmero habéis tejido en torno a él. Si es así, te alegras, y estás seguro de que a Meredith también le alegrará.

Pasa otro año. Keith ya es casi tan alto como tú, y Meredith no ha tenido nunca un aspecto más radiante. Te envuelve una reconfortante satisfacción, y te percatas de que no es la casa ni el negocio lo que te llena de esa sensación de éxito. Es tu familia, es la intensidad y el equilibrio que ha dado a tu vida, un arraigo apacible y una sensación de bienestar que tu padre nunca consiguió, y a la cual, por alguna razón, al final de ese verano, reconoces como la victoria culminante de tu vida.

Así que decides hacer una foto. Montas el trípode y llamas a Keith y a Meredith para que salgan. Te colocas entre ellos, con un brazo sobre tu hijo y el otro sobre tu esposa. Has puesto el temporizador a la cámara. Ves la luz de aviso y los atraes hacia ti. Listos, les dices, sonreid.

1

Las fotos de familia mienten siempre.

Eso fue lo que se me pasó por la cabeza cuando abandoné mi casa aquella última tarde, así que cogí nada más que dos.

La primera era de mi antigua familia, cuando era hijo y no padre. Estoy con mi madre y mi padre, junto a mi hermano mayor, Warren, y mi hermana pequeña, Jenny. Estoy sonriendo, feliz porque me acaban de admitir en un prestigioso colegio privado. Pero las demás sonrisas ahora me parecen falsas, porque incluso entonces debía haber habido fisuras en la imperturbable felicidad que expresan, fieras que merodeaban justo al otro lado de la lumbre del hogar.

Por ejemplo, al final de aquel verano, mi padre debió haber sabido sin duda que tantos años de malas inversiones y dispendios extravagantes habían acabado con él, que la bancarrota y las humillaciones que la acompañaban tardarían pocos meses en llegar. Sin embargo, dudo que pudiera haber previsto la tétrica oscuridad de sus últimos años, ni el hogar para jubilados donde se pasaría sentado hora tras horas, escudriñando a través de las cortinas de encaje, pensando en la espléndida casa en la que una vez habíamos vivido todos, otro de los bienes perdidos.

A pesar de todo esto, o quizás a causa de ello, mi padre mira a la cámara con una sonrisa amplia y curiosamente bravucona, como si el anciano sintiera que su sonrisa pudiera protegerlo de la horda de furiosos acreedores que ya se iba congregando para el asalto final. La sonrisa de mi madre es más indecisa: débil, vacilante, como una máscara traslúcida bajo la cual su verdadera faz, aunque borrosa, sigue siendo visible. Es una sonrisa forzada, en la que las comisuras de la boca se levantan como si fueran unas pesas tremendas, y si yo hubiera estado menos ensimismado, podría haber advertido su vacilación, acaso a tiempo de haberle hecho la pregunta que más tarde me repetí con tanta insistencia en mi pensamiento: *¿Qué estás tramando?*

Pero nunca pregunté y, por tanto, el día que su coche se precipitó al vacío por el puente Van Cortland, no se me ocurrió en ningún momento que pudiera haber tenido algo en la cabeza que no fuera lo que pensaba hacer para cenar o la ropa limpia que esa tarde había dejado pulcramente doblada en todas nuestras camas.

Mi hermano, Warren, está a mi izquierda con aire despreocupado. Sólo tiene quince años, pero ya está perdiendo pelo, y tiene una barriga ancha y redonda que le cae sobre el cinturón. Aunque resulte increíble, incluso a esa edad parece haber perdido la juventud. Está sonriendo, por supuesto, y no hay el más leve motivo para que no debiera hacerlo, aunque más tarde tuve que preguntarme qué miedos podrían haber empezado a aflorar ya entonces, la sensación de que ciertas semillas plantadas previamente acabarían dando un fruto siniestro.

Por último, está Jenny, tan hermosa que, ya a los siete años, hacía que las cabezas se volvieran cuando entraba en una habitación. Adorable, la llamaba siempre Warren. Solía acariciarle el pelo o, a veces, tan sólo se la quedaba mirando con admiración. Adorable, decía. Y lo era. Pero también era aguda e inteligente, una niña pequeña que volvió a casa de su primer día de colegio y me preguntó qué necesidad había de que el profesor repitiera las cosas. Le expliqué que se debía a que algunas personas no podían comprenderlas a la primera. Rumió esto durante un instante, pensando en silencio, como si intentara incorporar la desigualdad de la naturaleza al esquema de las cosas, calcular su coste humano. «Qué triste —dijo por fin, levantando aquellos ojos azul mar hacia mí— porque no es culpa de ellas.»

En esta fotografía en concreto la sonrisa de Jenny es amplia y despreocupada, aunque en todas las posteriores la sombra es claramente visible; la sombra, el conocimiento de que eso ya ha echado raíces en su fantástico cerebro, de forma microscópica al principio, no más grande que un puntito después, pero creciendo sin cesar, quitándole cosas a ella a medida que eso se va haciendo más grande, el equilibrio, su hablar sonoro, todo, excepto su belleza, antes de quitarle la vida.

Era en ella en la que pensaba más a menudo después de marcharme de casa aquella última tarde. No sé por qué, a no ser que sospechara que podría ser capaz de comprender las cosas mejor que yo, y por eso quería examinarlo todo con ella, seguir el rastro de la mecha encendida y sus sucesivas explosiones, buscar la sabiduría de Jenny y preguntarle: *¿Crees que todo tenía que acabar así, Jenny, o tal vez podría haberse evitado el daño, y no hubiera habido muertos?*

La tarde de aquella última muerte, él dijo: «Volveré antes de las noticias», refiriéndose, supongo, a las noticias nacionales, lo cual significaba que estaría de vuelta en casa antes de las seis y media. No había el menor indicio de malos presagios en lo que dijo, ni nada siniestro, ninguna sensación en absoluto de que el centro se hubiera desmoronado.

Cuando recuerdo aquel día, pienso en mi segunda familia, esa en la que soy el marido de Meredith y el padre de Keith, y me pregunto lo que podría haber dicho o hecho para detener la marea roja que nos anegó. Sucede cuando veo otra foto, ésta de la hija pequeña de otra familia, una fotografía escolar utilizada en un cartel distribuido a toda prisa, en la que la pequeña sonríe feliz bajo las letras frías y negras: DESAPARECIDA.

Amy Giordano.

Era la única hija de Vince y Karen Giordano. Vince era el propietario de una modesta frutería situada justo en las afueras de la ciudad. Se llamaba Frutas y Verduras Vincent, y Vince se vestía como un anuncio ambulante para ir a trabajar: pantalones de franela verde, camiseta verde y gorra verde, las dos últimas prendas adornadas con el nombre de la tienda. Era un hombre bajo y musculoso, con aspecto de luchador de instituto que se hubiera abandonado por completo, y la última vez que lo vi —con anterioridad a la noche en que Keith saliera rumbo a su casa— transportaba una bolsa de papel marrón con seis carretes de fotos. «Mi hermano y su familia han estado aquí una semana —explicó mientras me entregaba la bolsa— y su mujer es una fanática de las fotos.»

Yo tenía una pequeña tienda de revelado y artículos fotográficos en la única calle comercial de la ciudad, y las fotos que Vincent

Giordano me dejó aquella tarde mostraban a dos familias. Una numerosa, con al menos cuatro hijos de edades comprendidas aproximadamente entre los cuatro y los doce años, y que por fuerza tenía que haber pertenecido al hermano visitante y a su esposa, la fanática de las fotos. La otra familia era pequeña, un círculo de tres: Vince, su esposa, Karen, y Amy, la única hija de ambos.

En las fotos, las dos familias se muestran en las actitudes que esperaría cualquiera que revele fotos familiares tomadas al final del verano en una pequeña ciudad costera. Repantigados en tumbonas o apiñados en mesas de jardín comiendo hamburguesas o perritos calientes. A veces se tumban en toallas de playa de brillantes colores o suben por la pasarela de barcos de pesca alquilados. Sonríen y parecen felices, y da la sensación de que no tienen nada que esconder.

Desde entonces, he calculado que Vincent dejó los seis carretes de fotos durante la última semana de agosto, menos de un mes antes de la fatídica noche de viernes cuando él y Karen salieron a cenar. Los dos solos, como más tarde le dijo a la policía. Los dos solos... sin Amy.

Amy me ha recordado siempre a Jenny. Y no sólo por lo guapa que era, la larga melena ondulada que vi en las fotos de su familia, los profundos ojos azules y la piel blanca y luminosa. Amy era preciosa, sin duda, como preciosa lo había sido Jenny. Pero de las fotografías se desprende una sensación de agudeza parecida. Miras a los ojos de Amy y piensas que —al igual que Jenny— lo veía todo. A los periodistas, el detective Peak la describió como «muy inteligente y llena de vida», pero era más que eso. Tenía la misma forma de mirar detenidamente las cosas durante mucho tiempo que Jenny, como si estudiara sus estructuras. Es lo que hizo la última vez que la vi. Aquella tarde de septiembre Karen me había llevado unos cuantos carretes más, y mientras yo anotaba el encargo, Amy empezó a andar por la tienda, examinando con cuidado lo que allí encontraba, las pequeñas cámaras que tenía a la venta, digitales en su mayoría, junto con diversas lentes, fotómetros y fundas. En un momento dado, cogió una de las cámaras y le empezó a dar vueltas en sus pequeñas manos blancas. Fue una escena fascinante, la de esa preciosa niña perdida en una inspección meditabunda, silenciosa, curiosamente intensa, minuciosa. Al observarla, tuve la sensación de que ella estaba estudiando los diversos mecanismos de la cámara, sus botones y conmutadores, sus indicadores. La mayoría de los niños empiezan a sacar fotos entre risas y bromas sin preocuparse de nada más, pero la mirada que había en la cara de Amy era la de un científico o un técnico, un observador de materiales y funciones mecánicas. No quería hacer una foto; quería descubrir cuál era el proceso.

«Era tan especial», les dijo Karen Giordano a los periodistas, palabras que suelen utilizar los padres para describir a sus hijos. Como descripción, acostumbra a ser exagerada, puesto que la inmensa mayoría de los niños no tienen nada de especial, salvo a los ojos de aquellos que los aman. Pero eso no importa. Lo que importa es que era la hija de Karen Giordano. Así que, en esos días en que recorro la calle del pueblo, fijándome en caras que vistas desde arriba podrían parecer indistinguibles como granos de arena, acepto la idea de que para alguien de aquí abajo, alguien cercano, cada cara sea única. Es la cara de una madre o de un padre, de una hermana o de un hermano, de una hija o de un hijo. Es una cara sobre la que se han grabado miles de recuerdos y, por tanto, está diferenciada de cualquier otra. Ésta es la esencia de todo cariño, la cualidad que nos hace humanos, y si no lo tuviéramos, nadaríamos para siempre en un mar de indiferencia, con la mirada vidriosa y sin conciencia, buscando sólo el sustento más básico. Conoceríamos el dolor de los dientes en nuestra carne y los punzantes arañazos de las piedras y el coral, pero no sabríamos nada de la lealtad y, por ende, nada de la angustia de Karen Giordano, del mundo de sentimientos que era el suyo, del daño irreparable y la pérdida irrevocable, de la agonía y la violencia que yacen ocultas, como todos llegaríamos a aprender, en la sencilla promesa de estar en casa antes de las noticias.

2

Aquel verano llovió poco y, por lo tanto, cuando oí el estruendo del trueno, miré hacia arriba, pero no vi nada más amenazante que unas cuantas nubes altas, rotas y hechas jirones, ya sólo unas pinceladas blancas que cruzaban el azul.

—Una tormenta seca —dije.

Meredith asintió con la cabeza desde la hamaca, pero mantuvo la atención en la revista que estaba leyendo.

—A propósito —dijo—. Esta noche tengo una reunión del departamento.

—¿En viernes? —pregunté.

Se encogió de hombros.

—Eso fue justo lo que pensé, pero el doctor Mays dice que tenemos que echarle un vistazo al año que viene. Para asegurarnos de que tenemos los objetivos claros.

Durante los últimos ocho años, Meredith había estado dando clases en el departamento de inglés de la escuela universitaria de la localidad. La mayor parte del tiempo no había pasado de humilde profesora asociada a tiempo parcial; entonces, de repente, la suerte le había abierto las puertas a una plaza a jornada completa, y, a partir de ese momento, había ido asumiendo cada vez más obligaciones administrativas, y acudía a seminarios en Boston y Nueva York. Cada nueva responsabilidad añadida le había fortalecido la confianza y la seguridad en sí misma, y cuando pienso en ella ahora, me parece que no había parecido nunca más feliz que aquella noche, relajada y despreocupada, una mujer que había encontrado el equilibrio entre la familia y la carrera que más se adecuaba a ella.

—Supongo que llegaré a casa a las diez —dijo.

Yo estaba junto a la parrilla de ladrillo que había construido hacía cuatro veranos, una estructura innecesariamente grande de la que me gustaba alardear por el cariño y oficio que había empleado al construirla. Tenía cimbras de ladrillos y escalones de ladrillos y pequeñas repisas de ladrillos, y me encantaba la rotunda solidez que mostraba, augurio de que resistiría incluso la más virulenta de las tormentas. También me había encantado cada uno de los aspectos del trabajo, el tacto espeso y húmedo del mortero y la pesadez del ladrillo. En todo ello no había nada endeble, nada precario ni vacilante ni nada que pudiera venirse abajo. Como Meredith me dijo más tarde, era una metáfora no de cómo eran las cosas, sino de cómo quería yo que fuesen, todo alineado de manera uniforme, hecho de materiales sólidos y firmes, construido para durar.

Cuando pienso ahora en nuestra casa, me doy cuenta de que tenía la misma vocación de solidez. Estaba construida con madera antigua, toscamente labrada y casi petrificada. El techo del salón, soportado por gruesas vigas, se levantaba formando un ángulo de cuarenta y cinco grados; en uno de sus extremos había un hogar de piedra gris. Los cimientos eran, sin discusión, producto de una mente que buscaba la seguridad. En el jardín había árboles y arbustos silvestres que impedían que la casa se viera desde la carretera. Un camino sin asfaltar serpenteaba perezoso, formando un largo círculo, hasta la parte delantera de la casa, ascendía luego por una pequeña colina y volvía a girar hacia la carretera principal. Se podía tomar el camino y desaparecer de inmediato en un bosque densamente poblado. Salvo por un calvero entre los árboles, nadie hubiera sospechado siquiera que vivía una familia en las cercanías. Como dijo Meredith en una ocasión, vivíamos en una isla desierta en medio del bosque.

Había puesto un par de hamburguesas más, porque Warren había llamado antes dando la sensación de estar cansado, después de su larga jornada como pintor de brocha gorda. Yo sabía que mi hermano detestaba pasar la noche del viernes solo, así que lo había invitado a una cena al aire libre. En las últimas semanas había empezado a beber más, y sus esfuerzos fugaces por «encontrar la mujer adecuada» habían decaído tanto en número como en intensidad. El año anterior, reparando una zona podrida del tejado de madera de la pequeña casa de dos plantas que tenía alquilada, se había caído de una escalera; en la caída se rompió la cadera y había tenido que guardar cama durante un mes. Y no teniendo quien lo cuidara, ni esposa ni hijos, se había trasladado al cuarto de Keith durante la convalecencia; un período que dedicó a los juegos informáticos y a ver vídeos, por lo general películas de aventuras, porque, como decía con una sonrisa dulce y burlona: «Hay muchas cosas de las que tengo que mantener alejada la mente».

Llegó poco antes de las cinco, moviéndose con lentitud mientras subía el sinuoso sendero que conducía hasta la parrilla. En torno a él, a la luz del sol poniente, las hojas mostraban unos colores tan brillantes que parecía que caminaba a través de un cuadro al óleo resplandeciente. El follaje siempre había sido espectacular, pero lo que más me maravillaba era el arce japonés que había plantado al final del sendero; sus gráciles ramas, cargadas de hojas rojas, se extendían como brazos envolventes que parecían atraerlo a uno bajo su cuidado protector.

—Bueno, ¿cómo le va al chef? —preguntó Warren mientras se dejaba caer en una silla del jardín a pocos centímetros de Meredith.

Ella bajó la revista.

—Es sólo el chef de verano —dijo Meredith con indiferencia—. Cuando no está junto a esa parrilla, no mueve un dedo. —Se levantó de la tumbona—. Tengo que vestirme —añadió, y entró en la casa dando saltitos.

—¿Vestirse para qué? —preguntó Warren.

—Reunión del departamento —respondí.

En el interior de la casa se oyó el teléfono, y por la ventana delantera vi a Keith abalanzarse a cogerlo, moviéndose con más agilidad de lo normal, así que tuve la fugaz intuición de que la persona al otro extremo de la línea podría ser la novia por la que Keith había estado suspirando sin duda largo tiempo. Habló poco, colgó el teléfono y se acercó a la puerta.

—¿Algún problema en que haga de canguro esta noche? —preguntó—. La señora Giordano no puede contar con Beth.

Yo sabía que Karen Giordano solía contratar a Beth Carpenter como canguro cuando ella y Vince salían, pero, a veces, cuando la chica no estaba disponible, llamaba a Keith. Él la había sustituido cuatro o cinco veces antes de esa noche, y había regresado siempre a casa antes de las once, por lo general con alguna anécdota sobre Amy, lo inteligente y bien educada que era y lo bien que le cuadraba el nombre que él le había puesto: la princesa Perfectina.

—¿Has hecho los deberes? —pregunté.

—Excepto el álgebra —dijo Keith—. Además, hoy es viernes, papá. Tengo todo el fin de semana. —Arrugó el entrecejo, como si echara de menos una palabra clave—. Bueno, ¿puedo o no?

Me encogí de hombros.

—De acuerdo.

Keith volvió adentro, donde alcancé a verlo una vez más a través de la ventana mientras hablaba por teléfono, un chico alto y desgarbado de quince años, con una mata de pelo negro y una piel tan blanca y suave al tacto que parecía casi femenina.

—Tienes un buen chaval, Eric —dijo Warren. Echó un vistazo a la parrilla—. Eso huele bien.

Unos minutos después estábamos reunidos en torno a la mesa con bancos adosados. Meredith se había puesto su atuendo profesional, que incluía pañuelo de seda y zapatos de salón negros de tacón moderado. Keith llevaba sus habituales vaqueros y una camiseta, además de las gastadas zapatillas de deporte, que por lo general no solía atarse.

Recuerdo que esa noche la conversación fue bastante limitada. Hablé de un carrete de fotos que había revelado esa mañana, veinticuatro fotos del mismo pececito rojo. Meredith dijo que había llegado a gustarle Dylan Thomas más que en el pasado, en especial aquel poema sobre una niña pequeña que había muerto en un incendio en Londres. «Le pidieron que escribiera un poema sobre la niña —dijo—, pero se negó y, en su lugar, escribió algo universal.»

Warren se quejó sobre todo de que la cadera seguía molestándolo y de que, en un año o dos, tal vez necesitara pasar por el quirófano. Había sido siempre de los que necesitan compasión, y la buscaba; era la clase de hombre del que uno pensaría que se había quedado huérfano de joven y que por eso no paraba de buscar una dulce mano materna. Mi padre siempre lo había encontrado débil y carente de ambición, y lo llamaba «jornalero» a sus espaldas, y decía a mi madre que no lo mimara, una de las pocas órdenes de mi padre que ella había desobedecido a conciencia.

En cuanto a Keith, parecía aún más callado de lo habitual, con la cabeza inclinada sobre el plato, como si sintiera vergüenza de mirarnos a los ojos. Siempre había sido un chico tímido, difícil y retraído, propenso a lesionarse, y con una precoz aversión hacia el contacto físico. Rehuía los deportes, pero no por su interés por alguna otra actividad, tocar un instrumento musical, por ejemplo, ni porque tuviera alguna otra inclinación o afición, sino sólo porque parecía recelar de que lo tocaran. Pero, por encima de todo, daba la sensación de ser un chico encerrado en sí mismo, sin ninguna intención de abrirse a los demás.

Meredith me había preguntado más de una vez si no pensaba que Keith debería ver a alguien. No es que yo fuera reacio a la sugerencia, pero al mismo tiempo no tenía ni idea de a quién podría ir a ver. Y, por supuesto, la verdadera pregunta, según me parecía, no era si practicaba deportes o tenía amigos, sino si era o no feliz. Pero yo no tenía manera de saberlo, así que lo dejé a su aire, y los primeros años de su adolescencia transcurrieron tranquilamente, casi en silencio, hasta que llegaron al final de aquel verano, y él estaba sentado a la mesa, encorvado sobre su plato, mientras Meredith salía corriendo hacia la reunión y Warren se dejaba caer en la tumbona y yo recogía la mesa y limpiaba la parrilla.

—Bueno, ¿me vas a llevar o no? —preguntó Keith cuando salió de la casa, ya vestido para la fresca noche otoñal con pantalones caqui, camisa de lana y parka azul.

—Estás muy guapo —dije.

—Sí, ya —gruñó.

—No, me refiero a que te estás convirtiendo…

Levantó una mano para detenerme.

—Bueno, ¿me vas a llevar?

Antes de que pudiera responder, Warren se levantó de la tumbona con dificultad.

—Deja que tu padre termine. Te llevaré yo.

Así que se fueron, mi hermano y mi hijo, alejándose por el sendero de ladrillo a través de una luz crepuscular, el uno ancho y fofo, el otro delgadísimo y erguido, cortando el aire como una cuchilla.

Cuando se hubieron ido, terminé de limpiar, y después de restregar con cuidado la forja carbonizada de la parrilla, entré en la casa. Meredith había dejado un libro sobre la mesa, *Poesía completa de Dylan Thomas*. Lo cogí, fui hasta mi sillón y encendí la lámpara acodada. Entonces abrí el libro, busqué el poema sobre el que había hablado ella durante la cena y lo encontré difícil de seguir, aunque bastante interesante, sobre todo la triste reflexión final de que, según el poeta: «Después de la primera muerte, no hay otra».

Cuando sonó el teléfono unas horas más tarde, estaba dormitando en mi sillón.

Era Keith.

—No tienes que venir a recogerme —dijo—. Voy a salir un rato. Puede que vaya a dar una vuelta por ahí con alguna gente.

Era la primera vez que oía que Keith fuera sin más a buscar a otras personas, pero dado su perturbador aislamiento, la noticia de que pudiera sentir semejante necesidad se me antojó una señal de normalidad esperanzadora.

—¿A qué hora vendrás entonces? —pregunté.

—No lo sé —respondió—. Antes de… medianoche, ¿de acuerdo?

—De acuerdo —dije—. Pero no más tarde. Tu madre se preocuparía.

—Muy bien, papá —dijo.

Colgó, y volví a mi sillón, aunque no a *Poesía completa de Dylan Thomas*. Nunca había tenido un gusto especialmente refinado para la literatura, aunque la narrativa seria podía hacerse un hueco de manera ocasional entre las obras de no ficción que constituían mi alimento habitual. Esa noche en concreto, era un libro sobre una tribu africana que había sido desplazada, trasladada de una región en la que sus componentes habían sido granjeros a otra en la que se habían visto reducidos a conseguir el alimento entre la escasa vegetación que salpicaba el por lo demás inhóspito y pedregoso terreno. Cuando sus con-

diciones de vida se hicieron más desesperadas, sus antiguas institu-
ciones sociales y religiosas se derrumbaron. Todo aquello que otrora
había parecido tan sólido se desmoronó, todas sus costumbres, sus
relaciones... Todo. No había una naturaleza humana sólida, afirmaba
el libro, sólo necesidades satisfechas e insatisfechas. Nuestras raíces
más profundas se hunden en arenas movedizas.

Acababa de terminar el libro cuando Meredith volvió a casa.

Pareció sorprendida de que no me hubiera acostado.

—Ha llamado Keith —le dije—. Volverá tarde.

Meredith dejó caer el bolso en el sofá y empezó a quitarse los zapatos.

—Supongo que hoy los Giordano trasnochan.

—No, ya se ha ido de su casa —le dije—. Dijo que quizá saliera
a dar una vuelta con alguien.

Meredith ladeó la cabeza entre extrañada y burlona.

—Bueno, ésa es una novedad interesante. O lo será, si es que es
verdad.

Sus últimas palabras me sonaron inesperadamente desconfiadas.

—¿Verdad? —pregunté—. ¿Por qué no habría de ser verdad?

Ella se acercó y me tocó la cara, mirándome con una extraña indulgencia, como si le explicara la vida a un niño pequeño.

—Porque la gente miente, Eric.

—Pero ¿por qué otra razón iba a salir? —pregunté.

Se encogió de hombros.

—Tal vez para comprar droga —bromeó—. O a lo mejor es un
mirón.

Me eché a reír, y ella también, puesto que la imagen de nuestro
hijo merodeando en las sombras y atisbando por las ventanas nos pareció cómica, una de las muchas cosas que éramos incapaces de ima-
ginarlo haciendo.

—Le dije que regresara a casa antes de las doce —le informé.

Ella me cogió de la mano.

—Vayámonos a la cama —dijo.

Meredith solía dar vueltas sin descanso durante horas antes de
quedarse dormida, pero esa noche fue diferente. Se quedó dormida

de inmediato, como alguien agotado tras una larga jornada de trabajo. La estuve observando durante un rato, complacido por lo preciosa
e inteligente que era, inmensamente feliz por la vida que compartía-
mos. A esas alturas, muchos de nuestros amigos se habían divorciado,
y los que no lo habían hecho apenas parecían estar mejor, instalados o
en la insolencia recíproca o en el desprecio; para ellos, el placer compartido una vez era sólo ya un recuerdo lejano.

Nos conocimos durante el último año de facultad, salimos durante seis meses y nos casamos. Vivimos una temporada en Boston, donde ella dio clases en una escuela pública y yo trabajé en una compañía
farmacéutica. Ambos odiábamos nuestros trabajos, así que, a los pocos meses del nacimiento de Keith, nos liamos la manta a la cabeza y
nos mudamos a Wesley, conseguimos un préstamo y nos compramos
la casa de madera y la tienda de fotografía. Los primeros siete años
Meredith se había quedado en casa con Keith, al cabo de los cuales
aceptó un trabajo como profesora a tiempo parcial en la escuela universitaria. Cuando Keith se hizo más mayor, ella aumentó sus horas
lectivas semanales, librándose de sus antiguas obligaciones caseras
como de una piel seca; había rejuvenecido y estaba más radiante, esa
impresión me daba, así que esa noche no me sorprendió que, mientras dormía, en sus labios se esbozara de repente una sonrisa apacible.

Miraba detenidamente aquella sonrisa cuando oí el chirrido de
los frenos de un coche en el extremo más alejado del camino. Me in-
corporé en la cama y miré por la ventana. Para entonces el coche estaba reculando hacia la carretera, y dos haces de luz barrieron la maleza con una gracilidad suave y fantasmal. Al cabo de unos segundos
vi avanzar a Keith por el camino sin asfaltar que rodeaba la puerta delantera, lento y titubeante el paso, la cabeza gacha como si luchara
contra un viento hostil.

Despareció de la vista al cabo de un rato. Luego oí el chasquido
metálico de la puerta principal y el sonido de sus pisadas, al subir las
escaleras, cuando pasó junto a nuestro dormitorio y al dirigirse por el
pasillo hacia su cuarto.

Estaba abriendo la puerta de su habitación cuando salí al pasillo.

—Hola —dije.

No se volvió hacia mí, sino que se paró de cara a la puerta, con el cuerpo extrañamente rígido.

—¿Te lo has pasado bien con tus amigos? —pregunté en voz baja.

Asintió con la cabeza, y las largas hebras de su pelo se movieron como una cortina enmarañada.

—Estupendo —dije.

Al darse la vuelta con cuidado para mirarme, vi que tenía la parte inferior de la camisa arrugada, como si se la hubiera remetido apresuradamente.

—¿Te importa si me acuesto ya? —Lo preguntó de manera un tanto cortante, aunque con la impaciencia normal en un adolescente.

—No —respondí—. Sólo quería asegurarme de que estabas bien.

Se dio la vuelta con rapidez y desapareció dentro de su cuarto, dejándome solo en el pasillo apenas iluminado.

Volví a la cama, completamente despejado ya, preso de una desazón inexplicable, la sensación de que algo en la naturaleza de las cosas se había vuelto en silencio contra mí, socavando mi larga certidumbre; como si, por debajo de los sólidos cimientos de la casa, pudiera sentir un sutil temblor de tierra.

3

Cuando entré en la cocina a la mañana siguiente, Meredith ya estaba levantada y hacía el desayuno.

—Vaya, hola, dormilón —dijo con indulgencia.

La atmósfera estaba impregnada del aroma del beicon y del café que se estaba haciendo, unos olores que marcan a un hombre de familia con tanta certidumbre como la colonia barata traiciona a un sinvergüenza.

—Desbordas energía esta mañana —le dije.

Meredith levantó una tira de beicon con el tenedor y la dejó sobre un trozo de papel de cocina para que escurriera.

—Me desperté hambrienta. ¿Nunca te despiertas con hambre?

Por alguna razón, percibí un débil tono de acusación en su pregunta, la sensación de que mi falta de apetito por la mañana temprano significaba unas deficiencias más profundas. ¿Carecía también de ambición?, parecía preguntarme. ¿Y de pasión? ¿Andaba escaso del suficiente deseo?

Retiró el beicon del papel de cocina y le dio un rápido mordisco. «Humm.» Partió el extremo colgante de la tira, arrancando la carne en trozos pequeños. Con voracidad; casi esperé oírla gruñir.

¿Hizo algo de todo esto?, me pregunto ahora. ¿O fue simplemente algo que pensé que veía? Y, aun si todo estuviera allí, ¿adónde va un hombre con unos presentimientos tan extraños, con una sensación, vaga e inefable, de que en realidad no conoces a quien conoces, de que todos los sonidos previos no han calado más allá de los bajíos?

Me senté a la mesa, cogí el periódico y eché un vistazo al titular, algo acerca de la propuesta de los presupuestos de la ciudad.

—Keith llegó tarde. —Pasé la hoja despreocupadamente, buscando ya el anuncio que había insertado hacía tres días—. A eso de las doce, me parece.

Meredith cogió la jarra de la cafetera y sirvió una taza humeante para cada uno.

—Le oí llegar —añadí—. Pero tú estabas como un leño.

Ella se sentó, dio un sorbo al café y se sacudió el pelo con un arrebato primitivo, como una mujer en un bar de carretera.

—Hace una bonita mañana —dijo. Y se echó a reír.

—¿Qué es tan divertido?

—Bueno, no es más que un chiste tonto que nos contó el doctor Mays en la reunión.

—¿Y cuál era?

Ella hizo un gesto con la mano.

—No le verías la gracia.

—¿Por qué lo dices?

—Porque es tonto, Eric. No te gustaría.

—Prueba a ver.

Se encogió de hombros.

—Muy bien —dijo—. En realidad no es un chiste; más bien es una cita. De Lenny Bruce. —Volvió a reírse—. Él decía que la diferencia entre un hombre y una mujer es que cuando a una mujer se la empuja por una ventana de vidrio no se levanta pensando en el sexo.

—¿Eso cuenta el doctor Mays? —le pregunté—. ¿El mismo doctor Mays de gafas de culo de botella, chaqueta de tweed y pipa de espuma de mar?

Meredith dio otro sorbo de café.

—El mismo.

Doblé el periódico y lo dejé en la mesa.

—Me sorprende que haya siquiera oído hablar de Lenny Bruce.

Meredith partió otra tira de beicon del plato y le dio un pequeño mordisco.

—La gente no es siempre lo que parece —dijo.

—Yo sí. —Abrí los brazos en cruz—. Soy exactamente lo que parezco.

Empezó a responder, se contuvo y dijo:

—Sí, tú sí, Eric. Eres exactamente lo que pareces.

De nuevo, tuve la débil sensación de ser acusado de plano, unidimensional, de ceñirme siempre a las normas, de ser aburridamente transparente. Pensé en mi padre, el hombre de los misterios, en sus ausencias sin explicaciones y repentinos regresos al círculo familiar; en su silla vacía en la mesa del comedor, en la mirada ausente de los ojos de mi madre cuando se posaban en ella. Encogí los brazos.

—Y eso es bueno, ¿verdad? —pregunté.

—¿Qué es lo que es bueno? —preguntó a su vez Meredith.

—Que sea lo que parezco —respondí—. Porque, de lo contrario, podrías tenerme miedo.

—¿Miedo?

—De que pudiera convertirme de repente en otra persona. Un asesino o algo así. Uno de esos tipos que vuelven a casa después de un día de trabajo y mata a toda su familia a machetazos.

Meredith pareció asustarse un poco.

—No digas esas cosas, Eric. —Apartó con rapidez la mirada, y acto seguido volvió los ojos hacia mí, oscuros y brillantes, como si se hubieran cambiando las tornas y acabara de descubrir al animal que había en mí.

—Es sólo una forma de hablar —le dije—. Lo que quiero decir es que, si la gente no fuera realmente lo que parece, jamás podríamos confiar los unos en los otros, y si eso ocurriera, todo se desmoronaría, ¿no te parece?

Le dio vueltas a la cuestión en la cabeza y pareció llegar a alguna conclusión al respecto, aunque no hizo la más ligera insinuación de qué se trataba. En su lugar, se levantó, fue hasta el fregadero y se puso a mirar el jardín. Sus ojos se movieron con rapidez, de la mesa con bancos adosados a la parrilla, antes de posarse en el comedero de madera para los pájaros, que colgaba de un pino cercano.

—Se acerca el invierno —dijo—. Odio el invierno.

Aquél era un sentimiento que jamás había expresado.

—¿Que odias el invierno? Pensaba que te encantaba. El fuego, el calor de la casa…

Me miró.

—Tienes razón. Supongo que lo no me gusta es el otoño.

—¿Por qué?

Volvió a mirar por la ventana. Su mano derecha se levantó, como por propia voluntad, un pájaro blanco que se elevó hasta posarse en el cuello de Meredith.

—No lo sé —dijo—. Puede que solamente sea que caen todas las hojas.

Algunas hojas ya habían caído, advertí al avanzar por el sendero hacia el coche. Eran grandes y amarillas, con pequeños puntos marrones de aspecto algo inquietante, como cánceres diminutos en la carne de la hoja.

Y tal vez fue ésa la razón de que pensara en Jenny mientras seguía avanzando esa mañana por el sendero. Era incapaz de imaginar el gélido estremecimiento que sin duda había recorrido a mi padre y a mi madre cuando el médico diagnosticó por primera vez el tumor. O puede que lo que hubieran sentido fuera que una cuchilla les abría la carne, derramando sobre el suelo embaldosado cualquier esperanza de felicidad futura. Jenny, la inteligente, la más prometedora de todos, iba a morir; así que ya no la veríamos crecer en las fotografías familiares, ni actuar en las obras de teatro del colegio, ni en la ceremonia de graduación. No habría fotos de su ingreso en la universidad, ni de su matrimonio, ni de sus hijos. Eso debió ser lo que se les ocurrió en aquel momento, decidí: que la vida que habían esperado, tanto la de Jenny como la de ellos, acababa de explotar, dejando tan sólo una estela de humo acre.

Había llegado al coche, y ya estaba a punto de meterme dentro cuando vi que Meredith abría la puerta delantera, el brazo extendido, haciéndome señas con la mano para que regresara a la casa.

—¿Qué pasa? —grité.

No dijo nada, pero siguió agitando la mano, así que cerré la puerta del coche y volví a la casa.

—Es Vince Giordano —dijo, e hizo un gesto con la cabeza hacia el teléfono de la cocina.

La miré con una extrañeza burlona.

—Hola, Vince —dije.

—Eric. —Su voz sonó con dureza—. Escucha, no he querido inquietar a Meredith, pero tengo que saber si has... si has visto a Keith esta mañana.

—No, no lo he visto. Los sábados suele levantarse tarde.

—Pero ¿está en casa? ¿Volvió anoche a casa?

—Sí, sí que volvió.

—¿Sabes a qué hora?

De repente sentí que mi respuesta adquiría una importancia inesperada.

—Alrededor de las doce, creo.

Se produjo un silencio breve, tras el cual Vince dijo:

—Ha desaparecido...

Esperé a que Vince terminara la frase, a que me dijera qué es lo que había desaparecido, una sortija, un reloj, algo que Keith pudiera ayudar a encontrar.

—Amy no estaba esta mañana en su cuarto —añadió Vince—. Esperamos a que se levantara y bajara, pero no lo hizo. Así que subimos a mirar... y... no estaba.

Más tarde recordaría las palabras de Vince no tanto como palabras, sino como un tañido lejano de campanas, acompañado de un cambio palpable en la densidad del aire que me rodeaba.

—Hemos buscado por todas partes —prosiguió Vince—. En toda la casa, en el vecindario. No hemos podido encontrarla en ningún sitio, así que pensé que quizá... Keith...

—Voy a despertarlo —dije con rapidez—. Te llamo enseguida.

—Gracias —dijo Vince en voz baja—. Te lo agradezco.

Colgué y dirigí la mirada hacia donde estaba Meredith. Ella leyó la expresión de mi cara, y de pronto su preocupación se hizo evidente.

—Se trata de Amy —le expliqué—. No la encuentran. No estaba en su cuarto esta mañana. Han buscando por todas partes, pero hasta el momento, nada.

—Oh, no —susurró Meredith.

—Tenemos que hablar con Keith.

Subimos juntos las escaleras. Llamé a su puerta con los nudillos. No hubo respuesta. Volví a llamar.

—¿Keith?

Siguió sin haber respuesta, así que intenté abrir la puerta. Estaba cerrada, como siempre. Volví a llamar, esta vez con más fuerza.

—Keith, levántate. Es importante.

Oí un gemido sordo, seguido de los pasos amortiguados de mi hijo al dirigirse a la puerta.

—¿Qué sucede? —gruñó sin abrirla.

—Se trata de Amy Giordano —dije—. Acaba de llamar su padre. No la encuentran.

La puerta se abrió un poco y entonces un ojo acuoso pareció nadar hacia mí como un pequeño pez azul que surcara el agua turbia de un acuario.

—¿Que no la encuentran? —preguntó.

—Eso es lo que he dicho.

Meredith se pegó a la pared junto a la puerta.

—Vístete y ven abajo, Keith —dijo Meredith. Empleó un tono bastante severo, como de profesora—. Deprisa.

Bajamos, nos sentamos a la mesa de la cocina y esperamos a que Keith se reuniera con nosotros.

—Quizás Amy haya salido a dar un paseo —dije.

Meredith me miró con expresión preocupada.

—Si le ha ocurrido algo a Amy, Keith sería el primero del que sospecharán.

—Meredith, no hay razón para...

—Tal vez deberíamos llamar a Leo.

—¿A Leo? No. Keith no necesita a ningún abogado.

—Sí, pero...

—Meredith, lo único que vamos a hacer son unas cuantas preguntas a Keith. Como cuándo vio a Amy por última vez, si parecía encontrarse bien... Luego llamaré a Vince y le contaré lo que nos haya dicho. —Le lancé una mirada intensa—. ¿De acuerdo?

Hizo un rígido movimiento de asentimiento con la cabeza.

—Sí, muy bien.

Keith bajó las escaleras arrastrando los pies, todavía somnoliento, rascándose la cabeza.

—Bueno... ¿qué es lo que decías sobre Amy? —preguntó mientras se dejaba caer en una de las sillas de la cocina.

—Que ha desaparecido —le dije.

Keith se frotó los ojos con los puños.

—Eso es una locura —dijo con un leve gruñido de desdén.

Meredith se echó hacia adelante, y empleó un tono de voz comedido.

—Esto es muy grave, Keith. ¿Dónde estaba Amy cuando te fuiste de casa de los Giordano anoche?

—En su dormitorio —respondió él, todavía adormilado, aunque ya empezaba a espabilarse—. Le leí un cuento. Después bajé al salón y me puse a ver la televisión.

—¿A qué hora le leíste el cuento?

—Alrededor de las ocho y media, supongo.

—No supongas —le espetó Meredith—. No supongas nada, Keith.

Por primera vez, la cara de nuestro hijo reflejó la gravedad de la situación.

—¿De verdad ha desaparecido? —preguntó, como si todo lo ocurrido hasta ese momento hubiera sido una especie de broma.

—¿De qué crees que estamos hablando, Keith? —preguntó Meredith.

—Escucha —le dije—. Quiero que lo pienses con detenimiento, porque tengo que llamar al señor Giordano y contarle exactamente lo que me digas. Así que, como te ha dicho tu madre, Keith, no hagas ninguna suposición.

Asintió con la cabeza, y pude darme cuenta de que por fin había entendido la gravedad del asunto.

—Muy bien, por supuesto —dijo.

—De acuerdo —empecé—. No volviste a ver a Amy, ¿no es así? En ningún momento después de leerle el cuento.

—No.

—¿Estás seguro?

—Sí —respondió Keith con rotundidad. Su mirada se desvió rápidamente hacia Meredith—. No la volví a ver.

—¿Tienes idea de dónde está? —pregunté.

Keith pareció ofenderse de pronto.

—Pues claro que no. —Su mirada se movió de un lado a otro entre Meredith y yo—. Es la verdad —gritó—. No la volví a ver.

—¿Viste algo? —pregunté.

—¿A qué te refieres?

—Algo fuera de lo normal.

—Te refieres a algo como… que estuviera rara… o…

—Rara. Triste. Tal vez se veía con ganas de escaparse. ¿Te insinuó algo al respecto?

—No.

—Bien. ¿Alguna otra cosa? —dije—. ¿Alguien merodeando por la casa? Un mirón.

Keith negó con la cabeza.

—No vi nada, papá. —Sus ojos se movieron con rapidez hacia Meredith, y por primera vez vi un atisbo de preocupación en ellos—. ¿Estoy en apuros?

Meredith se recostó ligeramente, la postura que siempre adoptaba cuando no tenía una respuesta inmediata.

Keith mantuvo la mirada fija en ella.

—¿Me interrogará la policía?

Meredith se encogió de hombros.

—Supongo que depende.

—¿De qué?

Meredith guardó silencio. Keith miró hacia mí.

—¿De qué, papá?

Le di la única respuesta que tenía.

—Supongo que de lo que le haya ocurrido a Amy.

4

Más tarde intentaría definir la inquietud de aquellos primeros minutos. Volvería a revivir la llamada de Vince y el peso que nos oprimía cuando subimos las escaleras y regresamos a la cocina a esperar que bajara Keith. Intentaría recordar si había oído algo durante aquel intervalo, por lo demás silencioso, el sonido de diminutas mandíbulas de insectos o un goteo incesante de agua, pequeño, insistente, despiadadamente desmoralizador. Ahora conozco el abismo que se abría bajo las vidas que con tanto cuidado habíamos construido. Oigo un disparo, un murmullo resignado, y, en esos sonidos, todo lo que no sabía relampaguea, brillante, diáfano.

Pero ¿qué era lo que no sabía? La respuesta es evidente. No sabía nada. ¿Y qué haces cuando no sabes nada? Das el siguiente paso, porque tienes que darlo y porque, en tu ignorancia, quizá no puedas saber lo ciego que es, el paso que das, ni lo funesto de sus consecuencias imprevistas.

Así que después de que Keith volviera a su cuarto, llamé sin más a Vince Giordano y le conté con exactitud lo que había dicho mi hijo, creyendo a medias que eso podía ser el fin del asunto para Keith, para Meredith y para mí, y que, fuera cual fuera la cosa terrible que hubiera podido ocurrirle a Amy Giordano, su sangre derramada, si es que había sido derramada, no nos alcanzaría a nosotros.

—Lo siento, Vince —dije—. Ojalá pudiera ser de más ayuda, pero, con franqueza, Keith no tiene ni idea de dónde está Amy.

Después de una pausa, Vince dijo:

—Tengo que preguntarte algo.

—Lo que haga falta.

—¿Abandonó Keith la casa mientras estaba al cuidado de Amy?

Yo no podía saber si Keith había abandonado la casa de Vince en algún momento durante el tiempo que había estado allí, pero de repente sentí la necesidad de responder de alguna manera; por lo tanto, di una respuesta que esperaba en lo más hondo que fuera verdad.

—Estoy seguro de que no lo hizo —dije.

—¿Te importaría preguntárselo? —La voz de Vince era casi de súplica—. Es que no somos capaces de imaginar qué ha podido ocurrir.

—Por supuesto —le dije.

—Sólo pregúntale si dejó sola a Amy... siquiera durante un minuto —repitió Vince.

—Te vuelvo a llamar enseguida —dije—. Colgué y subí las escaleras, dejando a Meredith sola, sentada a la mesa de la cocina, y con aspecto de estar cada vez más preocupada.

La puerta de Keith estaba cerrada, pero la abrió al primer toque, aunque nada más que un poco, de manera que sólo la mitad de su cara era visible; un solo ojo escrutador que me miraba a través de una estrecha rendija.

—El señor Giordano quiere saber si anoche saliste de su casa en algún momento —dije.

El ojo parpadeó lánguidamente, como una cortina que bajara con lentitud y se volviera a levantar de mala gana.

—Bueno, ¿lo hiciste?

—No —respondió Keith.

Fue un «no» rotundo, y, sin embargo, su respuesta había llegado sólo tras un instante de duda; ¿o fue de cálculo?

—¿Estás seguro de eso? —pregunté.

Esta vez la respuesta llegó sin vacilación.

—Sí.

—¿Absolutamente seguro? Porque tengo que volver ahora y llamar al señor Giordano.

—No salí de la casa —me aseguró.

—No pasa nada si lo hiciste, Keith. Eso no es lo mismo que si tú...

—¿Que si yo qué, papá? —preguntó casi con irritación.

—Sabes lo que quiero decir —le dije.

—¿Que... si la hubiera asesinado? —preguntó—. O lo que sea que haya ocurrido.

—No creo que le hicieras nada a Amy Giordano, si es de eso de lo que me estás acusando —le dije.

—¿En serio? —replicó. El tono de su voz revelaba irritación—. Pues parece como si lo creyeras. Y mamá también. Parece como si ambos pensarais que hice algo malo.

—Eso son sólo imaginaciones tuyas, Keith —dije, y mi tono se estaba pareciendo ya al suyo, me estaba poniendo a la defensiva de pronto—. De hecho, antes de subir aquí, le dije al señor Giordano que no habías abandonado la casa.

No pareció creerme, pero se guardó sus dudas para sí.

—Bueno, ahora tengo que volver a llamar al señor Giordano —dije, me di la vuelta y bajé las escaleras a toda prisa; detrás de mí la puerta de Keith se cerró con un brusco portazo, duro e implacable como una bofetada.

Karen Giordano cogió el teléfono.

—Karen, soy Eric Moore.

—Ah, hola, Eric —dijo, sorbiéndose ligeramente la nariz, lo que me hizo pensar que había estado llorando.

—¿Alguna novedad? —pregunté.

—No —respondió. Su voz era débil—. No sabemos dónde está. —De ordinario era una mujer alegre, pero su alegría se había consumido por completo—. Hemos llamado a todo el mundo —prosiguió—. A todos los vecinos. A todos. —Su voz se hizo aún más débil y adquirió un extraño tono de súplica, por lo que se me ocurrió que el terror era una especie de humildad, el reconocimiento de la propia impotencia, del hecho de que, al final, no controlamos nada—. Nadie la ha visto.

Sentí el impulso de garantizarle que todo acabaría bien, que Amy saldría de repente de un armario empotrado o de detrás de una cortina, gritando: «¡Inocentes!», o algo por el etilo. Pero había visto demasiados sucesos en los informativos para creer que algo así fuera posible. Desaparecían de verdad, todas esas niñas pequeñas, y si al final las encontraban, casi siempre era demasiado tarde. Sin embargo, había una posibilidad.

—¿Habéis pensado que haya podido…, bueno… que pudiera estar tratando de… deciros algo?

—¿Decirnos algo? —preguntó Karen.

—Una declaración —añadí, y entonces me di cuenta de que la palabra era ridículamente formal—. Puede que quiera que la echéis de menos y que…

—¿Que se haya escapado? —me interrumpió Karen.

—Algo así —dije—. Los niños pueden hacer locuras.

Empezó a hablar, pero de repente Vince apareció al otro lado de la línea.

—¿Qué ha dicho Keith? —me preguntó con voz apremiante.

—Dice que no salió de vuestra casa.

Vince soltó un suspiro.

—Bueno, si eso es lo que dice, entonces tengo que llamar a la policía, Eric.

—De acuerdo —respondí.

Se produjo una pausa, y tuve la sensación de que Vince me estaba dando, y quizás a mi hijo, una última oportunidad. Así que es aquí donde nos encontramos ahora, pensé, él cree que mi hijo le hizo algo terrible a su hija y no hay nada que yo pueda hacer para convencerlo de lo contrario, nada que pueda decir sobre Keith que él no crea contaminado por mi paternidad protectora. Antes era un vecino, un apreciado comerciante de una agradable ciudad, alguien con quien él hacía negocios y al que saludaba cuando se cruzaba conmigo por la calle. Pero ahora soy cómplice del supuesto crimen de mi hijo.

—Creo que sí deberías llamar a la policía, Vince.

Me sorprendió que mi respuesta pareciera echarle para atrás, como si hubiera estado esperando que se lo discutiera.

—Querrán hablar con Keith —me advirtió.

—Estoy seguro de que él no tendrá inconveniente en hablar con ellos.

—De acuerdo —dijo Vince, y su voz sonó extrañamente abatida, como la de un hombre obligado a hacer algo que hubiera deseado evitar.

—Vince —empecé a decir—, si puedo ayudar en algo…

—Está bien —me interrumpió—. Estaremos en contacto.

Y diciendo eso, colgó el teléfono.

—¿Eso es todo lo que ha dicho Vince? —preguntó Meredith, mientras me acompañaba hasta el coche unos minutos más tarde—. ¿Que estaría en contacto?

Al pasar, rozamos el arce japonés; una suave luz rosácea se filtraba a través de las hojas.

—Y que va a llamar a la policía —dije.

—Cree que Keith hizo algo.

—Es probable.

Meredith guardó silencio hasta que llegamos al coche. Entonces dijo:

—Tengo miedo, Eric.

Le acaricié el rostro.

—No podemos adelantarnos a los acontecimientos. Me refiero a que no hay ninguna prueba de que haya algo...

—¿Estás seguro de que no quieres llamar a Leo?

Negué con la cabeza.

—Todavía no.

Abrí la puerta del coche y me senté detrás del volante, pero no hice ningún esfuerzo por irme. En su lugar, bajé la ventanilla y miré a mi esposa de una manera que, más tarde, se me antojó terriblemente cargada de nostalgia, como si ella estuviera empezando ya a alejarse poco a poco o a cambiar de alguna manera y aquellos fueran los últimos días de nuestra, hasta entonces, fácil vida en común. Durante un instante, todo lo que había funcionado antes, los mejores años de nuestras vidas, pareció encontrarse en un equilibrio precario en el que la felicidad era tan sólo una suerte de arrogancia, una recompensa que habíamos dado por supuesta hasta entonces, y la muerte, el único peligro claro y presente, aún estaba muy lejos todavía. Y, sin embargo, a pesar de unos presentimientos tan funestos, dije:

—Todo va a salir bien, Meredith. De verdad.

Me di cuenta de que no me creía, pero eso no era tan insólito en ella. Siempre se estaba angustiando por todo, preocupándose por el dinero antes de que las cosas se ponían realmente difíciles, vigilando de cerca hasta las infracciones más insignificantes de Keith, dispuesta a cortar cualquier problema de raíz. Yo había contestado siempre con el optimismo, mirando el lado bueno de las cosas, una actitud que seguía considerando necesaria mantener.

—No podemos perder los estribos —le dije—. Incluso si le ha ocurrido algo a Amy, eso no tiene nada que ver con nosotros.

—Eso no importa —dijo Meredith.

—Pues claro que importa.

—No, no tiene ninguna importancia —dijo ella—, porque cuando ocurre algo así, en cuanto empiezan a hacer preguntas...

—Pero Keith no salió de la casa hasta que llegaron los Giordano —dije con rotundidad—. Así que no te preocupes por las preguntas. Él tendrá las respuestas.

Hizo una larga inspiración.

—De acuerdo, Eric —dijo con una sonrisa débil y poco convincente—. Lo que tú digas.

Se dio la vuelta y se dirigió a la casa precedida de una fría ráfaga de viento que barrió el suelo por delante de ella, feroz, infernal, y que levantó aquellas enfermas hojas amarillas que yo había visto una hora antes, de manera que empezaron a subir en espiral, y a subir, hasta que vi a Keith en la ventana de su habitación mirando fijamente hacia mí, la mirada fría y resentida, como si ya no fuera su padre ni su protector ni su benefactor, sino el integrante de una turba creciente que no tardaría en pedir a gritos su cabeza.

—Buenos días —dijo Neil cuando entré en la tienda.

Eran casi las nueve, así que yo sabía que él ya había preparado los reveladores y quitado el polvo a las existencias. Era concienzudo y fiable, el empleado perfecto. Lo mejor de todo era que no daba muestras de tener otra ambición mayor que la de trabajar en mi tienda, recibir su magro salario y permitirse sus modestos placeres. Dos veces al año iba a Nueva York para asistir a cuatro o cinco espectáculos de Broadway, por lo general los grandes musicales, cuyos glamurosos números desde luego lo emocionaban. Mientras estaba allí, se alojaba en un hotel pequeño y barato de Chelsea, se alimentaba en los puestos ambulantes de la calle, ahorraba para su última noche, en la que tiraba la casa por la ventana, y regresaba generalmente con una nueva bola de nieve para su colección de recuerdos de viaje. Durante un breve período había tenido un compañero llamado Gordon, un tipo grueso y con barba que solía actuar, aunque sólo como secundario, en representaciones teatrales de la comunidad, en cuyos programas figuraba como «un vecino» o «el oficial de prisiones». Durante los dos años que duró la relación, el estado de ánimo de Neil había estado íntimamente relacionado con los bruscos cambios de humor de Gordon, sombrío o alegre, dependiendo, o eso parecía con frecuencia, de cómo fuera el espectáculo en el que casualmente participara en ese momento. Habían roto de manera inevitable, y desde entonces Neil había vivido con su madre enferma en una pequeña casa situada en una de las pocas calles de la ciudad que seguía sin asfaltar, un arreglo con el que se sentía feliz y dichoso, puesto que, como me había dicho en una ocasión, «cualquier otra cosa exigiría demasiado esfuerzo».

—Vamos retrasados, jefe —añadió Neil.

Asentí en silencio.

Él ladeó la cabeza.

—Huyuyuy, un mal día, ¿no?

—Un poco —admití.

—Bueno, se te pasará a medida que avance la mañana. A propósito, puede que tenga que ir al banco. Estamos mal de cambio.

Se marchó unos minutos más tarde, y mientras emprendía la habitual rutina antes de la apertura, reabasteciendo los estantes y dando un rápido barrido a la acera de la tienda, pensé en Amy Giordano y en la aparente determinación de Vince de echarle la culpa a Keith de lo que hubiera podido ocurrirle a su hija.

Pero semejantes pensamientos no llevaban a ninguna parte. No tenía ni idea de lo que le había sucedido a Amy, si se había escapado o había corrido una suerte monstruosa. Y, por consiguiente, me retiré al refugio que solía buscar cuando me sentía inquieto por el dinero o las notas de Keith, o por cualquier otro del centenar de problemas mezquinos que tenía.

Mi pequeño refugio estaba en la parte trasera de la tienda, en realidad nada más que una mesa grande junto a un tablero de aglomerado cuadrado del que colgaba un modesto surtido de marcos de madera teñida. Se necesitaba poca habilidad para enmarcar las fotos de familia que llegaban a mis manos. Por lo general, la gente escogía los colores que consideraban adecuados a la escena: azul para las familias en la playa; verdes y rojos para las familias en los campamentos forestales; dorado o plateado para las familias que posaban al lado de las largas algas que engalanan la bahía cercana; blanco para las fotos tomadas durante la observación de las ballenas.

Enmarcar esas escenas bucólicas y risueñas siempre conseguía relajarme y tranquilizarme. Pero un marco es sólo un marco, y la vida que contiene está congelada, estática, fuera del alcance de los acontecimientos futuros. La vida real es otro problema.

Sonó el teléfono.

Era Meredith.

—Eric, ven a casa —me dijo.

—¿Por qué? —pregunté.

—Porque sí —dijo—, están aquí.

5

Había dos, ambos vestidos con trajes negros, un hombre alto con facciones aquilinas llamado Kraus, y otro más bajo y grueso que se llamaba Peak. Cuando llegué estaban sentados en el salón, y los dos sonrieron de forma agradable al presentarse.

—Tengo entendido —empezó Kraus— que el señor Giordano lo llamó esta mañana, ¿no es así?

—Sí.

Estábamos todos de pie; los ojos negros y hundidos de Kraus estaban clavados en mí; Peak, un poco a mi izquierda, parecía interesado, o esa impresión daba, en una foto familiar que yo había tomado hacía cuatro años en la que los tres posábamos delante del trabajo de ciencias de sexto grado de Keith, un escultura de escayola de los órganos internos del cuerpo: el corazón rojo, los pulmones azules, el hígado marrón, etcétera.

—Amy sigue desaparecida —me dijo Kraus.

—Lo lamento —contesté.

Peak dejó de mirar repentinamente la fotografía.

—Está interesado en la anatomía, ¿verdad?

—¿En la anatomía?

—Parece un trabajo de ciencias —dijo Peak—. Lo de la fotografía. Son órganos, ¿no?

—Sí.

—Bueno, parece que le interesan, ¿no? Me refiero a su hijo.

Negué con la cabeza.

—En realidad, no. No.

La sonrisa de Kraus era débil, anodina, forzada más que sentida.

—¿Entonces por qué hizo un trabajo como ése? —preguntó.

—Porque le resultaba fácil —respondí.

—¿Fácil?

—Otros muchachos hicieron trabajos mucho más elaborados
—expliqué.

—¿No es un gran estudiante entonces?

—No.

—¿Cómo lo describiría? —preguntó Kraus.

—¿A Keith? No sé. Es un adolescente. Algo raro, quizá.

—¿En qué sentido es raro?

—Bueno, no raro exactamente —añadí con rapidez—. Callado.

Kraus miró a Peak y le hizo un leve gesto con la cabeza que hizo
que el más bajo volviera de pronto al juego.

—No hay motivo para alarmarse —dijo Peak.

—No estoy alarmado —repliqué.

Los dos hombres se miraron.

—Supongo que les gustaría hablar con Keith —añadí, cuidándo-
me de mantener un tono de voz firme y seguro, el de un padre que no
alberga la más mínima duda de que conoce completamente a su hijo.
Quería que creyeran que nada se me podía pasar por alto: que regis-
traba el armario empotrado y los cajones del escritorio del dormitorio de Keith, que le olía el aliento cuando volvía por la noche, que le
llevaba de manera periódica al médico de familia para hacerle análi-
sis que detectaran si había consumido drogas; que controlaba los libros que leía, la música que escuchaba, los sitios que visitaba en Internet; que había investigado los antecedentes familiares de los
amigos con los que salía; que, posiblemente, sólo Dios podía saber
más de mi hijo que yo.

—Sí, nos gustaría —respondió Kraus.

—Iré a buscarlo.

—No está aquí —anunció Meredith.

La miré desconcertado.

—¿Dónde está?

—Fue a dar un paseo.

Antes de que yo pudiera decir algo más, Kraus preguntó:

—¿Adónde va a pasear?

Por alguna razón, Meredith se limitó a repetir la pregunta.

—¿Adónde va a pasear?

Peak miró por el ventanal que daba al bosque que había detrás de la casa.

—Ese bosque es zona protegida, ¿verdad? No hay casas ni caminos.

—Sí, todo es zona protegida —le dije—. Nadie puede edificar ahí atrás ni…

—Así que es un lugar muy aislado —dijo Peak. Se volvió hacia Meredith—. ¿Es ahí adónde va Keith a dar esos paseos, a ese bosque?

De repente, las palabras «esos paseos» adquirieron un carácter amenazante, y me imaginé a Keith tal como sabía que Peak y Kraus se lo estaban imaginando, una figura agazapada en la maleza que excavaba de manera desesperada en el suelo húmedo, enterrando algo que lo vinculaba a Amy Giordano, un mechón sangriento de pelo.

—No, no pasea por ahí —dije con rapidez—. No se puede. La maleza es muy espesa y no hay caminos.

Los ojos de Kraus se desviaron hacia mi esposa y se clavaron en ella con una intensidad inquietante.

—Entonces, ¿dónde está?

—En el campo de béisbol —respondió Meredith—. Cuando sale de paseo, suele ir hasta el campo de béisbol.

—Va hasta allí y vuelve, ¿es eso lo que quiere decir? —preguntó Peak.

Meredith asintió débilmente con la cabeza, y yo esperé que ahí se acabara el asunto, pero Kraus dijo:

—¿Cuándo sale a dar esos paseos? ¿Por la mañana?

—No —respondió Meredith—. Generalmente por la tarde. O después de cenar.

—Por la mañana no, entonces —dijo Kraus—. Excepto esta mañana, ¿cierto?

Meredith volvió a asentir con la cabeza con delicadeza, como alguien renuente a dar su aprobación, pero que es incapaz de negarla.

—He visto una bicicleta al final del camino de acceso —dijo Peak—. ¿Es de Keith?

—Sí —dije—. La utiliza para hacerme los repartos cuando sale del colegio.

—¿Y dónde hace esos repartos? —preguntó Kraus.

—A cualquier sitio al que se pueda ir en bicicleta desde mi tienda —respondí.

—¿Y dónde está su tienda, señor Moore? —terció Peak.

—En Dalton Square —dije.

—¿Y qué es lo que reparte su hijo? —preguntó Kraus.

—Fotos —respondí—. De familias, sobre todo.

—Fotografías familiares —Peak esbozó una sonrisa al decirlo—. He hecho unas cuantas de ese tipo.

Kraus cambió el peso al otro pie, como un luchador que se preparase para asestar el siguiente golpe.

—¿Desde cuándo reparte esas fotos?

De nuevo, se produjo un uso siniestro y extrañamente acusador del «esas», pero yo ya no estaba seguro de si la acusación iba dirigida a incriminar a Keith o si ahora Kraus había ampliado el tono acusatorio a mí.

—Desde hace un par de años —respondí—. No hay ninguna ley que lo prohíba, ¿verdad?

—¿Qué? —Peak hizo la pregunta con cierta guasa—. Bueno, por supuesto que no, señor Moore. —Miró hacia Kraus antes de volver a mirarme—. ¿Por qué piensa eso?

Meredith terció antes de que yo pudiera responder.

—Si quieren, iré a buscarlo.

Peak miró su reloj.

—No, lo haremos nosotros. El campo de béisbol está camino de la estación, así que podemos…

—¡No! —le espeté—. Déjenme que lo traiga yo.

Los dos policías me lanzaron una mirada glacial, y esperaron en silencio.

—Se asustaría —expliqué.

—¿Qué es lo que le asustaría? —preguntó Kraus.

—Ya saben a qué me refiero. No los conoce de nada.

—¿Es un chico miedoso su hijo? —preguntó Peak.

No se me había ocurrido nunca hasta ese momento, pero entonces se me ocurrió que, en efecto, Keith era «un chico miedoso». Tenía miedo de haber decepcionado a Meredith por su bajo rendimiento escolar y temía haberme decepcionado a mí por no haber tenido nunca una novia. Le asustaba la posibilidad de no poder ir a una buena universidad, de no descubrir nunca lo que quería hacer en la vida o de fracasar en caso de descubrirlo. No tenía amigos, y yo suponía que eso también lo asustaba. Sumadas cada una de esas cosas parecería que tuviera miedo de casi todo, que viviera en un estado de sutil humillación. Y, sin embargo, dije:

—No, no creo que Keith se asuste de nada en particular. Pero dos hombres… policías… Eso asustaría a cualquiera, ¿no le parece?

Una vez más, Kraus y Peak se miraron. Éste me dijo:

—De acuerdo, señor Moore, puede usted ir a buscarlo. —Me contempló con frialdad—. No hay ningún motivo —repitió— para alarmarse.

Confiaba en encontrar a Keith en Vernon Road, que pasa justo por delante de nuestra casa y luego discurre directamente hacia el pueblo, donde se convierte en Main Street, y serpentea unos dos kilómetros más hasta el campo de béisbol, en total una distancia de casi cinco kilómetros. Pero en cambio lo encontré ociosamente parado en el área de columpios que hay cerca de la plaza del pueblo, un lugar donde la gente suele llevar los niños pequeños para que jueguen en el cajón de arena o corran por el castillo de madera. Se había dejado caer contra la valla de hierro forjado del recinto, con el hombro apoyado en el metal, y golpeaba el suelo rítmicamente con la punta del zapato.

Cuando aparqué junto al bordillo a unos cuantos metros del parque no me vio, así que en los minutos que tardé en salir del coche y atravesar el césped, no le dio tiempo a esconder el cigarrillo.

—No sabía que fumaras —le dije al acercarme.

Giró en redondo, a todas luces sobresaltado, me miró fijamente primero y luego desvió la mirada con rapidez hacia el parque, como si tuviera miedo de unos francotiradores.

Hice un gesto con la cabeza hacia el paquete de Marlboro que le asomaba por el bolsillo de la camisa.

—¿Cuándo empezaste?

Dio una calada larga y desafiante al cigarrillo, y su cuerpo adoptó un aire huraño de adolescente.

—Sólo fumo de vez en cuando.

—Bueno, y en este caso, ¿a qué se debe?

Se encogió de hombros.

—Supongo que estoy nervioso.

Dejó caer el cigarrillo, se subió el cuello de la parka, y en ese instante pareció retroceder a un momento anterior, adoptando la huraña pose de un adolescente de la década de 1950, un rebelde sin causa.

—Este asunto sobre Amy —dije—. Hace que todos estemos nerviosos.

—Sí, claro. —Aplastó el cigarrillo en la arena con la punta del pie, se sacó de un tirón el paquete del bolsillo de la camisa, extrajo otro cigarrillo con violencia y lo encendió.

—No pasa nada por estar un poco nervioso —le dije.

Agitó la cerilla para apagarla y se rió.

—¿Ah, sí?

—Yo lo estaría —dije.

—Pero hay una diferencia, papá. —Le dio una larga calada al cigarrillo y soltó una vaharada de humo que no me rozó la cara por poco—. Y es que tú no estabas en su jodida casa.

Nunca había utilizado ese lenguaje delante de mí, pero me pareció que no era momento de hacer un mundo de problemas que entonces se me antojaron de una insignificancia infinita. Lo último que necesitaba Keith, decidí, era una reprimenda.

—Tengo que llevarte de vuelta a casa —le dije.

Aquello pareció alterarlo más que el que le hubiera sorprendido con un cigarrillo.

—Quiero quedarme por aquí un rato —dijo.

—No, tienes que venir conmigo —insistí—. Hay un par de policías que quieren hablar contigo.

La expresión de su rostro se endureció, y un miedo glacial se reflejó en su mirada.

—Piensan que lo hice yo, ¿verdad?

—¿Que hiciste qué?

—Ya sabes, lo que quiera que le haya ocurrido a Amy.

—No hay ningun dato que indique que le haya pasado nada.

—Sí, pero alguna cosa le ha ocurrido —dijo Keith—. Algo ha tenido que sucederle, o no habría desaparecido.

—Keith —dije—. Quiero que tengas mucho cuidado cuando hables con esos polis. Piensa bien lo que vas a responder y procura no mentir sobre nada.

—¿Por qué habría de hacerlo? —replicó.

—No lo hagas y punto, es todo lo que te digo. Porque es peligroso.

Tiró el cigarrillo y lo aplastó con una rara brutalidad, como si estuviera quitándole furiosamente la vida a pisotones a una pequeña e indefensa criatura.

—Yo no le he hecho daño a Amy.

—Ya lo sé.

—Puede que sea malo, pero no le he hecho daño.

—Tú no eres malo, Keith. Fumar no te convierte en alguien malo.

Se le escapó un risa seca y sarcástica, una risa cuyo significado exacto no fui capaz de interpretar.

—Sí, lo que tú digas, papá. —Fue todo lo que dijo.

Cuando regresé con Keith, Meredith ya había servido café y galletas a los dos policías, aunque se me hizo impensable que lo hubiera podido hacer de manera que Kraus y Peak se sintieran en realidad bien recibidos.

—Éste es Keith —les dije mientras hacía entrar a mi hijo en el salón.

Los dos detectives se levantaron y le sonrieron y estrecharon la mano. Luego se sentaron en el sofá verde; Keith lo hizo en una mecedora de madera, enfrente de ellos.

—No tiene que quedarse —le dijo Peak a Meredith. Me miró—. Usted tampoco, señor Moore. Esto no es más que una charla amistosa. —Sonrió—. Si fuera algo más serio, le habríamos leído a Keith sus derechos. —Miró al chico y su sonrisa se ensanchó—. Igual que hacen en la tele, ¿verdad?

Keith asintió con un leve movimiento de cabeza.

—Preferiría quedarme con mi hijo —dije.

Sin embargo, Meredith optó por buscar algo que hacer en su pequeño despacho de la parte posterior de la casa, así que, cuando empezó el interrogatorio, sólo éramos tres hombres y un adolescente en el salón.

Y, casi de inmediato, se acabó, y poco más se aclaró que lo que ya le había dicho yo a Vince Giordano: que Keith no había dejado sola a Amy en su casa y que había vuelto a casa poco antes de la medianoche. Los únicos hechos novedosos fueron que mi hijo había ido caminando hasta el pueblo desde casa de Amy y había acabado en el campo de béisbol; luego, tras permanecer sentado en la tribuna descubierta un rato, había vuelto a casa andando. A la pregunta de si durante su tardía estancia en la ciudad había hablado con alguien, respondió que no. Había llamado a casa poco antes de las diez, dijo. Yo había cogido el teléfono, y me había dicho que tenía intención de llegar un poco más tarde de lo habitual, y cuando le pregunté si necesitaba que lo fuera a buscar, me había asegurado que no. En ese momento acordamos que estuviera en casa antes de las doce. Lo cual, le dijo Keith a Kraus y a Peak, es lo que había hecho. La hora exacta, dijo, habían sido las doce menos siete minutos; lo sabía porque había mirado el gran reloj de péndulo del vestíbulo antes de subir a su cuarto.

Al escuchar las respuestas de Keith, me empecé a relajar. Nada de lo que decía me sorprendía ni nada contradecía el conocimiento que tenía yo de sus movimientos y actividades aquella noche.

—Así que —dijo Kraus—, después de estar un rato en el campo de béisbol, volviste directamente a casa, ¿cierto?

—Sí.

—El campo de béisbol está sólo a unas cuantas manzanas de la casa de los Giordano, ¿no?

—Sí.

—¿Volviste a pasar por su casa?

—No.

—Viniste directamente a tu casa —dijo Peak—. Algo así como NO PASE POR LA SALIDA, ¿no es así?

Keith se rió entre dientes, aunque con tristeza, una risa que me sonó a respuesta socarrona a la referencia de Peak al Monopoly.

Así que no me sorprendió que la actitud del policía se endureciera de inmediato.

—¿Cómo volviste a casa?

—A pie.

La mirada de Peak era muy tranquila.

—¿A pie?

—Sí —respondió Keith.

—¿No tienes coche? —intervino Kraus.

—No —dijo Keith—. De todas maneras, no podría conducir. Tengo quince años.

—¿Tienes permiso para aprender a conducir? —preguntó Peak.

—Sí.

—¿Cómo fuiste a casa de Amy?

—Me llevó mi tío en coche.

Kraus sacó una libreta del bolsillo de la chaqueta.

—¿Cómo se llama tu tío?

Keith me miró como preguntándome si debía responder.

—Se llama Warren —dije—. Warren Moore.

—¿Dónde vive? —preguntó Kraus.

—En el 1473 de la calle Barrow.

—Cerca de la escuela —dijo Peak—. La escuela elemental.

—Sí —le confirmé—. En la puerta contigua, para ser exactos.

—¿Dónde trabaja?

—Trabaja por su cuenta. Pinta casas.

Kraus garrapateó algo en la libreta y volvió su atención de nuevo a Keith.

—Así que tu tío te llevó en coche a casa de Amy, y entonces, después de que el señor y la señora Giordano volvieran a casa, te fuiste caminando al pueblo… ¿Lo he entendido bien?

—Sí.

—Y, luego, te dirigiste al campo de béisbol y volviste caminando a casa, ¿es así?

—Sí.

—¿Desde el centro del pueblo?

Keith asintió con la cabeza.

—¿No hiciste dedo? —preguntó Kraus.

El chico negó con la cabeza.

—No.

—Pero ¿podías haber llamado a casa, no es cierto, para que te recogieran?

—Claro.

—¿Y por qué no lo hiciste? —preguntó Peak.

—Simplemente no lo hice —respondió Keith—. No me importa caminar.

—Incluso tan tarde —preguntó Kraus.

—No —respondió Keith. Echó la cabeza hacia atrás y se pasó los dedos por el enmarañado pelo—. Me gusta la noche —dijo.

6

Me gusta la noche.

Es extraño lo siniestro que puede sonar un simple comentario, la de preguntas que puede suscitar de repente.

¿En qué sentido le gustaba a mi hijo la noche?, me pregunté. ¿Le gustaba porque le aportaba cierta paz? ¿O le gustaba sólo porque significaba el fin de otro día tedioso en el colegio y en casa? ¿O era porque lo ocultaba a la vista, porque, envuelto en su oscuridad, podía merodear por ahí sin que nadie lo viera, escondido bajo la capucha de la parka azul? ¿Le gustaba como a un santo que busca la soledad o como a un merodeador en busca de un escondite?

La verdad es que no importaba. Lo importante era que mi hijo había superado el trance, así que la cosa podía acabar allí, una esperanza que abracé enteramente mientras acompañaba a los dos detectives hasta su coche.

Kraus se sentó en el asiento del conductor, pero Peak permaneció de pie junto a la puerta del acompañante. Llevaba un traje gris oscuro y, bajo la sesgada luz solar que lo bañaba, parecía un arbusto denso.

—Señor Moore —dijo—, ¿cómo es su relación con su hijo?

—¿Mi relación con mi hijo? —pregunté.

—¿Qué tal se llevan?, quiero decir en el día a día.

—No acabo de…

—¿Es sincero? —preguntó.

De repente, pensé en los dos haces de luz que habían barrido la maleza irregular del jardín y recordé que, sólo unos momentos antes, Keith había dicho que la noche anterior nadie le había llevado en coche a casa. *¿Era verdad?*, me pregunté entonces. Pero, a pesar de aquella visión discordante y la duda que la acompañaba, dije:

—Hasta donde sé, siempre me ha dicho la verdad.

Peak me observó con atención.

—¿En todo?

—Bueno, estoy seguro de que a lo largo de los años me ha contado muy pocas mentiras —dije—. No es más que un niño. Un poco callado, pero… —La mirada que había en los ojos de Peak me cortó en seco—. Pero normal —añadí con rapidez—. Un adolescente, nada más.

—Sí, por supuesto —dijo Peak.

Intentó aparentar que quedaba satisfecho por entero con mi respuesta, pero yo sabía que no era así.

—De acuerdo, muchas gracias —dijo—. Si necesitamos algo más, lo llamaremos.

Diciendo eso, se metió en el asiento del acompañante, y el coche arrancó.

Cuando volví a entrar en la casa, Meredith estaba lavando las tazas de café de los detectives; sus movimientos eran extrañamente frenéticos, casi violentos, como alguien que intentara limpiar una mancha incriminatoria.

—Bueno, esto ha sido más fácil de lo que suponía —le dije.

—Volverán —dijo Meredith.

Su convencimiento me sorprendió.

—¿Por qué estás tan segura de eso?

Había estado de cara al fregadero, dándome la espalda, pero en ese momento se dio la vuelta rápidamente.

—Porque siempre surge alguna cosa, Eric. —Tenía fuego en la mirada, y tuve la sensación de que estaba hablando de algo más que de la relación de Keith, fuera cual fuera ésta, con la desaparición de Amy Giordano.

—¿A qué te refieres?

—Para estropear las cosas —Su expresión se tornó una mezcla indescifrable de enfado y tristeza, como la de alguien que se lamenta de una muerte causada por un accidente inusitado—, cuando las cosas eran tan perfectas.

—No se ha estropeado nada —dije en un tono dulce y consolador, complacido porque nuestra vida le hubiera parecido tan perfecta hasta ese momento—. Meredith, ni siquiera sabemos todavía lo que le ha ocurrido a Amy.

Apartó la mirada, y durante un breve instante la mantuvo fija en el bosque allende la ventana, en dos pequeños pájaros posados en uno de los comederos colgantes.

—Es sólo que este espantoso hundimiento me afecta —dijo en voz baja.

Me acerqué a ella y la abracé. Tenía el cuerpo rígido y quebradizo, como un puñado de ramas.

—Nada se está hundiendo —le aseguré.

Sacudió la cabeza.

—Sólo tengo miedo, nada más. Miedo a que... vaya a explotar todo.

Con esas palabras, se soltó de mi abrazo y se dirigió a las escaleras. No hice ningún esfuerzo por seguirla; de todas maneras, no hubiera servido de nada. Cuando se sentía presionada, prefería estar sola, al menos durante intervalos breves. Había algo en la soledad que la tranquilizaba, así que la dejé en paz, salí al jardín, me senté junto a la parrilla de ladrillo e intenté razonar mi impulsiva decisión de no decir nada a la policía o tan siquiera a Keith acerca de mi creciente y extraña sospecha de que él les había mentido. Incluso en ese momento no acababa de comprender el motivo de mi decisión, salvo que no había encontrado la manera de abordar el problema sin hacer aún más sospechoso a mi hijo ni interrogarlo yo mismo, una acción que quería retrasar todo lo posible con la esperanza de que Amy apareciera de repente sana y salva, de manera que no hubiera ninguna necesidad en absoluto de tener que enfrentarme a Keith. Era una ilusión que no se podía justificar, ni siquiera mantener, durante mucho tiempo, y debería haberlo sabido en el momento. Puesto que, a esas alturas, ya había aprendido que la mitad de la vida es negación; que, incluso de aquellos a los que amamos, lo que nos sustenta no es lo que vemos, sino aquello a lo que decidimos permanecer ciegos.

Seguía en el mismo sitio cuando el coche de Warren dobló perezosamente por el camino y se detuvo delante de la casa.

Salió del coche y se dirigió hacia donde me encontraba, y en sus andares percibí una decisión nunca vista, como la torpe embestida de un toro.

—Acabo de oírlo en la radio —dijo sin resuello cuando llegó junto a mí—. Están organizando una batida. Con voluntarios. Todo el pueblo se está preparando para participar. —Tenía la cara roja, y parecía un poco hinchada, el aspecto que tenía después de haber estado bebiendo—. Bueno, ¿estáis bien? —preguntó.

—Tan sólo espero que Amy aparezca —dije—. Porque si no…

—No pienses en eso —me espetó.

El consejo no me sorprendió. Era exactamente el que Warren había seguido toda su vida. Me acordé de cómo había eliminado de su mente la bancarrota de mi padre, simulando que nuestra caída en picado en la pobreza no había ocurrido nunca. Así que me había animado con todas sus fuerzas a que siguiera manteniendo mi idea de ir a la universidad, aunque no hubiera dinero para ello. Años después, ya con mi padre en una residencia barata para la tercera edad, planteó la posibilidad de que abriéramos un negocio de paisajismo de jardinería. Cuando le pregunté cómo pensaba conseguir el capital inicial necesario, respondió: «Bueno, ya sabes, cuando muera papá», aun cuando nuestro padre hacía tiempo que había perdido todo lo que tenía, todo lo que podría habernos dejado. Warren había reaccionado de la misma manera ante la enfermedad de Jenny, negándose sin más a afrontar el problema. Durante los meses que duró su agonía, mientras ella se iba debilitando sin cesar y perdía una facultad tras otra a causa del tumor que crecía en su cerebro, Warren no había parado de hablar de un futuro que ella no podría tener de ninguna manera. «Cuando Jenny se eche novio», decía, o «Cuando Jenny vaya al instituto». Sólo una vez, la tarde en que ella murió, cuando yacía muda e impotente, pero, pese a todo, intentaba comunicarse con de-sesperación, Warren había parecido realmente afectado por el estado de nuestra hermana. Todavía podía representarme en mi mente la manera en que se había parado en la puerta, mientras ella se retorcía y farfullaba, incapaz de hablar pero imbuida de una determinación salvaje por decir alguna última cosa. Yo me había inclinado sobre Jenny y había puesto la oreja junto a sus labios, pero no oí nada a excepción del aliento febril; hasta que incluso eso acabó, y ella se hundió en un coma del que no se despertaría nunca más.

En ese momento Warren volvía a estar conmigo en un momento de sufrimiento, y de nuevo se negaba a admitir la naturaleza del problema o lo grave que pudiera ser o llegar a convertirse.

—Bueno —dijo—, sólo quería decirte que todo va a salir bien, hermanito.

No había razón para discutir con él, así que me limité a decir:

—La policía ya ha estado aquí. Keith les dijo que no abandonó la casa de Amy en ningún momento y que volvió a casa solo.

Warren se dejó caer en una silla de jardín al otro lado de la parrilla y cruzó las manos sobre la tripa.

—La policía tenía que hablar con él —dijo—. Pero no creo que piensen que ha hecho nada malo.

Ahí estaba de nuevo, el tonto optimismo, la particular forma de adaptación de mi hermano. Había encontrado una manera de sobrevivir consistente en asumir sólo la información que lo mantenía a flote. En el instituto había interpretado el papel del gordito feliz; de adulto, el de alcohólico jovial le iba como un guante. En ese momento, jugaba a ser el consejero familiar formal, un papel que sin duda le agradaba, hasta que dije:

—Lo más probable es que hablen también contigo.

Warren sonrió, pero con un atisbo de nerviosismo.

—¿Conmigo? ¿Por qué van a querer hablar conmigo? No tengo nada que ver.

—Por supuesto que sí, Warren.

La débil sonrisa desapareció de inmediato.

—¿Cómo?

—Llevaste a Keith a casa de Amy —le expliqué.

—¿Y qué?

—Lo único que te digo es que ellos lo saben —dije—. Nos pidieron tu dirección. Tienen que hablar con todo el mundo. Con cualquiera que haya tenido algún contacto con Amy en las horas previas a la desaparición.

Warren guardó silencio, pero era evidente que su cabeza estaba trabajando a toda máquina.

—¿Tuviste algún contacto con ella? —le pregunté sin alterarme.

—Yo no lo llamaría… contacto.

—¿La viste?

No contesto, pero por la expresión de sus ojos supe que sí la había visto.

—¿Dónde estaba?

Su cara adquirió una inmovilidad extrema.

—La niña estaba en el jardín cuando dejé a Keith delante de la casa. Jugando. Y se acercó hasta el coche.

Me incliné hacia delante.

—Escúchame —dije—. Éste es un asunto muy serio, así que te voy a decir lo que le dije a Keith. Cuando vayan a verte los polis, cuando te pregunten, piensa antes de contestar. Y di la verdad.

Warren asintió con la cabeza, obedientemente, como un niño al que se le dieran unas instrucciones graves.

—¿Hablaste con Amy? —pregunté.

Negó con la cabeza.

—¿Ni siquiera un rápido «hola»?

—No sé —dijo.

—Piensa, Warren.

Se encogió de hombros.

—Tal vez algo así, como lo que has dicho. Ya sabes, un rápido «hola».

—¿Nada más?

—No.

—¿Estás seguro?

—Sí —respondió Warren.

En ese momento, pude ver que estaba preocupado, pero yo sabía también que esa preocupación no duraría, una inquietud momentánea que era precisamente eso: momentánea. O eso pensé. Pero, para mi sorpresa, el velo de preocupación siguió cubriendo la cara de mi hermano.

—¿Crees que sospechan de mí? —preguntó.

—¿Por qué habrían de sospechar?

Se encogió de hombros.

—No lo sé —dijo débilmente—. Puede que sospechen y punto.

Sacudí la cabeza.

—No tienen motivos para sospechar de ti, Warren.

Pero la expresión de dolor permaneció en su cara, una expresión que me recordó la de Meredith, y la de Keith, así que me pareció que el problema había caído sobre mi familia como una red, dejando nuestras vidas enredadas en gris.

—En este momento todo el mundo está un poco preocupado —le puse la mano en el hombro y le di un apretón fraternal—, pero no es nada —dije— comparado con lo que deben de estar pasando Vince y Karen. Una hija desaparecida. ¿Te lo puedes imaginar?

Warren asintió con la cabeza.

—Sí —dijo en voz baja—. Y una niñita tan adorable.

7

Ésta es la ilusión: un día normal pronostica un mañana normal, y cada día no es un nuevo giro de la rueda, y no vivimos nuestras vidas al antojo de la diosa Fortuna. Y, sin embargo, ahora, cuando recuerdo la mañana en cuestión —una mañana radiante y soleada— antes de que sonara el teléfono por primera vez, me veo a mí mismo como viviendo en un mundo que era casi por entero una ilusión. Luego sonó el teléfono, y oí la voz de Vince Giordano, y la rueda se paró de repente. En lugar de caer en el número al que yo había apostado toda la riqueza y valor de mi vida, y en el que siempre había aterrizado hasta entonces, la bola roja pasó de largo, dio otra vuelta completa a la rueda y cayó en una ranura muy diferente. Y, al igual que un jugador que hubiera ganado en todas las apuestas hasta ese momento, me quedé mirando fijamente, aturdido, el nefasto resultado de aquella última vuelta de la rueda, y en mi pensamiento hice que la rueda retrocediera, extraje la bola de la ranura fatídica y la hice volver a rodar, como si por la mera fuerza del deseo pudiera hacer que cayera de nuevo donde había caído tantas veces antes. Era la tarde del día en que Amy Giordano había desaparecido, pero me negaba a aceptar el hecho de que hubiera cambiado algo.

Así que, cuando volví a la tienda, intenté parecer normal, como si nada me preocupara.

Pero Neil estaba al corriente. Intentó disimularlo, pero lo sorprendí a menudo mirándome subrepticiamente, como si yo hubiera empezado a manifestar algún síntoma curioso, un ligero temblor en la mano, por ejemplo, o una extraña inclinación a mirar al vacío.

—¿Algún problema, jefe? —me preguntó por fin.

A esas alturas, las emisoras de radio locales llevaban horas informando acerca de la desaparición de Amy. La gente estaba peinando el vecindario de la niña, además de otras zonas más lejanas, en especial los bosques que rodeaban el lugar donde ella vivía. Era una gran noticia, así que yo sabía que era sólo cuestión de tiempo que la comunidad al completo se enterase de que Keith había estado haciendo de canguro de Amy la noche de su desaparición.

—Se trata de Amy Giordano —dije—. Mi hijo estaba anoche en su casa, haciéndole de canguro. La policía ha hablado con él esta mañana.

La alegre apariencia de estar riéndose de sí mismo con que Neil se presentaba al mundo se esfumó.

—Estoy seguro de que Keith no ha hecho nada malo —dijo—. Es un chico muy responsable.

Keith no era semejante cosa, y yo lo sabía. Aunque se suponía que tenía que ir a la tienda todas las tardes nada más salir del colegio, solía aparecer una hora después, por lo general con una expresión rezongona en el rostro, deseando tan sólo irse derecho a casa y subir directamente a su cuarto. Si había entregas que hacer, las hacía, pero siempre a regañadientes. No era responsable en sus estudios ni en sus quehaceres domésticos. Cuando rastrillaba las hojas, por lo general apenas hacía otra cosa que esparcirlas; cuando sacaba la basura, siempre caía algo al meterla en el cubo. En todo lo que hacía había algo de desgana y, por primera vez, esa misma desgana adquiría un carácter extrañamente siniestro, un descuido e indiferencia aparentes hacia el orden que me hicieron pensar que quizá fuera el trasunto de una confusión interior bastante más grave.

Neil me tocó el brazo.

—No tienes que preocuparte por Keith —dijo—. Es un buen chico.

Era típico de Neil que dijera lo que fuera para aliviar mi aflicción, y la única respuesta que se me ocurrió fue un rápido y falso:

—Sí, sí que lo es.

Neil sonrió con afecto y volvió a su trabajo, aunque advertí que cada vez que sonaba el teléfono se ponía tenso y me miraba con preocupación.

Hasta poco antes de las dos de la tarde las llamadas fueron todas rutinarias, y durante aquellas pocas horas disfruté de la placidez de lo ordinario, de las necesidades fácilmente satisfechas, de las promesas mantenidas sin esfuerzo; de un mundo de elecciones y decisiones que no requería de unas grandes reservas de sabiduría.

A las 13.54 horas sonó el teléfono. Era el detective Peak.

—Señor Moore, quería hacerle saber que…

—La han encontrado —le espeté.

—¿Qué? —preguntó Peak.

—Han encontrado a Amy —repetí.

—No —dijo—. Ojalá lo hubiéramos hecho. Lo llamo sólo porque necesito que me garantice que Keith estará disponible, si tenemos necesidad de volver a hablar con él.

—Por supuesto, claro que sí.

—Ésta es una petición oficial, señor Moore —dijo Peak—. A partir de ahora Keith queda bajo su custodia.

Custodia. De repente, la palabra adquirió el peso de una grave responsabilidad.

—No irá a ninguna parte —le dije.

—Muy bien —dijo Peak—. Gracias por su cooperación.

Cortó la comunicación, pero durante un breve instante seguí con el auricular apretado contra la oreja, esperando a que surgiera otra voz en la línea que me dijera que Amy había sido hallada sana y salva, y que todo se reducía a una niña que se había alejado de su casa y que, tras meterse a gatas en un colector para aguas pluviales, se había quedado dormida.

—¿Jefe?

Era Neil. Me estaba mirando fijamente desde detrás de un mostrador en el que había apiladas pequeñas cajas de películas.

—Era la policía —le aclaré—. Quieren asegurarse de que Keith no vaya a ninguna parte.

Neil separó los labios, pero no dijo nada.

Colgué el teléfono.

—Creo que quizá debería ir a casa.

—Claro —dijo—. Ya cerraré yo si no…

—Gracias.

Fui hasta el coche y entré, pero no encendí el motor; Permanecí allí sentado, casi inmóvil detrás del volante, observando a la gente que pasaba por la acera, algunas personas solas, unas pocas parejas, unas cuantas familias con niños. Paseaban por delante de las pequeñas tiendas con un aire de absoluta tranquilidad, como bañistas en el mar, sin inquietudes, atrapados en aquel instante de despreocupación antes de que la aleta negra rompa la superficie y los envíe, destrozados, a la orilla.

Antes de dirigirme a casa, saqué el móvil con brusquedad y llamé a Meredith.

—Peak me ha llamado —le dije—. No podemos perder de vista a Keith.

Podía deducir mi agitación por el tono de voz.

—Eso significa que sospechan de él —dijo.

—No estoy seguro de que puedas sacar esa conclusión.

—Venga, Eric, por favor —dijo en un tono de ligera irritación—. No puedes vivir con la cabeza metida en un agujero para siempre. Tenemos que afrontar los hechos.

—Los estoy afrontando, es sólo que…

—¿Dónde estás ahora? —me interrumpió.

—Acabo de salir de la tienda.

—Bueno. Tenemos que hablar.

Me estaba esperando en el salón cuando llegué.

—No hablan de otra cosa en la radio —dijo—. Una gran noticia para esta pequeña ciudad de mierda.

Nunca le había oído hablar de Wesley con tanto odio, como si se sintiera atrapada en su pequeñez asfixiante. ¿Llevaba mucho tiempo experimentando esa sensación?, me pregunté. ¿Se había despertado algunas noches con el deseo de correr hacia el coche familiar para alejarse de Wesley, rumbo a algún brillante horizonte del que no hubiera hablado nunca? En las películas, la gente tenía siempre sueños secretos, y yo había acabado por suponer que al menos unas pocas personas reales los tenían de verdad, pero nunca se me había ocurrido que Meredith pudiera estar aquejada de semejantes ensoñaciones. En ese momento me pregunté si se guardaba alguna fantasía frustrada, sueños de carreteras de adoquines amarillos y palacios principescos, de ser la reina de alguna colina a la que no hubiera tenido jamás la oportunidad de subir.

Se dirigió al sofá y se sentó con fuerza, como si estuviera intentando espachurrar el mundo bajo ella.

—Han dicho que Vince y Karen habían salido a cenar fuera, pero no que hubiera un canguro —sacudió la cabeza—; pero ya saldrá —dijo con resolución—. Es evidente que pensarán que en la casa había una canguro. Amy tenía ocho años.

—¿Tenía? —pregunté sombríamente.

—Sabes a qué me refiero. —Me miró con determinación—. Creo que deberíamos llamar a Leo.

No sé por qué me resistía, pero una parte de mí estaba decidida a contener las consecuencias más graves, con la esperanza, tontamente mantenida, de que si me negaba sin más a dar el siguiente paso entonces nadie más lo daría.

—Todavía no.

—¿Por qué? —exigió Meredith.

—Porque eso hará que Keith parezca culpable —respondí—. Estás harta de verlo en la televisión. Dicen: «Fulano de tal ha contratado a un abogado». Y la gente piensa que muy bien, que el tipo sabe lo que hizo y ahora intenta protegerse.

Meredith se levantó, fue hasta la ventana trasera y se quedó mirando el bosque.

—Espero que tengas razón, Eric —dijo.

Dejé que se tranquilizara un instante antes de volver a hablar.

—¿Crees que deberíamos llamar a los Giordano?

Se encogió de hombros.

—Pienso que sería una buena idea —dije—. Ya sabes, para mostrar nuestra preocupación.

Entré en la cocina, cogí el teléfono y marqué el número.

Respondió una voz no habitual, pero que reconocí. Era el detective Kraus. Le dije quién era yo y que deseaba expresar mi confianza en que Amy volviera sana y salva a casa y ofrecer mi ayuda, la de mi familia, para encontrarla. Le pedí hablar con Vince, y Kraus me dijo que iría a buscarlo. Le oí dejar el teléfono, y sus pasos al atravesar la habitación. Oí voces, aunque eran bajas y lejanas. Luego volvieron las pisadas.

—El señor Giordano no quiere hablar —dijo Kraus—. Está un poco… bueno… disgustado.

—Por supuesto —dije.

—Está Keith por ahí, ¿verdad? —preguntó.

—Sí.

—Porque tenemos unas cuantas preguntas más que hacerle.

Le dije que Keith estaría más que dispuesto a ayudar en todo lo que pudiera y colgué. Meredith me estaba observando con aire preocupado.

—Puede que tengas razón —dije—. Quizá deberíamos llamar a Leo.

Leo accedió a venir de inmediato, así que subí para hablar con Keith.

Tenía la puerta cerrada con pestillo, tal como se había empeñado en hacer desde que cumplió trece años. Yo nunca había pensado que hubiera algo raro en ello. Los adolescentes eran así; dejaban fuera a sus padres. Era una cuestión de afirmar su independencia, suponía, una parte del ritual del crecimiento y de la separación. Pero, en ese momento, el hecho de que mi hijo pasara tanto tiempo en su habitación, ante el ordenador, solo, tras una puerta cerrada con llave, desprendía un aire a cosa oculta. ¿Qué hacía allí dentro?, me pregunté; y, en esa soledad, ¿qué ideas le asaltaban?

Llamé a la puerta.

—Keith.

Oí un extraño alboroto, como si hubiera sido cogido por sorpresa y estuviera ordenando el cuarto antes de abrir la puerta, apagando el ordenador, cerrando cajones, tal vez escondiendo a toda prisa cosas en el ropero o debajo de la cama.

Volví a golpear la puerta, esta vez de forma más apremiante.

—¿Keith?

El cerrojo se corrió con un chasquido, la puerta se abrió los acostumbrados cinco centímetros y apareció un único ojo azul.

—Hemos llamado a un abogado —dije.

El ojo azul no reveló nada.

—A Leo Brock —añadí—. Estará aquí dentro unos minutos.

El ojo azul, un diminuto estanque de aguas quietas, me miró sin ningún destello de hito en hito.

—Tengo que hablar contigo antes de que llegue.

La voz de Keith no reveló ninguna emoción.

—¿De qué?

Estudié el lento parpadeo del ojo y me pregunté si había tomado, o inhalado, algo, si aquello también sería una parte de él que me había ocultado.

—Abre la puerta —dije.

La puerta no se movió.

—¿De qué tenemos que hablar? —preguntó él.

—Keith, abre la puerta —insistí.

Tras un instante de duda, la abrió, pero en lugar de dejarme entrar en su cuarto, salió al pasillo y cerró rápidamente la puerta tras él.

—Vale —dijo—. Habla.

Lo estudié con detenimiento.

—¿Te encuentras bien?

Soltó una risita, casi con sorna.

—Sí, fenomenal —dijo.

—Me refiero a si… estás en condiciones de hablar.

Se encogió de hombros con cierta comicidad y me sonrió con aire burlón, aunque fue una sonrisa fría, como la de un payaso amargado.

—¿Qué es lo que quieres, papá?

—Quiero que digas la verdad, Keith —dije—. Cuando venga el señor Brock, pregunte lo que te pregunte, dile la verdad.

—Igual que con los polis —respondió.

—Como te dije que hicieras, sí.

Volvió a encogerse de hombros.

—Vale… ¿y qué?

—La verdad —repetí, esta vez con más dureza.

—La verdad, muy bien —dijo Keith. Sus ojos se cerraron ligeramente—. ¿Algo más?

—En todos los aspectos —insistí—. Lo que hiciste mientras estuviste en casa de Amy… Dónde fuiste después… Cómo volviste a casa. La verdad, Keith.

—Sí, vale. —Hizo un gesto con la mano, como si espantara a un insecto latoso—. ¿Puedo volver a entrar ya?

Le dije que sí, que podía, y me quedé observando mientras se escabullía tras la puerta, volvía a correr el cerrojo y se encerraba de nuevo.

Cuando bajé, Meredith estaba sentada a la mesa de la cocina, tomándose un café, y con sus largos dedos jugueteaba nerviosamente con el botón superior de la blusa.

—¿Qué ha dicho? —me preguntó.

—Nada.

Tomó un sorbo de café.

—Típico.

—¿Qué quieres decir con eso?

—Es la misma reacción que cuando le dijimos que Amy había desaparecido. En realidad, ninguna reacción. Sólo un encogimiento de hombros; como si no hubiera pasado nada.

—No supo cómo reaccionar —dije.

Meredith no tragó con eso.

—No lo sé, Eric, debería haber habido una mínima expresión de compasión... de consternación... algo. —Le dio otro sorbo al café—. No hizo ni una sola pregunta. ¿Te diste cuenta de eso?

—Está asustado —le dije.

Respiró deprisa, con agitación.

—Y yo también —dijo.

Pude ver su miedo con claridad, y en ese primer temor evidente sentí el tacto de algo todavía más terrorífico.

—¿Te encuentras bien? —pregunté.

—¿Cómo podría estarlo, Eric? —preguntó. Su voz dejaba traslucir cierto sarcasmo—. ¿Cómo podría estar algo bien? —Bebió con furia de la taza y sonrió con aire burlón, resignado, aunque no fui capaz de decidir si la resignación tenía que ver con Keith o conmigo o con ella, o tan sólo con la vida, con la suya, con todo aquel trayecto que la había llevado a enterrarse en un pequeño pueblo de mierda.

No tenía respuesta para ella, y, por tanto, hice lo que hacemos a menudo cuando las cosas parecen fuera de nuestro alcance, envueltas en una oscuridad absoluta, cuando sentimos la inminencia del abismo.

Alargué la mano a ciegas y tomé la suya.

8

Leo prefirió conocer a Keith en nuestra casa en lugar de en su despacho, porque, como le dijo a Meredith: «Los chicos se ponen menos nerviosos en su territorio».

Conocíamos a Leo desde hacía quince años. Cuando llegó el momento de comprar la tienda, saqué su nombre de la guía telefónica, y había llevado el cierre del negocio con tal competencia y naturalidad que, a partir de entonces, había dejado en sus manos todos nuestros asuntos personales y profesionales. De un tiempo a esa parte, se había convertido en una especie de amigo de la familia. Su esposa, Peg, había muerto tres años antes, y desde entonces Meredith había hecho algunos intentos de emparejarlo con diversos miembros docentes femeninos de la escuela universitaria local. Sin embargo, Leo jamás había llamado ni una vez a alguna de aquellas mujeres, y Meredith terminó por captar el sencillo mensaje de que él no quería volver a casarse. Era feliz en su condición de viudo sesentón, libre de hacer lo que le pluguiera o de largarse cuando se le antojara.

Llegó a las tres y cuarto en punto, vestido con su chaqueta y corbata de costumbre y los zapatos bruñidos hasta refulgir.

—Hola, Eric —dijo cuando abrí la puerta.

Lo conduje hasta el salón, donde Meredith estaba sentada en un extremo del sofá, con las largas piernas cruzadas con remilgo, las manos en el regazo y una rigidez en la postura que Leo advirtió de inmediato.

—Sé que esto es muy inquietante —le dijo Leo mientras se sentaba en el sofá—. Pero, créeme, es demasiado pronto para sugerir que Keith tenga algo de qué preocuparse en absoluto. —Echó una rápida mirada por el salón—. Y ya que hablamos de él, ¿dónde está?

—En su cuarto —dije—. Pensé que tal vez quisieras hablar con nosotros primero.

Leo negó con la cabeza.

—No, con quien realmente tengo que hablar es con él.

Era una orden clara de hacer bajar a Keith.

—Lo traeré —dijo Meredith. Se levantó y se dirigió a la escalera.

—Todo esto es muy extraño —dije después de que ella hubiera salido de la habitación—. Keith involucrado en algo así.

—Es preocupante, por supuesto —dijo Leo—. Pero nueve de cada diez veces se puede aclarar todo con suma rapidez.

—¿Ya te has encargado de esta clase de cosas con anterioridad? —pregunté.

Leo se echó hacia atrás con naturalidad.

—¿Qué clase de cosa es ésta?

—La de un chico acusado de algo —respondí.

—¿Se ha acusado a Keith de algo?

—No, exactamente, pero…

—Pero ¿qué?

—Bueno, él fue la última persona que vio a Amy.

Leo negó con la cabeza.

—No, la última persona que vio a Amy fue el tipo que se la llevó. —Me lanzó una mirada elocuente—. Eric, has de tener muy presente en tu mente esta distinción.

Asentí obedientemente con la cabeza.

Meredith regresó, y Keith la seguía desganado, aparentemente tenso, como alguien que ya hubiera sido juzgado y encontrado culpable y que tan sólo esperase a que el juez dictara sentencia.

—Hola, Keith —dijo Leo alegremente. Se levantó y alargó la mano con la misma euforia que un patriota que diera la bienvenida a casa a un soldado—. Parece que te mantienes en buena forma. —Me echó una mirada y le guiñó un ojo a Keith—. No como tu viejo, ¿eh?

El chico sonrió, pero era la sonrisa que le había visto antes, triste y bastante resentida, como si todo aquel asunto fuera una terrible molestia, algo por lo que tuviera que pasar antes de poder regresar a sus juegos de ordenador.

—Siéntate —le dijo Leo mientras volvía a tomar asiento en el sofá.

Keith se sentó en el sillón situado al otro lado de la estrecha mesa de café. Me miró y luego volvió a mirar a Leo. En su mirada no aprecié nada más que la sombría resolución de aguantar durante los siguientes minutos, para luego escabullirse a la oscura madriguera de su cuarto.

—Bueno, he oído que estuvieron aquí los polis —empezó Leo. Empleó un tono desenfadado, casi coloquial. Bien podría haberle estado preguntando a Keith por su película favorita—. ¿Se quedaron mucho tiempo?

Keith negó con la cabeza.

—Bien —dijo Leo—. No son una compañía muy divertida, ¿verdad?

Él volvió a negar con la cabeza.

Leo pasó una mano por encima del respaldo del sofá y con la otra se desabrochó la chaqueta en una espléndida exhibición de tranquilidad.

—¿Qué es lo que querían saber?

—Cosas sobre Amy —respondió Keith con un desganado encogimiento de hombros.

La siguiente pregunta de Leo salió a lomos de un ligero bostezo.

—¿Y qué fue lo que les dijiste?

—Que la acosté alrededor de las ocho y media.

—¿Y ésa fue la última vez que la viste?

—Sí.

—¿Cuándo te marchaste de casa de Amy?

—Cuando llegaron sus padres.

—¿Y eso sería?

—Alrededor de las diez.

Leo se inclinó hacia delante con un ligero gruñido y se masajeó el tobillo con calma.

—Y luego ¿qué?

Durante los siguientes minutos escuché cómo mi hijo le contaba a Leo la misma historia que había contado a la policía: que había ido al pueblo, y deambulado por las calles, y que, tras entretenerse un rato en el campo de béisbol, había vuelto a casa. Mientras hablaba, me permití creer que tal vez estuviera diciendo la verdad a fin de cuentas, que quizá yo estuviera equivocado y que no hubiera oído realmente a un coche pararse en la carretera aquella noche, ni visto sus luces barrer la maleza y luego alejarse. Había visto a otros padres encontrar los medios de negar la horrible posibilidad de que su hijo o hija pudieran haber hecho algo terrible. En el pasado, la forma en que habían demostrado semejante fe ciega en la inocencia de sus hijos me había asombrado. Pero, de repente, cuando Leo se volvió hacia mí y dijo: «¿Estabas despierto cuando Keith llegó a casa?», supe que era ya uno de aquellos padres que deseaban hacer o decir o creer cualquier cosa que contuviera la sombría marea de la duda.

—Sí, estaba despierto —respondí.

—¿Así que viste a Keith cuando llegó a casa?

—Sí.

—¿Cuándo lo viste?

—Lo oí venir por el camino —dije.

Por suerte, la siguiente pregunta —*¿Estaba solo?*— nunca se produjo, un espacio en blanco que no me esforcé en rellenar.

Leo me dedicó una sonrisa de agradecimiento.

—Bien —dijo, como si yo fuera un escolar que hubiera deletreado la palabra correctamente. Se volvió hacia Keith—. Me mantendré al tanto de la investigación y os tendré informados. —Se inclinó hacia delante y le dio una palmadita en la rodilla a mi hijo—. No te preocupes por nada. —Empezó a levantarse, se detuvo y volvió a sentarse en el sofá—. Otra cosa más —dijo con la mirada sobre Keith—. ¿Estuviste en algún momento cerca del depósito de agua?

Vi un brillo sombrío en los ojos de mi hijo.

—¿El depósito de agua? —preguntó Keith.

—El depósito de agua del pueblo, ¿sabes dónde está, no es así? —aclaró Leo—. A las afueras, a un kilómetro y medio, más o menos.

—Sé dónde está —respondió Keith con cautela, como si saberlo le convirtiera a uno en culpable.

—Entonces, ¿te acercaste en algún momento por allí?

Keith negó con la cabeza.

—No —recalcó con las palabras.

Sin decir nada más, Leo se volvió a poner de pie de repente.

—Bueno, os mantendré informados de cómo evoluciona este asunto. —Se dio la vuelta y se dirigió a la puerta—. Bien, que paséis un buen día.

Meredith se adelantó con rapidez.

—Te acompaño hasta el coche, Leo —dijo.

Unos segundos después, me encontré a solas en el salón; Keith estaba arriba, y Meredith y Leo avanzaban lentamente por el camino hacia el impresionante Mercedes blanco de éste.

Me senté en el sofá durante un momento, pero la ansiedad me dominó enseguida, así que me levanté y me dirigí a la ventana delantera. Meredith y Leo estaban de pie junto al coche, y él asentía con la cabeza de aquella manera suya tan sofisticada mientras la escuchaba. Ella parecía más animada de lo que lo había estado desde la de-sapa-rición de Amy Giordano y agitaba las manos como si estuviera inten-tando atrapar una mariposa invisible. Entonces Leo dijo algo, y las manos de Meredith dejaron su nervioso revoloteo, se quedaron inmó-viles durante un instante y luego cayeron a sus costados como pesas.

Ella escuchaba lo que Leo le decía aparentemente con lentitud, como escogiendo las palabras, la mirada de Meredith fija en él con enorme intensidad, hasta que de repente miró hacia la casa, a la ven-tana donde yo me encontraba; y mi reacción fue apartarme de su vis-ta rápidamente, como un mirón pillado *in fraganti* por sorpresa.

Cuando Meredith entró de nuevo en casa, yo ya había vuelto al sofá.

—¿Y bien?, ¿qué te parece cómo ha ido todo? —pregunté.

Se sentó a mi lado, ya más tranquila y menos furiosa que antes.

—Lo superaremos, ¿verdad, Eric? —preguntó a su vez.

—¿Qué?

—Que pase lo que pase, lo superaremos.

—¿Y por qué no habríamos de hacerlo?

Pareció no saber cómo reaccionar ante la pregunta, aunque al fi-nal dijo:

—A causa de la tensión… de la presión. A veces, las familias se rompen.

—O se unen más —dije—. Como aquellos carromatos cuando eran atacados por los indios.

Su sonrisa fue casi una fantasmagoría.

—Como los carromatos, sí.

No dijo nada más.

Volví a la tienda al cabo de unos minutos, con la esperanza de que Leo Brock estuviera en lo cierto y de que no hubiera nada por lo que preocuparse.

—¿Todo bien? —preguntó Neil.

—Bueno, ya tenemos abogado —respondí.

Neil lo entendió en el sentido que yo le había dado, como indicio de que, de alguna manera incognoscible, las cosas habían tomado un cariz más serio.

—Si hay algo que pueda hacer —dijo.

Siempre había pensado que Neil era un hombre en cierta manera trivial, no porque fuera un homosexual tosco y afeminado, sino a causa de su excesiva emotividad, de su tendencia manifiesta a dejarse llevar por las películas lacrimógenas. Pero, en ese momento, ese mismo exceso se me antojó encantador y genuino, una empatía que procedía de lo más hondo, como la médula de sus huesos. Y se me ocurrió entonces que el problema era como el de hacer girar un objetivo, un movimiento que hacía que todo quedara más enfocado. De repente, distingues al que se preocupa y al que no, al que es amable de verdad y a aquellos que sólo fingen su amabilidad.

—Es que creo que a la gente buena no deberían pasarles cosas desagradables, ¿sabes? —añadió Neil—. A la gente como tú y Meredith, como el señor y la señora Giordano. A la gente inocente, como Amy.

—Sí.

—Y como Keith —añadió.

¡Keith!

Sentí que algo se obstruía dentro de mí, como si una corriente profunda, una que siempre hubiera fluido abierta y libremente hacia mi hijo, se estrechara con violencia.

—Sí, Keith, claro —dije.

Neil captó algo en mi mirada.

—Sólo confío en que el chico tenga alguien con quien hablar —dijo, tras lo cual se fue apartando poco a poco y se ocupó de manera deliberada en desembalar una caja de fundas para cámaras.

Me dirigí a la parte posterior del mostrador de los marcos y me puse a trabajar. La tarde anterior habían entrado varios encargos; Neil los había anotado en unos papelitos que indicaban el número y el tamaño del marco que necesitaba cada fotografía. Se trataba de fotos familiares, como siempre, excepto la de un golden retriever que corría por la playa. En una, la familia se había congregado en la escalera de una pequeña casa de campo alquilada, el padre al fondo, bronceado y sin camisa, con los brazos alrededor de los hombros de su esposa; los dos niños estaban sentados en los peldaños de madera. Otra mostraba a los miembros de una familia mucho más numerosa tumbados de cualquier manera en un campamento, moteados por el sol que se colaba entre las ramas de encima. Algunos iban en traje de baño, y el pelo rubio de la hija adolescente caía en húmedos rizos mientras se lo secaba con una toalla.

Tras leer todos los papeles, saqué los marcos indicados del almacén, corté los cristales y apoyé el trabajo concluido en la pared de detrás. Después limpié el mostrador y me senté detrás de él en el taburete bajo de aluminio que tenía allí.

No sé el tiempo que permanecí sentado en silencio, esperando el consuelo de la llegada de un próximo cliente, antes de que me fijara en el borde brillante de una fotografía metida justo debajo de la esquina de la máquina de revelado. Estaba muy arrugada, pero cuando la coloqué en el mostrador y la alisé, vi que era una foto de Amy Giordano. No cabía duda de que Neil la habría dejado caer al suelo sin darse cuenta unos días antes, y que era una de aquellas «copias gratis» que regalábamos con cada revelado.

La foto la mostraba sola al borde de una rutilante piscina azul, vestida con un bañador de una pieza, rojo con lunares blancos. A su lado había un enorme balón de playa por cuyos tersos laterales se deslizaban unas gotas de agua. Una arruga del papel cortaba en diagonal el cuerpo de Amy en una cruel línea irregular, de manera que el alzado brazo derecho aparecía amputado del resto del cuerpo, al igual que la pierna izquierda a media pantorrilla. Aparte de esa bisección accidental, no había ninguna otra sugerencia acerca de la suerte de Amy, aun así, me asaltó el repentino y terrible presentimiento de que había sido asesinada. Y en ese instante, sin la menor voluntad por mi parte, vi a Keith parado en el extremo de un pasillo imaginario que conducía al cuarto de Amy, los puños apretados, combatiendo el impulso que bramaba en su interior, intentando controlarse desesperadamente; un impulso tan violento que él lo sentía como una mano que lo empujaba desde atrás, que lo oía como una voz que gritaba, enloquecida, dentro de su cabeza. La violencia se fue haciendo cada vez más feroz, hasta que, finalmente, Keith cedió ante ella y, con la mirada fija en la puerta cerrada del otro extremo del pasillo en penumbra, respiró profundamente y empezó a moverse hacia ella.

—¿Eric?

Parpadeé rápidamente y miré hacia la voz, casi esperando encontrarme a un demonio allí parado, cornudo y con los ojos rojos, la personificación misma del diablo. Pero sólo se trataba de la señora Phelps, que sujetaba dos rollos de película en una mano ligeramente temblorosa.

—Me gustaría tener esto para el martes —dijo mientras colocaba una foto de ocho por diez de su nieta sobre el mostrador delante de mí—. ¿No es preciosa? —preguntó.

Me metí a toda prisa en el bolsillo la foto de Amy y me concentré en la otra niña pequeña.

—Sí —dije—, sí que lo es.

Cerré la tienda a la hora habitual y regresé a casa. Meredith colgó el teléfono en el momento en que yo entraba en la cocina.

—Hablaba con el doctor Mays —dijo—. El próximo fin de semana da un cóctel en su casa. Nos ha invitado. ¿Quieres ir? Creo que deberíamos asistir.

—¿Por qué?

—Así pareceremos… normales —respondió.

—Somos normales, Meredith.

—Ya sabes a qué me refiero.

—Sí, bueno —dije—. Tienes razón. No podemos dejar que la gente piense que tenemos algo que esconder.

Asintió con la cabeza.

—Sobre todo ahora.

—¿Ahora? ¿Qué quieres decir?

—Ahora que sabemos por qué Leo le preguntó a Keith si había estado en algún momento en el depósito de agua.

—¿De qué estás hablando?

—Encontraron el pijama de Amy allí —dijo Meredith. Me miró con aire burlón—. ¿No has escuchado la radio?

Negué con la cabeza.

—No, supongo que prefiero evitar las cosas.

Para mi sorpresa, dijo:

—Sí, eso es lo que haces. Y Keith es igual.

—¿A qué te refieres?

—A que no eres combativo, Eric, sino pasivo. Como él.

—¿Y eso qué significa exactamente?

—Lo dice la propia palabra. Que no te enfrentas a las cosas.

—¿Como a qué?

—¡Por Dios, Eric! ¿Por dónde debería comenzar? Como a las notas de Keith, para empezar. Aquí soy yo la única que exige. O a su comportamiento indolente en casa. Soy yo quien está todo el día detrás de él y le obliga a sacar la basura o a rastrillar las hojas.

Eso era verdad. No había razón para negarlo.

—Y no es que creas que él no debería hacer esas cosas —añadió—. Es tan sólo que no te quieres enfrentar a él. Así es como eres, pasivo.

Me encogí de hombros.

—Tal vez sí. No tengo ganas de discutir sobre eso.

—Justo lo que estaba diciendo —dijo Meredith con resolución.

Su tono se me antojó innecesariamente duro.

—Bien, ¿y qué preferirías que hiciera, que me pasara el día discutiendo con él? ¿O contigo? ¿Que hiciera un problema de todo?

—Pero es que algunas cosas sí que son problemas —me espetó—. Como el que tu hijo esté jodido o no. Eso es un problema.

—¿Jodido?

—Sí.

—¿Y en qué está jodido Keith?

Meredith hizo un gesto de frustración con la cabeza.

—¡Por Dios, Eric! ¿Es que no ves más allá de tus narices?

—Veo a un adolescente. ¿Qué es lo que hay de jodido en él?

—¡Por el amor de Dios, si no tiene amigos! —Meredith lo dijo con rotundidad—. Y saca unas notas de mierda. Y no sabe lo que quiere. ¿Le has visto alguna vez el más ligero atisbo de interés por algo, el más leve indicio de ambición? —Parecía extrañamente derrotada—. Cuando termine el instituto, trabajará para ti en la tienda, eso es lo que hará. Entregará fotos, como hace ahora, excepto que utilizará un coche en lugar de una bicicleta. Al final, se hará cargo del trabajo de Neil. Y cuando mueras, se hará cargo de la tienda completamente. —No se tomó ninguna molestia en disimular su decepción ante semejante perspectiva—. Ésa será su vida, Eric, un tiendecita de fotos y marcos.

—Como mi vida, ¿no es así? —pregunté—. La del pobre y patético bastardo.

Se dio cuenta de que había ido demasiado lejos en su ataque.

—No quería decir eso. Tú no tenías nada. Tu padre se había arruinado y tuviste que valerte por ti mismo. Pero Keith tiene todo a su favor. Podía ir a cualquier universidad, llegar a donde quisiera.

Hice un gesto con la mano y me aparté. Había algo en todo aquello que no podía soportar.

—Me voy a dar un paseo —le dije con irritación.

—¿Un paseo? —preguntó. Se me quedó mirando con una extrañeza burlona—. ¿A esta hora del día? ¿Adónde?

Nunca daba paseos, pero sabía que debía huir. Daba igual adónde, sólo que debía salir de casa, alejarme de Meredith y de la sensación de fracaso y decepción que emanaba de ella como un perfume.

Me di la vuelta y me dirigí hacia la puerta.

—Al bosque. —No dije nada más.

En el famoso poema de Frost, los bosques son encantadores, oscuros y profundos, pero el sol no se había puesto todavía en el bosque esa noche, así que los detalles de la maleza aparecieron ante mi vista en todo su esplendor, excepto su función, que era la de esconder todo lo que yaciera debajo de ella.

En el bosque de detrás de la casa no había senderos ni caminos a través de las zarzas, así que caminé despacio, con cuidado, apartando las ramas bajas de los árboles y las pegajosas enredaderas.

Recuerdo en todo lo que pensé mientras caminaba: en la desaparición de Amy, en el interrogatorio de Keith, en mi temor por los problemas que pudieran surgir. Pero, por encima de todo, cuando pienso en aquel último paseo solitario, lo que considero no son los hechos escuetos que entonces conocía ni los problemas que razonablemente preveía, sino aquellos muchos más sombríos que estaban sucediendo en el momento y de los que no sabía nada ni podía haber imaginado.

Ahora, tantos años después, mientras espero en el reservado del rincón de una cafetería en una lluviosa tarde de otoño, reviso el largo recorrido de aquello que ignoraba. Entonces las palabras retornan una vez más: *Volveré antes de las noticias*, y mi cuerpo se tensa como preparándose para un golpe aplastante, y de nuevo estoy en el bosque sin senderos, y la noche está cayendo y no encuentro el camino de vuelta a casa.

SEGUNDA PARTE

Más allá de la ventana del restaurante, las calles aparecen abarrotadas. Hay sobre todo familias, cámaras en ristre. Los has atendido a miles. Sólo hacen preguntas de lo más elemental. Sacan los pequeños botes de película y preguntan cuánto les costará revelarla. Les dices un precio y, si les satisface, te preguntan cuándo estarán listas las fotos. Respondes también a esa pregunta y, en la mayor parte de los casos, se cierra el trato. Te diriges a la máquina de revelado, abres los botes, extraes la película y la introduces en la máquina; y esperas. Los rodillos del interior de la máquina empiezan a girar, y los productos químicos se dispersan. El motor zumba. Pasan los minutos. Entonces aparecen las fotos, brillantes, nuevas, y van cayendo en la bandeja como hojas de brillantes colores.

Pasan los años, los viejos clientes van desapareciendo y aparecen otros nuevos. Te preguntas si alguno de estos nuevos te reconocerá, se acordará de lo ocurrido y te hará una pregunta diferente. Entonces, una mañana de domingo suena el teléfono, y te das cuentas de que un pasado sin futuro es un cadáver, y que has estado muerto durante mucho tiempo. Te quieres levantar de la tumba, arrancar algo bueno de toda esa oscuridad, y entonces dices que sí y lo preparas todo.

Pero ¿qué dirás?, te preguntas, ¿qué dirás cuando te vuelvas a enfrentar a ello de nuevo? Deseas acabar con acierto, pero has de empezar sin él, porque, cuando todo comenzó, no tenías nada. Vivías en una pequeña ciudad, llevabas una pequeña vida ordenada. Lo que has aprendido desde entonces, lo has aprendido poco a poco, un tesoro reunido moneda a moneda. Así que has de planificar el itinerario con cuidado, controlar el ritmo, exponer lo que has reunido y confiar en que sea aceptado.

Pero primero debes volver a pensar en ello, revivir aquel último momento y, luego, volver sobre los pasos de los días previos, al cómo fue que en sólo unos pocos días fugaces se desmoronase todo. Sí, decides, ésa es la manera de exponerlo.

La camarera no sospecha. Ha visto a otros hombres como yo, solos en una mañana de domingo, sentados en el reservado del fondo ante una solitaria taza de café.

Así que aquí te sientes seguro. ¿Y por qué no? No pudiste traerlos a la vida de nuevo, no pudiste reparar el daño, así que decidiste sacarle el máximo provecho posible. Pensaste en marcharte de Wesley, pero no lo hiciste. Te quedaste porque creíste que había un motivo para permanecer y que, al final, encontrarías ese motivo. Pero pasaron los años, y ya habías empezado a creer que no lo encontrarías jamás. Entonces sonó el teléfono, y el motivo se hizo evidente de pronto. Te diste cuenta de que, aunque no hicieras nada más, podías devolver algunas cosas, desenterrarlas como huesos secos de tu propio pasado enterrado.

Y por eso has venido aquí, a esta cafetería, con la esperanza de hacerlo, de ofrecer la mísera ofrenda de esas cosas, escasas y sombrías, que conoces.

9

La sospecha es un ácido, esto es algo que sé bien. Todo lo que toca lo corroe. Se come la tersa y brillante superficie de las cosas, y la marca que deja es indeleble. Una noche, ya tarde, veía la reposición de una de las películas de *Alien*. En una de las escenas, el alienígena vomitaba un líquido, tan corrosivo, que de inmediato se comía la primera planta de la estación espacial, y luego otra, y otra. Y pensé: la sospecha es como esto; no tiene otro destino que el ir perforando capa tras capa de las viejas confianzas y de las lealtades duraderas. Su dirección es siempre hacia el fondo.

Sabía que las cosas habían cambiado en mi familia, que Meredith se había vuelto más inestable y Keith, más desafiante, pero no era consciente de hasta qué punto la desaparición de Amy Giordano había afectado a otras personas aparentemente neutrales. Habían transcurrido tres días desde su desaparición, y no cabía ninguna duda de que todo el mundo en Wesley sabía que Keith había sido el canguro de Amy la noche que había desaparecido. Aun así, la reacción de la señora Phelp me pilló completamente desprevenido.

Era una mujer de setenta y pocos años, clienta habitual desde la apertura de la tienda. Tenía un pelo que, dependiendo de la maña que se dieran en la peluquería, era blanco o azulado. Su dentadura era postiza y, por consiguiente, artificialmente regular y demasiado grande para su boca. Siempre aparecía por la tienda de punta en blanco, por lo general con un pañuelo de seda alrededor del cuello, y muy maquillada, incluida la sombra de ojos.

Entró en la tienda poco después de las diez. Neil estaba en el mostrador delantero, y la señora Phelps se paró a charlar con él con la afabilidad que la caracterizaba. «Neil es muy agradable», me había dicho en una ocasión. Pero, bueno, casi todo el mundo lo era para ella. Su jardinero era agradable, por ejemplo, como lo era la ecuatoriana que le limpiaba su casa. El verano era agradable, pero también la primavera y el otoño. Jamás se había referido de manera particular al invierno, pero no me cabía ninguna duda de que también podría encontrarle algún aspecto que fuera agradable.

Venía a recoger la gran fotografía de su nieta que me había dejado para enmarcar el fin de semana anterior, y en cuanto entró por la puerta me acordé de que no estaba lista. La había empezado a enmarcar el sábado, antes de cerrar, y Neil, muy diligentemente, había cogido la fotografía y el marco y los había colocado a buen recaudo debajo del mostrador, donde permanecían, en el más completo de los olvidos, en ese momento.

—Lo siento, señora Phelps —dije cuando se acercó al mostrador—. Todavía no he acabado de enmarcar la foto, pero se la tendré lista a lo largo del día.

La señora Phelps sonrió e hizo un gesto con la mano para quitarle importancia.

—Bueno, Eric, no te preocupes —dijo—. Me paso más tarde.

—No, no —dije—. Es culpa mía por no tenerla lista. Cuando venga Keith, le diré que se la lleve a casa.

Fue entonces cuando advertí un atisbo de inquietud en la mirada de la señora Phelps, un recelo repentino y nada sutil. También supe el motivo. Su nieta, la pequeña de la fotografía que todavía no había enmarcado, estaba pasando una temporada con ella. Era una niña preciosa, con una larga melena negra, y tendría unos ocho años, la misma edad y aspecto que Amy Giordano.

—Bah, no tienes que molestar a Keith por esto —dijo la señora Pehlps—. Pasaré luego, esta misma tarde. —Su voz seguía siendo afable y complaciente, la de una amable mujer que estaba siendo amable, pero también contenía una carga de firmeza, de evidente negativa a permitir que mi hijo se acercara en ningún momento a su nieta. Me acordé de lo que había leído acerca de las ballenas, de cómo la madre ballena sitúa su enorme mole entre el arpón y su cría. La señora Phelps no estaba haciendo nada más que eso, protegiendo a su nieta del oscuro potencial de mi hijo.

—De acuerdo —dije en voz baja—. Si es eso lo que prefiere.

—Sí, gracias —respondió educadamente—. Retrocedió un paso, con la mirada revoloteando por los objetos expuestos y todavía con la sonrisa en la boca, ya una mueca sin vida, paralizada. Se sentía avergonzada por lo que acababa de hacer, aunque nada dispuesta a rectificar. Después de todo, debió de haber pensado, estaba en juego la seguridad de su nieta.

—Hacia las cuatro, entonces.

Asintió con la cabeza, se dio la vuelta y se marchó deprisa. Al pasar junto a Neil ni siquiera se despidió de él, y cuando ya estaba en la acera, tuve la sensación de que casi le faltaba el resuello.

—¡Por Dios! —me dijo Neil—. Esto ha sido increíble.

Me quedé mirando fijamente a través del escaparate delantero, observando cómo la señora Phelps se dirigía a su coche y se metía dentro.

—Me parece que Keith no debería hacer más repartos —dije.

—Es sencillamente horrible —insistió Neil—. ¿Qué ha sido de la presunción de inocencia hasta que se demuestre lo contrario? Y la señora Phelps, nada menos. Tan amable y todo eso, pero…

—Es miedo —le dije, aunque hasta ese momento no me había dado cuenta de hasta qué punto la sospecha era una forma de miedo—. Tiene miedo de Keith. Supongo que es natural.

—Pero no tiene ningún motivo para ello —dijo Neil.

Me vino a la cabeza la horrible visión que había tenido unos días antes, aquella en la que mi hijo avanzaba por el oscuro pasillo hacia la habitación de Amy. Fue cuanto pude hacer para evitar vocear el pensamiento que me asaltó en ese momento: «Dios mío, ojalá estés en lo cierto».

Pero pareció que Neil casi hubiera oído la amarga invocación que yo había conseguido reprimir.

—Es imposible que Keith le haya podido hacer algo a esa pequeña, Eric —dijo con rotundidad—. No tenía coche. Quienquiera que la raptara, tuvo que tener un coche. Uno no se lleva a una niña de su casa y se va caminando.

Vi de nuevo la maleza barrida por los haces de luz de un coche.

—Lo sé.

Una cascada de imágenes inundó mi pensamiento: vi a Keith

mientras avanzaba por el sendero, arrastrando los pies; y lo vi al pasar rozando las ramas colgantes del arce japonés del final del camino; y subiendo a hurtadillas la escalera. Recordé que se había quedado petrificado al oír mi voz, parado de cara a la puerta, los faldones arrugados de la camisa colgando fuera del pantalón. Durante un instante, la pregunta de por qué llevaba la camisa fuera de los pantalones se me hizo casi insoportable.

Neil me tocó el brazo con dulzura.

—Créeme, Eric, Keith no es un... —Se interrumpió, sopesó sus palabras y dijo—: Keith no... le haría daño a una niña.

Asentí en silencio, porque me pareció que no había nada más que hacer, ninguna palabra que pudiera decir sin temor a equivocarme. Luego me puse a trabajar. Enmarqué la foto de la señora Phelps, y luego otra, y otra, mientras pasaban las horas, y los clientes iban y venían, a veces mirándome, otras evitándome por completo, lo cual encontré incómodo por igual. Era una forma de inquietud que no quería que Keith experimentase, decidí, así que a mediodía llamé a Meredith y le dije que creía que era mejor que, hasta que no se solucionara el asunto de Amy Giordano, Keith se fuera directamente a casa después del colegio.

—No quiero que la gente lo mire de la manera que me miran a mí. —Le aclaré—. Como a un animal del zoológico.

—Por supuesto —convino Meredith—. Además, en su caso las miradas podrían ser peores.

—¿A qué te refieres?

La inmutable crudeza de su respuesta me dejó helado.

—A que serían como si la puerta de la jaula estuviera abierta —dijo.

Warren llegó justo cuando estaba cerrando. Llevaba puesto un mono de trabajo de algodón blanco, salpicado de pintura. Pequeñas gotas de pintura seca le colgaban también de los ralos mechones de pelo naranja y le moteaban las manos y los antebrazos.

—Pensé que tal vez podríamos tomarnos una cerveza, hermanito —dijo.

Negué cansinamente con la cabeza.

—Ha sido un día muy largo, Warren. Creo que me iré directamente a casa.

Neil pasó por nuestro lado, saludó a Warren y empezó a caminar hacia su viejo Dodge verde, más o menos heredado de su madre.

Warren se rió.

—¡Joder, menudo plumón tiene! —dijo. Me miró, pero ya no sonreía—. Lo cierto es que me gustaría tomarme una cerveza, Eric. —No esperó a que lo rechazara una segunda vez—. Unos polis se pasaron por la casa en la que estoy trabajando. La de Earl Bannister. Abordaron directamente a Earl y le preguntaron por mí. Eran dos polis. Supongo que los que hablaron contigo.

—Peak y Kraus.

—Creo que sí —dijo Warren—. En cualquier caso, eso no está bien, dirigirse a Earl de esa manera. No puedo permitirme tener unos polis por ahí, haciendo preguntas sobre mí mientras estoy trabajando. Haciendo preguntas. Haciendo que parezca que estoy… metido en algo. —Su tono se fue haciendo más tenso, e incluso un tanto resentido por verse arrastrado a unas circunstancias que no había provocado, aunque consciente ya de que no había manera de evitar—. Soy un pintor de brocha gorda, por amor de Dios. Entro y salgo de las casas de la gente. Tienen que confiar en ti en este negocio, no puedes estar trabajando y que aparezcan de repente un par de polis. —Su rostro enrojeció ligeramente—. Esto tiene que parar, Eric —dijo con una repentina premura—. Quiero decir que no puedo permitir que esto continúe. Tenemos que hablar de ello, ¿sabes?

Warren se estaba excitando y su agitación crecía por momentos. Era una de sus peculiaridades, la intensificación continuada de sus emociones hasta que alcanzaban el punto álgido, tras lo cual, o empezaba a sollozar, lo que hacía cuando estaba borracho, o se quedaba dormido, como ocurría cuando estaba sobrio.

—De acuerdo —dije—. Vayamos al bar de Teddy.

El bar de Teddy era un pequeño local situado unos cuantos portales más allá de mi tienda. El propietario, Teddy Bethune, llevaba muerto varios años, así que en ese momento el bar lo regentaba su hija, una mujer desaliñada y quisquillosa de mediana edad que nunca se había molestado en ocultar su preferencia por los turistas antes que por los borrachines habituales, a los que les gustaba cantar viejas canciones irlandesas, contar chistes verdes y que no paraban de obsequiarla con comentarios de cuánto más divertido había sido el bar cuando vivía su padre.

—¿Qué tomaréis? —preguntó Peg, dejando caer dos posavasos de papel delante de nosotros.

Pedimos dos cervezas, cogimos las escarchadas botellas y nos dirigimos al reservado del fondo.

Warren le dio un largo trago a la botella y, antes de hablar, le dio otro. Tras lo cual dejó la botella en la mesa.

—Qué bien sienta —confirmó.

—¿Qué querían saber los polis?

—Qué es lo que había visto.

—¿Te refieres a Amy?

—A Amy, sí, y a Keith.

—¿A Keith?

—Sí, que qué aspecto tenía. —Le dio otro trago a la botella—. Que cómo se comportaba. Ya sabes, que si estaba raro o algo así esa noche. El bajito se mostró muy interesado en eso.

—Peak —dije—. ¿Y qué le dijiste?

—Lo que tú me habías dicho, Eric. La verdad.

—¿Que era?

—Que Keith estaba de mal humor.

Me lo quedé mirando fijamente, horrorizado.

—Joder, ¿por qué le dijiste eso?

Warren me miró asombrado.

—¿Decir qué?

—Que Keith estaba de mal humor. Y, en cualquier caso, ¿qué significa eso de que estaba de mal humor?

Warren me miró de la misma manera que cuando, él con doce años y yo con ocho, su hermano pequeño le llamaba la atención por alguna estúpida metedura de pata.

—Supuse que tenía que decirles algo —dijo de manera poco

convincente—. Ya sabes, darles algo. Siempre hay que darles algo, ¿no es así?

—¿Por qué piensas eso?

Warren no contestó, pero supe que había sacado la idea de la televisión o de las películas.

Me dejé caer hacia delante y me atusé el pelo.

—Muy bien, escúchame —dije cansinamente—. ¿Qué fue exactamente lo que dijiste?

—Lo que te acabo de decir —respondió.

Parecía un poco asustado, igual que un niño pequeño que la hubiera cagado en la obra de teatro del colegio, y me acordé de la crueldad con que mi padre lo había despreciado, y de cómo, para agradar a mi padre, y sentirme su aliado, había adoptado a menudo la misma actitud hacia mi hermano, exagerando sus fracasos, mofándome de sus pequeños éxitos. No pude por menos que preguntarme si de alguna manera yo no seguiría atrapado en aquel patrón de conducta adolescente.

—Escucha, Warren —dije, procurando utilizar ya un tono menos reprobatorio—. Ha desaparecido una niña. Éste es un pueblo pequeño, y estas cosas se van haciendo más y más grandes. Ya has visto la foto de Amy por todas partes; incluso hay una en la puerta de mi tienda. Y ahora vienen los lazos. Lazos amarillos por todo el pueblo. Eso significa que la pasma está sometida a una gran presión, que sus puestos están en peligro. Así que tienen que encontrar a Amy, viva o muerta, y luego tienen que encontrar al responsable de su desaparición. ¿Entiendes lo que quiero decir?

Warren me miraba fijamente sin comprender.

—Lo que te estoy diciendo es que si empiezan a pensar que Keith tiene algo que ver con esto, se centrarán en él y no mirarán en ninguna otra dirección. Tienen que cerrar el caso.

La cabeza de Warren se movió en un lento asentimiento, y sus ojos, grandes y amables, parpadearon lánguidamente.

—Lo cual significa que el que Keith estuviera «de mal humor» les da algo en que pensar, y este algo les ronda por la cabeza y, entonces, empiezan a elucubrar: muy bien, tenemos a este chico, que es un tanto rarito, que no tiene amigos… y que aquella noche estaba de mal humor.

—Así que les empiezan a encajar las cosas —dijo Warren.

—Eso es.

Le dio otro sorbo a la cerveza e hizo un gesto con la cabeza en dirección a la mía.

—¿No te la bebes? —preguntó, eludiendo de inmediato mi advertencia, además de cualquier responsabilidad que pudiera tener por hacer más sospechoso a mi hijo a ojos de la policía.

Aparté la botella a un lado.

—¿Qué más les dijiste? —le pregunté con dureza.

Warren se puso tenso, como un humilde soldado raso al acercarse un oficial.

—Bueno, sólo que llevé a Keith en coche a casa de los Giordano —respondió—. Que Amy estaba en el jardín delantero y que se acercó corriendo al coche. Que Keith se bajó entonces y que los dos entraron en casa. —Dudó y le dio otro trago a la cerveza—. Ah, y que le dije hola a la niña.

—¿Algo más?

—Quisieron saber la reacción de la niña al ver a Keith.

—¿La reacción?

—Sí, si se alegró de verlo, o cambió de actitud cuando lo vio. Si se asustó o retrocedió, esa clase de cosas.

—¿Y tú que dijiste?

—Pues que no me había fijado en la reacción de la niña. Entonces me preguntaron si Keith la tocó, ya sabes, de alguna forma rara, indebida.

Me daba pavor la pregunta, pero aun así la hice.

—¿Y la tocó?

—No.

—¿No la tocó de ninguna manera?

—La cogió de la mano —especificó Warren—. La cogió de la mano y la llevó adentro.

—¿Y eso es todo?

—Sí.

—¿Nada más acerca del humor de Keith?

—No.

—¿Estás seguro de que no dijiste nada más, Warren?

—Sí, nada más —me aseguró. Otro trago—. ¿Qué iba a decir?

—Lo siento, tenía que saber si hubo algo más.

Warren negó con la cabeza con una exageración infantil.

—Ni una palabra, Eric. —Levantó la mano—. Lo juro.

—De acuerdo —dije—. Bueno, entonces supongo que la cosa no es demasiado grave.

Warren tomó un trago de cerveza y sonrió como un niño pequeño que, tras un momento de dificultad, se sintiera aliviado ya, una vez liberado de todo la carga.

Se rió entre dientes.

—Pero tengo que admitir que esos polis me pusieron nervioso. —Echó la cabeza hacia atrás, como si escudriñara con la cabeza hacia arriba en lo más profundo de un recuerdo lejano—. La gente así siempre me pone nervioso.

Le di un sorbo a mi botella, sintiendo un alivio en nada diferente al de Warren, satisfecho de que no hubiera dicho nada perjudicial para Keith.

—Todos esos tipos tienen la misma mirada —añadió Warren—. Ya sabes a qué me refiero, de desconfianza.

Eché una mirada a mi reloj, inquieto por volver a casa.

—Igual que aquel tipo que vino a casa después del accidente de mamá —siguió divagando—. Nuestra casa, ya sabes, aquella tan grande en la que vivimos.

Se refería a la casa que habíamos perdido, la que mi padre había hipotecado hasta el último centavo en su fallido intento de levantar cabeza, y que el banco terminó quitándonos finalmente.

—Me encantaba aquella casa —añadió Warren—. ¿Te acuerdas de cómo navegábamos en el estanque.

—Sí.

—Ya la habíamos perdido cuando vino aquel tipo —dijo Warren—. Yo estaba llenando cajas y él…

—¿De qué tipo estás hablando?

—De un individuo de la compañía de seguros.

—No recuerdo que viniera a casa ningún tipo de una compañía de seguros —repliqué.

—Eso es porque estabas con la tía Emma.

Yo tenía doce años el verano que murió mi madre, y recuerdo que mi padre me había llevado en coche al otro lado de la ciudad para que me quedara con su hermana hasta que, tal y como él dijo: «Se calmen las cosas».

—Yo me quedé con papá, ¿te acuerdas? —dijo Warren—. Ayudándole a embalar.

Mi padre había reclutado a menudo a Warren para hacer esa clase de trabajos pesados, así que no me sorprendió que le hubiera utilizado como mula de carga cuando tuvo que vaciar y limpiar la casa antes de entregarla.

—¿Y dónde estaba papá cuando aquel tipo apareció por casa?

Warren se encogió de hombros.

—Ya conoces a papá. Podía haber estado en cualquier parte. —Miró su botella vacía, levantó la mano y pidió otra—. De todos modos —continuó—, sin papá por allí, no supe qué hacer. Pero me dije, bueno, éste es sólo un tipo de la compañía de seguros, así que, si quiere hablar conmigo, ¿qué pasa? No me pareció que hubiera nada malo en ello.

—Así que hablaste con él.

—Sí. No era más que un niño, y él era un hombre hecho y derecho. Un tipo grande. Ya sabes, un adulto. Y uno no dice que no en esos casos, ¿verdad?

Peg trajo la cerveza, la puso sobre la mesa y me miró.

—¿Y tú?

—Estoy servido —dije.

Se dio la vuelta pesadamente y volvió con lentitud a la parte delantera del bar.

—Además, sólo me hizo preguntas generales —añadió Warren—. Como, por ejemplo, qué tal iban las cosas. —Hizo girar la botella entre las manos, nervioso de nuevo, como si sospechara que yo le estaba tendiendo una trampa—. Cosas còmo que si mamá estaba bien y otras por el estilo, ¿sabes? Cosas sobre la familia. No pensé mucho en ello entonces, pero ahora me da una especie de escalofrío.

—¿Por qué?

—Porque él parecía…, ¿cómo te diría?, desconfiar.

—¿Desconfiar de qué?

—De nosotros. Supongo. De si pasaban cosas en la familia. Entre papá y mamá. De si iban bien las cosas entre ellos, por ejemplo.

—¿Eso te preguntó?

—No, fue más bien la sensación que tuve, ¿sabes?, como si estuviera preguntando si las cosas iban bien entre ellos.

—¿Y qué le dijiste?

—Que todo iba de maravilla —dijo—. Y ésa es la razón de que no comprenda por qué se cabreó tanto papá cuando le conté lo del tío ése. Me dijo que mantuviera la boca cerrada, y que si el tipo volvía a aparecer, que no lo dejara entrar. —Tomó un trago de cerveza y se limpió un resto de espuma blanca de la boca con el dorso de la mano—. Supongo que él le dijo lo mismo a aquel individuo, porque después de aquella vez no volvió a aparecer. —Se encogió de hombros—. Fuera lo que fuera, se arregló, ¿verdad?

—Eso parece —respondí. Volví a mirar el reloj—. Warren, tengo que irme a casa.

—Sí, claro —dijo—. Yo me quedo a terminar la cerveza.

Me levanté.

—Y recuerda, si los polis vuelven a hablar contigo, ten cuidado con lo que dices.

Warren sonrió.

—Puedes confiar en mí —dijo.

10

Cuando llegué a casa Keith estaba en su cuarto.

—¿Cómo se lo tomó? —le pregunté a Meredith—. Que yo no quiera que haga los repartos durante una temporada.

—No se lo dije —respondió Meredith. Estaba en la cocina, de pie frente a la tabla de picar, troceando la carnosa superficie de un tomate de final del verano. El jugo se desparramaba fuera de la tabla y dejaba un olor penetrante en el aire—. Sigue con la misma cara inexpresiva. Ninguna emoción. «Impasibilidad»…, así es como lo llaman.

—¿Quién lo llama así?

—Los psicólogos.

—Es un adolescente —dije—. Todos los adolescentes son «impasibles».

Dejó de cortar el tomate.

—¿Tú lo fuiste?

Fue una pregunta inesperada, aunque pensé que podía responderla con un rápido y tajante no. Entonces, recordé el instante en que se me comunicó la muerte de mi madre, la manera en que su coche se había precipitado al vacío desde un puente de nueve metros. El volante la había atravesado, una circunstancia que mi padre no se había recatado de revelar, y, sin embargo, y a pesar de la naturaleza truculenta de su muerte, yo me había limitado a asentir con la cabeza y a subir a mi cuarto, encender el tocadiscos y ponerme a escuchar el álbum que me acababa de prestar un amigo. Tiempo atrás, hubiera considerado semejante comportamiento tan sólo como la manera que tuve de detener mi dolor, pero, en ese momento, al pensar de nuevo en ello, fui incapaz de convencerme de que realmente hubiera sentido la muerte de mi madre con tanta intensidad como podría haber supuesto. En el funeral, por ejemplo, me había sentado en silencio al lado de mi igualmente silencioso padre, jugueteando con las mangas, mientras mi hermano Warren —convulsos los hombros carnosos, y las gruesas mejillas bañadas por enormes lagrimones— lloraba de manera incontrolada.

—Quizá lo fuera —admití—. Cuando murió mi madre, no me derrumbé precisamente.

—Pero creía que querías a tu madre —dijo Meredith.

—Y creo que la quería —dije—. Vaya, fue ella la que quería que yo fuera a la universidad, y la que hacía grandes economías y ahorraba.

Recuerdo que, incluso en lo peor de nuestra depauperada situación económica, había conseguido apartar unos cuantos centavos del presupuesto de cada mes. Lo había llamado mi fondo universitario y me había hecho jurar que guardaría el secreto, que le prometiera que no se lo diría a Warren y, menos que a nadie, a mi padre. No podía haber sido mucho dinero, por supuesto, y tras su muerte siempre di por sentado que mi padre lo habría encontrado, bien escondido en uno de los armarios empotrados o en el estante superior del armario de la cocina, y se lo habría gastado como él solía, con toda seguridad en una última botella de brandy caro.

—Su muerte debería haberme hecho sufrir de verdad —dije—. Pero no recuerdo que me afectara tanto. —Recordé el tono lento e intencionado que había adoptado mi padre al soltarme la noticia, la voz inalterable e impasible. Podría haber estado informándome perfectamente de un cambio repentino de tiempo—. A mi padre tampoco pareció afectarle mucho —añadí.

Meredith me miró como si acabara de revelarle un aspecto largamente oculto de mi carácter.

—Quizá sea de ahí de donde le venga a Keith, entonces. —Empezó a cortar de nuevo el tomate—. De todos modos, no hay que suponer que esa impasibilidad sea indicativa de algo.

—¿Y de qué iba a ser indicativa?

—Ya sabes, de que sea un monstruo.

—¡Joder, Meredith!, Keith no es ningún monstruo.

Siguió cortando el tomate.

—Eso es lo que acabo de decir.

Me senté a la mesa de la cocina.

—Los polis hablaron con Warren. No se le ocurrió otra cosa que decirles que aquella noche Keith estaba de mal humor.

Meredith se volvió y el cuchillo se petrificó en su mano.

—¡Menudo idiota de mierda! —dijo bruscamente.

—Sí.

—¡Maldita sea!

—Lo sé. Le dije que la próxima vez piense antes de hablar.

—Como si pudiera —dijo con vehemencia—. De mal humor, ¡por Dios bendito! —Allí parada, con el cuchillo en la mano, parecía echar fuego mientras me miraba con furia—. Y a todo esto, ¿qué le pasa a ése? ¿Es simplemente idiota o se trata de algo peor?

—¿Algo peor?

—Vaya, ¿no será que intenta poner a Keith en apuros?

—¿Por qué habría de hacer eso?

—Oh, vamos, Eric. —Dejó el cuchillo—. Tiene celos de ti. Siempre los ha tenido. Tú siempre has sido el favorito de todos. De tu madre, pero no sólo de ella. Qué digo, aun hoy a tu padre le trae sin cuidado si Warren va a visitarlo. Nunca piensa en él. Y para colmo, tú tienes una esposa, y un hijo, una familia de verdad. ¿Y qué es lo que tiene Warren? Absolutamente nada.

Todo aquello era verdad, pero nunca había considerado sus efectos corrosivos con anterioridad, la horrible posibilidad de que todos esos años de sentirse pequeño y fracasado, de vivir solo en una diminuta casa alquilada, pudieran haber corrompido de alguna manera el corazón de mi hermano, haberlo envenenado en mi contra hasta el punto de que se deleitara con los problemas que me acuciaban en ese momento, incluso, quizá, que procurara empeorarlos.

—¿De verdad piensas que Warren intentaría implicar adrede a Keith en este asunto de Amy?

—Sí —respondió Meredith sin rodeos.

La contundencia descarnada de su contestación, el mundo de amargura y envidia que desenterraba, fue más de lo que yo podía aceptar.

—No me puedo creer que él haya hecho algo así, Meredith —dije.

La intensidad de su mirada se desvaneció, y bajo ella me sentí como un niño absolutamente desorientado.

—Eric, no tienes ni idea de lo mala que es realmente la gente —dijo—. Y creo que no llegarás a saberlo nunca.

No tenía sentido responder a semejante acusación, así que me limité a negar con la cabeza, entré en el salón y encendí la televisión. El informativo local acababa de empezar. La noticia principal versaba una vez más sobre la desaparición de Amy.

No se había producido ninguna novedad en la investigación, afirmaba el periodista, aunque la policía seguía unas cuantas «pistas prometedoras».

¡Pistas prometedoras!

Volví la cabeza hacia Meredith, que estaba de pie en la entrada de la cocina con la mirada fija en la pantalla del televisor.

—Pistas prometedoras —repitió con sarcasmo—. Me pregunto cuántas de ellas se deben al viejo Warren.

Volví a girarme hacia el televisor. La noticia era ya en directo, y Peak y Kraus —aquél, adelantado, y éste, situado con cierta rigidez detrás de su compañero— aparecieron ante un irregular despliegue de micrófonos. Durante los siguientes segundos, Peak puso al corriente a los periodistas. La policía, dijo, estaba siguiendo varias pistas. Se había establecido una línea abierta, y parte de la información proporcionada por las personas que interrogaban parecía «creíble».

—Creíble, sí —se mofó Meredith mientras se sentaba a mi lado en el sofá—. No lo será, si procede de Warren.

—Por favor, Meredith —dije en voz baja.

Peak puso fin a las novedades diciendo que los Giordano estaban colaborando en todo, que en absoluto eran sospechosos de la desaparición de Amy y que habían entregado recientemente el ordenador de la familia a la policía, para que ésta pudiera comprobar si «individuos sospechosos» habían contactado con Amy por medio de Internet.

Dicho esto, Peak se dio la vuelta y empezó a dirigirse al interior de la jefatura de policía.

—¿Tienen ya un sospechoso?

La pregunta procedió de la nube de periodistas congregados en la escalinata del edificio, pero, cuando se volvió, Peak pareció haber reconocido al periodista que la había hecho.

—Estamos investigando a varias personas —respondió.

—Pero ¿tienen ya un sospechoso concreto? —insistió el periodista.

Peak le echó una mirada a Kraus y se enfrentó a la cámara.

—Estamos reuniendo pruebas para presentar una acusación —dijo—. Es todo cuanto les puedo decir.

Entonces, desapareció como por ensalmo.

—Reuniendo pruebas para presentar una acusación —repitió Meredith. Me miró con preocupación—. Contra Keith.

—No sabemos nada de eso —le dije.

Volvió a mirarme de la manera en que me había mirado cuando le discutí la mala voluntad de mi hermano.

—Sí, sí que lo sabemos —dijo.

Cenamos una hora después, durante la cual Keith permaneció hundido en la silla sin hablar, jugueteando con la comida sin apenas probarla. Al observarlo me fue imposible imaginar a Peak y a Kraus reuniendo pruebas contra él. Por un lado, Keith parecía demasiado pálido y flacucho para que fuera considerado una amenaza para alguien. Pero era algo más que su debilidad física lo que contradecía que le hubiera hecho algo malo a Amy Giordano. Sentado a la mesa mientras rumiaba en silencio, pinchando sin ton ni son la comida, daba la sensación de un ser inocuo, demasiado apático y desganado para haber reunido el impulso malvado necesario para hacer daño a una niña. Mi hijo no podía haber lastimado a Amy Giordano, decidí, porque carecía de la energía electrizante necesaria para cometer un acto semejante. Era demasiado soso e inútil para ser un asesino de niñas.

Y, por lo tanto, me obligué a creer que el sospechoso fantasma contra el que la policía estaba reuniendo pruebas tenía que ser alguien grueso y corpulento, poseedor de un cuerpo musculoso y unas piernas cortas y fuertes. Y decidí que fuera un vagabundo o un forastero de paso por la ciudad. Pero, con independencia de eso, me habría conformado con cualquiera, con tal de que no fuera Keith.

—¿Cómo va el colegio? —pregunté, y de inmediato me arrepentí, puesto que era justo la clase de pregunta paterna estúpida que temen todos los adolescente.

—Bien —respondió sin ánimo.

—¿Sólo bien?

Sacó una solitaria judía verde de entre las demás, como si estuviera participando en un solitario juego de palillos chinos.

—Bien —repitió con cierta aspereza, como un reo inquieto con el interrogatorio.

—¿Hay algo que debamos saber al respecto? —preguntó Meredith con su habitual tono de sensatez.

—¿Como qué? —respondió Keith.

—Como algo acerca de Amy —contestó Meredith—. ¿Estás teniendo problemas por lo de Amy?

Keith extrajo otra judía verde del montón, la escudriñó como si pensara que podía empezar a retorcerse de repente y la volvió a dejar caer sobre el plato.

—Nadie habla de eso.

—Pero podrían hacerlo en algún momento —insistió Meredith.

Él pinchó con desgana un grano rojo, pero no dijo nada.

—¿Keith? —dijo insistentemente Meredith—. ¿Me has oído?

Él dejó caer la mano sobre el regazo con brusquedad.

—Sí, vale, mamá.

Permaneció en silencio durante el resto de la cena; luego, se excusó con una muestra exagerada de formalidad y volvió a su cuarto.

Meredith y yo recogimos la mesa, metimos los platos en el lavavajillas y volvimos finalmente al salón, donde vimos la televisión un rato. Ninguno de los dos tenía mucho que decir, y tampoco parecía incomodarnos el silencio. Después de todo, no había nada de qué hablar excepto de Keith, y ése era un tema que no podía suscitarse sin que no se produjera una intensificación del nivel general de ansiedad, así que nos limitamos a evitarlo sin más.

Al cabo de unas pocas horas nos fuimos a la cama. Meredith leyó un poco. Yo sabía que intentaba abstraerse con el libro; ésa había sido siempre una de sus maneras de apañárselas con la realidad. Durante la enfermedad de su madre no había parado de leer, pero sobre todo cuando se encontraba a la cabecera de su cama en el hospital, donde había devorado libro tras libro en un esfuerzo frenético de mantener a raya la muerte inminente de su madre. En ese momento, estaba utilizando la misma táctica para evitar pensar en la deprimente posibilidad de que nuestro hijo pudiera encontrarse en un verdadero aprieto.

Antes de que apagara finalmente la luz, resultó evidente que en esa ocasión la táctica había fracasado.

—¿Crees que Keith debería ir a ver a un psicopedagogo? En la escuela universitaria hay uno, Stuart Rodenberry. Los chicos acuden a él con sus problemas. Dicen que es muy bueno.

—Keith no querría hablar con ningún psicopedagogo —dije.

—¿Cómo lo sabes?

—Porque no habla con nadie.

—Pero todo el mundo quiere que alguien le eche una mano, ¿no te parece?

—Hablas como un psicopedagogo.

—Hablo en serio, Eric —dijo—. Tal vez deberíamos pensar en la posibilidad de planear algo con Stuart.

No supe qué decir, ignoraba si era o no una buena idea lo del psicopedagogo en ese momento, así que me limité a callar.

—Mira —continuó Meredith—. Stuart va a estar en la fiesta del doctor Mays el viernes. Te lo presentaré. Si crees que podría ser un estímulo para Keith, a partir de ahí podemos ver qué hacemos.

—Está bien —dije.

Dicho eso, Meredith apagó la luz.

Tumbado en la oscuridad, me esforcé en quedarme dormido. Pero el sueño me evitó y, a medida que el tiempo pasaba lentamente, mis pensamientos volaron hacia mi anterior familia, que, pese a todas sus tragedias, se me antojó menos abrumada por los problemas. Una hermana muerta a los siete años, una madre atravesada por la columna de dirección de un coche, un padre indigente que esperaba la muerte en un modesto hogar para jubilados, un hermano alcohólico; pese a las desgracias de todos ellos, tales problemas no eran desconocidos para otras familias. Otras familias tendrían otros problemas diferentes, pero éstos, en ese momento, también se me antojaron comunes, vulgares. En comparación, la situación de Keith era mucho más negra y siniestra. No podía librarme de la imagen de mi hijo aquella noche, saliendo de las sombras y entrando en casa con aire cansino, y luego subiendo penosamente a hurtadillas las escaleras hasta pararse de cara a la puerta cuando le hablé, como si temiera mirarme a los ojos. Había algo familiar en la escena, la sensación de que yo ya la había vivido antes. Pero, por más que lo intentaba, no era capaz de traer a la memoria el primer momento, hasta que me acordé de repente, y vi a Warren, la mañana antes de la muerte de Jenny, cuando regresaba del cuarto de nuestro hermana, donde mi padre lo había más o menos apostado para que la atendiera durante la noche. No era un cometido que mi hermano hubiera deseado, y había intentado zafarse, pero mi padre había insistido: «Sólo tienes que sentarte junto a la maldita cama, Warren», le había gritado furioso, sugiriendo bien a las claras que cualquier otra tarea más compleja habría sobrepasado las limitadas capacidades de mi hermano. Warren había ido a la habitación de Jenny a medianoche y regresó a la suya cuando mi madre lo relevó a la seis de la mañana. Recuerdo su aspecto extraviado y desaliñado al avanzar a trancas y barrancas por el pasillo a la luz del amanecer. Sus fuertes pisadas me habían despertado, así que salí al pasillo, y lo vi parado frente a la puerta, como había hecho Keith, los ojos fijos e inmóviles, incapaz de mirarme cuando le pregunté por Jenny. «Me voy a la cama», se limitó a farfullar, antes de abrir la puerta de su cuarto y desaparecer dentro.

Fue la similitud de las dos escenas lo que en ese momento me perturbó, una semejanza que iba más allá de la coreografía descarnada de los dos adolescentes cansados y desaliñados avanzando por un pasillo y deteniéndose en tensión frente a las puertas cerradas de sus cuartos. Había un similitud en el ánimo, en el tono de voz, la sensación de que los dos chicos actuaban bajo presiones parecidas, las cuales, en ambos casos, tenían que ver —me percaté de repente— con el destino de una niña pequeña.

Mi angustia se disparó bruscamente. Me levanté de la cama y salí al pasillo, bajé las escaleras y fui hasta la cocina. Allí me senté a oscuras, y estudié detenidamente cada escena una y otra vez, intentando encontrar alguna razón, más allá de la evidente, de por qué las revivía con tanta fuerza.

Y se me ocurrió poco a poco, de la misma manera que aumenta la luz del amanecer, pasando de la oscuridad al gris y, de ahí, a una luz que va creciendo en intensidad de manera regular. La verdadera similitud no estaba entre las dos escenas, sino entre mi hermano y mi hijo; en el hecho, por más duro que me resultara admitirlo, de que en algún sentido los consideraba a ambos unos perdedores en la lotería cruel de la vida, atrapados en el fracaso y en la decepción, miembros de aquella despreciada legión de borrachos de mediana edad y adolescentes pardillos cuyo única verdadera fuerza, pensé, debía ser su anónima capacidad para controlar la propia rabia devoradora.

La cogió de la mano y la llevó adentro.

Las palabras de Warren trajeron de repente otra escena a mi mente, la de Keith reclamado por los Giordano para que cuidara a esa hija que tanto querían. Amy Giordano. Cabello negro como el azabache, piel sin mácula, lista, un futuro increíblemente resplandeciente y radiante, destinada a ser una de los triunfadores de la vida.

Las palabras de Keith rasgaron mi cerebro en un gruñido súbito y escalofriante: *la princesa Perfectina.*

Vi mentalmente a mi hijo coger de la mano a Amy y conducirla dentro de la casa. Y me asaltó una pregunta: ¿podría ser que la belleza y talento de la niña actuaran sobre él como una provocación, que todo lo relacionado con ella fuera una afrenta para él? ¿Que la permanente contemplación de aquellas brillantes cualidades de Amy lo azuzaran a salir de la apatía que, de lo contrario, habría contenido su mano?

Mi propio susurro rompió el aire con crudeza: *¿Puede haberla odiado?*

Sentí otra punzada de ansiedad, salí al jardín y me puse a contemplar detenidamente el cielo aquietado por la noche, donde en el pasado a veces había encontrado consuelo en la pura belleza de las estrella. Mas, en ese momento, cada destello de luz sólo me trajo a la memoria las misteriosas luces del coche que había visto aquella noche. Entonces, imaginé a una misteriosa figura tras el volante, y a Keith en el asiento del acompañante, y añadí una tercera y espantosa figura, la de una niña pequeña desnuda, acurrucada en el suelo del vehículo, atada y amordazada, gimoteando en voz baja, si es que vivía, y si no, rígida y silenciosa, mientras las zapatillas de deporte desabrochadas de mi hijo aplastaban aquella cara pálida e inmóvil.

11

Fue una visión horrible, un temor para el que no tenía ninguna prueba real y del que, sin embargo, no pude desembarazarme. Durante toda la noche fui incapaz de pensar en otra cosa que no fuera el coche, el conductor fantasma y mi hijo, todo ello unido al hecho incontestable de la desaparición de Amy Giordano y a la sospecha creciente de que Keith me había mentido a mí y a los demás por alguna razón que yo no era capaz de imaginar.

Era el único que sabía lo del coche, por supuesto, pero por la mañana también supe que era un conocimiento que ya no podía seguir guardándome para mí. Y, por lo tanto, poco después de que Keith bajara atropelladamente la escalera, se subiera a la bicicleta y se dirigiera al colegio, le di la noticia a Meredith.

—Creo que Keith tal vez esté ocultando algo —le espeté.

Ella se había puesto ya la chaqueta y se dirigía a la puerta. Se quedó inmóvil y se volvió hacia mí de inmediato.

—Dijo que aquella noche había vuelto a casa caminando, pero no estoy seguro de que lo hiciera así.

—¿Y que te hace pensar que no volviera caminando?

—Vi un coche detenerse junto al camino de entrada —dije—. Luego, al cabo de unos segundos, Keith apareció caminando por el sendero.

—¿Así que piensas que alguien lo trajo a casa esa noche?

—No lo sé —respondí—. Es posible.

—¿Viste quién era el conductor?

—No —respondí—. El coche permaneció en la carretera.

—¿Así que no podrías decir si Keith se bajó del coche?

—No.

—¿Por qué no me dijiste esto antes?

—No lo sé —admití—. Quizá tuviera miedo de...

—¿Afrontarlo?

—Sí —reconocí.

Meredith meditó durante un instante y dijo:

—No podemos decir nada de esto, Eric. Ni a la policía ni a Leo. Ni siquiera a Keith.

—Pero, Meredith, ¿y si ha mentido? —pregunté—. Es lo peor que podría haber hecho. Se lo dije cuando lo vi en el pueblo el día que estuvo aquí la policía. Antes de traerlo a casa de vuelta. Le dije que tenía que decir la verdad, y que si no lo hacía, entonces tendría que...

—No —repitió Meredith con dureza, como un capitán que asumiera el mando de un buque con una vía de agua peligrosa—. No puede desdecirse de nada. Ni añadir nada. Si lo hace, no lo dejarán en paz, y habrá más y más preguntas. Y tendrá que mentir una y otra vez.

Oí aquello como si fuera un trueno lejano, negro, amenazante, que se acercara inexorable.

—¿Mentir sobre qué?

Meredith pareció esforzarse en encontrar la respuesta adecuada; al final, se rindió.

—Sobre esa noche.

—¿Esa noche? —pregunté—. ¿Es que crees que sabe algo acerca de...?

—Pues claro que no, Eric —dijo con brusquedad. Su voz era tensa y poco convincente, así que me pregunté si, al igual que yo, no había empezado a considerar la peor sospecha posible—. El problema —añadió— es que si ellos averiguan que ha mentido entonces habrá más preguntas. Sobre él, y sobre nosotros.

—¿Sobre nosotros?

—Sí. Acerca de por qué lo hemos ocultado.

—Nosotros no hemos ocultado nada —dije.

—Sí, sí que lo hemos hecho —dijo Meredith—. Sabías lo de ese coche desde la primera noche.

—Es cierto —admití—. Pero no es como si estuviera intentando encubrir algo que hubiera hecho Keith; como esconder un martillo ensangrentado o algo así. Era sólo un coche. Es posible que Keith ni siquiera haya estado dentro.

Exasperada, Meredith me lanzó una mirada feroz.

—Eric, estuviste sentado en el salón mientras los dos polis preguntaban a nuestro hijo. Oíste sus respuestas, y tú sabías que una de ellas podía haber sido una mentira, pero no dijiste nada. —Sus ojos refulgían—. Es demasiado tarde para retractarse de nada, Eric. —Sacudió la cabeza—. Es demasiado tarde para retractarse de cualquier cosa.

Durante un momento no fui capaz de precisar con exactitud de qué estaba hablando Meredith, de qué, quizás entre montones de cosas, uno no podía retractarse.

—De acuerdo —dije—. No diré nada.

—Bien —dijo ella. Y, sin mediar más palabra, dio media vuelta con rapidez, abrió la puerta y echó a correr hacia el coche, mientras los tacones de sus zapatos restallaban como disparos contra el duro camino enladrillado.

Pese a la opinión de Meredith de que no podíamos decir nada sobre el coche que yo había visto detenerse junto el camino de entrada aquella noche, pensé en llamar a Leo Brock y contárselo. Pero nunca lo hice. Mi mujer sostendría, sin duda, que si no lo hice fue porque sabía que Leo se enfadaría por haberle ocultado algo, y que yo no querría enfrentarme a su enfado.

Pero la razón era aún más simple. Lo cierto fue que, a eso de media mañana, me había sumido en un estado irracional de esperanza de que todo pudiera resolverse sin más. Tal esperanza carecía de base alguna, y debido a eso he llegado a creer que apenas somos algo más que máquinas diseñadas para generar esperanza ante la fatalidad. Esperamos la paz cuando las bombas explotan a nuestro alrededor; confiamos en que el tumor no crezca y que nuestras plegarias no se desvanezcan en el espacio vacío al que las elevamos; mantenemos la ilusión de que el amor no se marchite y de que nuestros hijos salgan adelante perfectamente. Cuando nuestro coche derrapa y se precipita por el acantilado de granito, confiamos, mientras caemos, en que haya un colchón abajo. Y, al final, las últimas fibras de nuestra esperanza laten por la postrera esperanza de una muerte indolora y una resurrección a la vera del Padre.

Pero, en esa mañana en particular, mi esperanza era más específica, y no tuve ninguna duda de que surgía del sentimiento infundado de que las cosas iban a volver a la normalidad. Los clientes llegaron y se fueron, pero ninguno me miró exactamente igual a como lo había hecho la señora Phelps el día anterior. Por el contrario, me dedicaron educados saludos con la cabeza, sonrieron y me miraron directamente a los ojos. Tal vez el caso se estuviera enfriando en sus mentes, al alejarse los acontecimientos y disiparse la urgencia inicial. Quizá mis clientes hubieran llegado a aceptar el hecho de que Amy había desaparecido y de que acaso no llegáramos a saber nunca qué había sido de ella. Si eso era así, entonces los carteles con la foto de Amy no tardarían en despegarse de los escaparates de las tiendas de la ciudad. Los lazos amarillos se deshilacharían y caerían al suelo, de donde serían recogidos para ir a parar a la basura. Durante un tiempo, la gente de Wesley consideraría vagamente que mi hijo podría haber tenido algo que ver con la desaparición de Amy, pero, día a día, la mancha de sus sospechas se iría desvaneciendo y, al final, cualquier asociación de Keith con lo que le hubiera ocurrido a Amy Giordano también se desvanecería, y todos volveríamos adonde estábamos antes de aquella noche. Ésa era la ilusión que me concedí aquella mañana, así que, cuando volví del almuerzo, salí del coche y me dirigí a la tienda, estaba medio convencido de que lo peor había pasado.

Y, de repente, como una criatura surgida de un agua negra y salobre, él estaba allí.

Lo vi salir de la furgoneta de reparto en la que acostumbraba a transportar las frutas y las verduras, la camiseta y la gorra verde brillantes, la figura musculosa y torpe extrañamente encorvada, como la de un hombre que transportara una enorme piedra invisible.

—Hola, Vince —dije.

Pude ver lo que le habían hecho los últimos días, el tributo que se habían cobrado. Bajo los ojos enrojecidos por la falta de sueño, había unas grandes medias lunas marrones, y parecía como si de la cara le colgaran varias pesas que tiraran ligeramente de sus rasgos hacia abajo.

—Karen no quiere que hable contigo —dijo—. Y es probable que a los polis tampoco les guste.

—Entonces, quizá, no sea una buena idea —dije.

Recobró el equilibrio con un desplazamiento del cuerpo, y, si hubiera sido Warren, habría sospechado que había estado bebiendo. Pero, por lo que sabía, Vince Giordano no era un bebedor, sobre todo no era alguien que pudiera estar bebido a la una y media de la tarde.

—Quizá no —dijo—. No sé, quizá no lo sea. —Dirigió su mirada hacia mi tienda y luego la volvió hacia mí—. Pero tengo que hacerlo.

Siempre había sido un hombre rubicundo de tez, pero en ese momento me percaté de lo que parecían ser unos violentos rasguños en sus mejillas. Me lo imaginé arañándose con una desesperación agonizante, como un animal que royera su garra, desesperado por escapar de la trampa metálica.

—Karen no puede tener más hijos —dijo—. El de Amy fue un parto difícil, y ya no puede quedarse embarazada.

Hice un leve movimiento de asentimiento con la cabeza, pero sentí que mi piel se tensaba y se convertía en una armadura.

—Lo lamento, Vince.

Sus ojos refulgieron.

—Necesito que vuelva Amy —dijo—. Era todo lo que teníamos, Eric. Y todo lo que tendremos. Necesitamos que vuelva… de una manera u otra. —Sus ojos volvieron a alejarse de mí. Se sorbió la nariz con una larga y temblorosa inspiración, pero siguió con la mirada fija en otro lado del aparcamiento—. Si ella está en alguna… —su voz se quebró— en alguna zanja o algo así, ¿sabes? —Me lanzó una mirada suplicante—. ¿Me entiendes?

—Sí —dije en voz baja.

—En alguna zanja donde… los animales puedan… Donde… —De repente, se tambaleó hacia adelante, se apoyó en mí, enterrando la cara en mi hombro, y empezó a sollozar—. ¡Oh, Dios mío! —dijo llorando—. Necesito que vuelva.

Le eché un brazo por el hombro, y él se apartó rápidamente, como sacudido por una descarga eléctrica.

—Le dirás eso, ¿verdad? —dijo—. A Keith. —En ese momento tenía los ojos secos, como desiertos yermos—. Le dirás que necesito que ella vuelva.

—Keith no sabe dónde está Amy, Vince —dije.

Su mirada se clavó en mí como dos haces incandescentes.

—Sólo díselo —insistió.

Empecé a hablar, pero él se volvió y se dirigió a la camioneta con los brazos, cortos y fuertes, hendiendo el aire de manera mecánica, como un furioso muñeco de cuerda.

—Keith no sabe nada —grité a sus espaldas.

Vince no se volvió, y cuando llegó a la camioneta, abrió la puerta de un tirón y se sentó detrás del volante. Permaneció sentado durante un instante, la cabeza caída hacia delante, la mirada baja. Entonces, se volvió hacia mí y vi la profundidad de su dolor y supe, sin ningún atisbo de duda, que su mundo se había reducido al negro y pulsátil núcleo de la pérdida de Amy; que todo lo que le había importado hasta entonces ya no importaba; y que todo aquello que seguía importando a los demás tampoco le afectaba ya. Volví a oír sus palabras, cargadas de una advertencia desesperada: «Necesito que ella vuelva». Bajo la angustia anidaba una ira enconada. Vince arrasaría ciudades, vaciaría océanos, quemaría todos los campos de la tierra con tal de volver a coger en brazos a Amy, cogerla viva o muerta. Para él, toda la vida no pesaba más que veintisiete kilos y no medía más de un metro veinte. Todo lo demás era polvo.

Después de eso no quise entrar en la tienda, no deseaba que Neil me viera en el estado de agitación en que me encontraba. Me haría preguntas que no quería responder; así que caminé hasta el otro extremo de la calle y llamé a Leo Brock.

—He tenido un pequeño… enfrentamiento con Vince Giordano —le dije.

—¿Cuándo?

—Ahora mismo.

—¿Dónde?

—En el aparcamiento que hay cerca de mi tienda.

—¿Qué te dijo?

—Que quiere que regrese Amy —respondí—. Y me dijo que se lo dijera a Keith.

—Entiendo.

—Cree que Keith hizo algo, Leo —añadí—. Está convencido.

Se produjo una pausa y casi pude oír el ruido del cerebro de Leo.

—Escucha, Eric —dijo al fin—. Parece ser que la policía cree que hay algo feo. Algo que alguien no dice.

—¿A qué te refieres?

—Esto es todo lo que he podido obtener de mi fuente —dijo Brock—. Nada concreto. Sólo que tienen la sensación de que hay algo feo.

—¿En relación con Keith?

—En relación con algo —dijo Leo—. El tipo que me dice estas cosas sólo hace insinuaciones.

—Algo feo —repetí—. ¿Y de dónde han podido sacar una idea como ésa?

—No lo sé. Puede que sea un chivatazo.

—¿Un chivatazo? Pero ¿de quién?

—De cualquiera —respondió Leo—. Podrían haberlo recibido por la línea abierta que han dispuesto. Ya sabes cómo funcionan estas cosas. De manera anónima. Puede llamar cualquiera y decir lo que se le antoje.

—Pero los polis no tienen que creerlo, ¿no es así?

—No, no tienen por qué —dijo Leo—. Pero si la cosa tiene cierta credibilidad, entonces tienden a investigarla. Sobre todo en casos así, de niñas desaparecidas. Soportan mucha presión, Eric, estoy seguro de que lo sabes. —Hizo una pausa, como un sacerdote en el confesionario, utilizando el silencio como una pala que excavara en mí—. Así que, si sabes de algo… feo.

Contuve el impulso de contarle lo del coche.

—Eso no es suficiente —dije—. En mi opinión eso no es suficiente para continuar, me refiero a todo este asunto de que hay algo feo. ¡Por Dios bendito! Podría ser cualquier cosa. «Algo feo.» Joder, ¿pueden ser más imprecisos?

—Por eso estoy preguntando —dijo Leo.

—¿Y qué es exactamente lo que estás preguntando, Leo?

—Escucha, Eric —dijo él sin alterarse—. Por tu discusión con Vince Giordano no te preocupes; puedo conseguir una orden de alejamiento en dos segundos. Pero entiende una cosa, sobre esa otra cuestión, la policía va a investigar.

—¿Qué cosas?

—Las que, desde su punto de vista, parezcan prometedoras —dijo Leo—. No tienen por qué ir sólo en una dirección. Si se enteran de algo, por ejemplo a través de esa línea abierta, pueden seguir la pista. Puede ser cualquier cosa, un rumor, tal vez. Esto es una investigación policial, Eric, no un juicio. Las reglas son diferentes.

Sacudí la cabeza.

—Línea abierta. ¡Joder! Basta con que alguien diga algo por teléfono y…

—Así es —me interrumpió—. Por lo tanto, déjame preguntarte esto: ¿hay algún motivo para que alguien de ahí fuera pudiera querer haceros daño a ti o a Meredith?

—¿Haciendo qué? ¿Culpando de todo esto a Keith?

—Quizás eso, o tal vez sólo difundiendo chismes.

—¿Qué clase de chismes?

—Cualquier mentira que pudiera atraer la atención de la policía.

Me reí con frialdad.

—¿Cómo que seamos traficantes de drogas… o practiquemos ritos satánicos?

—Cualquier cosa, Eric —el tono de Leo era grave.

De repente me sentí seco, toda mi energía desapareció y mi optimismo de horas antes quedó aplastado como un animal en la carretera.

—¡Dios! —Respiré—. ¡Dios mío!

—Ignoro qué es ese «algo feo» —dijo Leo—. Intuyo que puede que nada. Pero los polis no necesitan mucho. No, en un caso como éste.

Levanté ligeramente la cabeza, como un boxeador vapuleado que se recuperara antes de la siguiente campanada.

—Bien, la respuesta es no —dije—. No hay nada feo.

Tras un instante de silencio, Leo dijo:

—De acuerdo. —Carraspeó con fuerza—. En relación con lo del señor Giordano, ¿quieres que presente una denuncia?

Vi la cara de aflicción de Vince enterrada en mi hombro y sentí el temblor de sus sollozos.

—No —dije—. Todavía no.

—De acuerdo —volvió a decir Leo con el mismo tono de hacía unos segundos, que dejaba entrever cierta desilusión—. Pero si se acerca de nuevo a ti, házmelo saber.

—Lo haré —le aseguré.

Colgó sin decir nada más, pero seguí envuelto en cierta atmósfera reverberante de extrañas sugerencias de que «alguien de ahí fuera» pudiera querer hacernos daño a mí o a Meredith o a Keith, golpear nuestro pequeño círculo familiar, destrozarlo. Oí una voz susurrante, anónima y maliciosa, grabada en la línea abierta de la policía, recitando una sarta de acusaciones de incesto, abusos, toda clase de perversiones; pero, cuanto más larga se hacía la lista, más descartaba la existencia de aquella oscura voz acusadora. Después de todo, las acusaciones tenían que ser demostradas. Por sí sola, la sospecha no podía destruir a nadie.

¿O sí que podía?

Otra cuestión se deslizó de improviso en mi cerebro, una que no tenía relación con Keith ni Meredith, como habría sido de esperar, sino con el misterioso hombre que había aparecido en casa e interrogado a Warren en relación con un asunto de seguros, sólo una semana o así después de que el coche de mi madre destrozara la barandilla del puente Van Cortland y se precipitara en la helada corriente que discurría por debajo.

¿Qué?, me pregunté con una sensación inexplicable de terror, ¿qué había ido a buscar?

12

Por primera vez en muchos años, aquella noche no deseé ir a casa, aun cuando entonces, y a pesar de mi preocupación, no tenía ni idea de que poco después dejaría mi casa para siempre.

La vi por última vez un gélido día de octubre. Se había fijado la firma para aquella tarde, y el nuevo propietario, un abogado con una esposa joven y dos niños pequeños, estaba ansioso por mudarse. Recorrí las habitaciones vacías y barridas una a una, primero la cocina y el salón, luego, arriba, el dormitorio que Meredith y yo habíamos compartido durante tanto tiempo; a través de su ventana llena de escarcha me quedé mirando una alfombra de hojas caídas. Más tarde, salí al pasillo donde me había encontrado con Keith aquella noche, crucé el umbral de la puerta tras la que se había escabullido y me quedé mirando fijamente por la ventana en la que otrora mi hijo había colgado una gruesa cortina impenetrable; la misma que yo había acabado por destrozar en un ataque de ira. Mis palabras de aquel momento volvieron a resonar una vez más en mi mente: «¡Se acabaron las mentiras de mierda!»

Quizás, en realidad, había empezado a sentir aquella violencia que se avecinaba de manera incesante la noche que decidí no ir a casa directamente después del trabajo, sino que, en su lugar, llamé a Meredith, le dije que iba a llegar tarde e intenté ensimismarme en la repetitiva tarea de poner a salvo las idílicas fotografías familiares dentro de los pulcros muros cuadrados de madera y de metal, teñida la una y pintado el otro con tanta perfección. O quizás había empezado a sentir que los muros protectores que en otro tiempo habían rodeado a mi familia, tanto a la primera como a la segunda, estaban empezando a resquebrajarse, y que si podía ignorar sin más los agujeros y las grietas, entonces todo se resolvería, y Amy le sería devuelta a Vince y a Karen, y yo podría volver con Meredith y Keith, y, de esa manera, escaparía de los fantasmas de aquella otra familia —mi padre y mi madre, Jenny y Warren—, que ya habían empezado a hablarme en el mismo susurro sospechoso que yo había imaginado en la voz de la línea abierta de la policía, siniestro, malicioso, insistiendo incesantemente en que en el fondo de las cosas había algo feo.

No recuerdo cuánto tiempo me quedé en la tienda después de la hora de cierre, nada más que había caído la noche cuando cerré con llave y me dirigí al coche. Neil se había demorado durante algún tiempo, colocando las existencias en los estantes sin ninguna necesidad, así que supe que estaba pendiente de mí, siempre dispuesto a proporcionar lo que él llamaba un hombro amigo. Se fue poco después de las siete. Trabajé durante otra hora, o quizá dos, el tiempo fluyendo ingrávido e intrascendente, así que me sentí como si navegara a la deriva en su corriente, una frágil nave sin timón que se moviera hacia la lejana niebla tras la cual esperaba la furiosa caída de la catarata.

Me senté detrás del volante, pero no encendí el motor. Todas las tiendas del centro comercial estaban cerradas, y durante un corto espacio de tiempo me dediqué a observar detenida y sucesivamente un escaparate apagado tras otro. ¿Qué estaba buscando? Orientación, supongo. Sabía que en ese momento se estaban levantando unas sospechas extrañas en torno a mi antigua familia, pero también sabía que tenía que dejarlas pasar, concentrarme en el asunto bastante más serio al que entonces se enfrentaba mi segunda familia. Así que, ¿qué estaba buscando? Probablemente una manera de encarar intelectualmente la crisis de ese momento, observándola con distancia, considerando los diferentes escenarios, todos, desde que Amy apareciera hasta que lo hiciera su cadáver, desde que Keith fuera exonerado hasta la expresión de su cara cuando lo condujeran a la sala de ejecución. Aquella noche, mientras pasaba a toda prisa de la esperanza al pesimismo, ningún pensamiento me resultó ni demasiado optimista ni demasiado sombrío. La cuestión era que no sabía nada en concreto, a excepción de que había visto un coche junto al camino de entrada de nuestra casa antes de que Keith apareciera en medio de la oscuridad caminando por el sendero.

La voz de Leo Brock sonó de manera inopinada en mi mente: *¿Estuviste en algún momento cerca del depósito de agua?*

La respuesta de Keith había sido, como siempre, breve: *No.*

Y, sin embargo, entre la pregunta y la respuesta, algo había brillado débilmente en los ojos de mi hijo, el mismo brillo sombrío que yo había detectado cuando dijo que había vuelto caminando solo a casa la noche de la desaparición de Amy.

Había dejado pasar todo eso durante días, a pesar del hecho de que se había encontrado el pijama de Amy en las proximidades del depósito, una circunstancia en la que apenas había pensado hasta esa noche, cuando me asaltó la repentina necesidad de ir allí, de ver el lugar por mí mismo, de, quizás, encontrar incluso alguna pequeña cosa, un mechón de pelo, un trozo de papel, que me condujera hacia Amy. Era una esperanza absurda, como supe incluso entonces, pero había llegado al punto en el que la absurdidad se unía con la realidad; mi hijo estaba siendo acusado, por más que fuera de forma vaga, de un crimen terrible, y yo era incapaz de sentirme seguro de que él no fuera también culpable de eso. El agobio que me producía aquello fue lo que me impulsó a salir del aparcamiento de enfrente de mi tienda, girar a la derecha y dirigirme al límite septentrional del pueblo, donde, al cabo de unos minutos, pude ver en la distancia el tenue resplandor de la parte superior del depósito de agua, inmóvil y cilíndrica como una nave espacial suspendida en el aire.

La carretera sin asfaltar que llevaba al depósito, sinuosa y llena de baches, se iba estrechando a medida que avanzaba por ella. Arbustos, cuyas ramas arañaban ocasionalmente el parabrisas como dedos esqueléticos, bordeaban ambos lados del camino .

La carretera doblaba a la izquierda y trazaba un largo círculo alrededor de la imponente mole del depósito y de las altas patas metálicas que soportaban su peso descomunal. No había aparcamiento, pero pude ver las entradas en la vegetación circundante, lugares donde se habían metido los coches y aparcado con la suficiente regularidad para dejar sus imágenes fantasmales en la maleza.

Seguí la carretera hasta el final, detuve el coche, reculé al interior de un espacio fantasma y apagué las luces. En ese momento nada iluminaba la oscuridad salvo los haces de luz que se proyectaban hacia abajo desde el borde exterior del depósito.

Permanecí sentado durante un rato en aquella oscuridad envolvente, la mirada fija, vagando por la zona apenas iluminada de debajo del depósito. Estaba descuidada, llena de maleza que una brisa suave rizaba suavemente. Aquí y allá aparecían restos de basura que revoloteaban un instante movidos por la misma brisa y, luego, se detenían con suavidad.

No vi nada que pudiera no haber esperado de un lugar así. Era un paraje solitario y desértico y bastante alejado de los caminos trillados, pero, aparte de aquellas características vulgares, podrían haberse encontrado otros iguales en una docena de pueblos de la región. Todos tenían sus depósitos de agua, y nada distinguía éste de aquellos otros, como no fuera la creciente sensación que me embargó de que era utilizado de alguna forma, como lugar de reunión acordado, el territorio sagrado de una sociedad secreta. Casi esperé encontrarme huesos de animales diseminados por el suelo, vestigios de extraños sacrificios religiosos de ciertos grupos ocultos.

La sola idea me produjo un escalofrío de estremecimiento, la sensación de que me había introducido en el territorio de otros, un poco como en esas historias de excursionistas ocasionales que se encuentran con pequeñas parcelas de marihuana en medio de sembrados y praderas, por lo demás absolutamente inocuos. ¿Podía ser —me pregunté— que Amy Giordano hubiera sido llevada allí no sólo porque fuera un lugar aislado, sino con alguna finalidad específica? La morbosidad se desató en mi imaginación, y vi a Amy allí, desnuda y atada, rodeada por un círculo de figuras con sotanas, todas mascullando invocaciones satánicas, mientras iban estrechando lentamente el círculo en torno a ella. Entonces, en el estrambótico escenario ideado por mi imaginación, Amy fue tumbada sobre un altar improvisado, y, en el paroxismo del conjuro, unas hojas plateadas se levantaron por encima de ella. A continuación, una a una, cada figura fue bajando su cuchillo en un orden prefijado, hasta que...

Entonces fue cuando vi la luz.

Se acercaba por la misma carretera sin asfaltar que había seguido yo minutos antes, unos faros que brincaban sacudidos por el bamboleo del coche que se dirigía al depósito. Al llegar, lo rodeó lentamente, y, al pasar junto a mí, el misterioso conductor mantuvo la mirada fija al frente, así que lo único que capté de aquel rostro fue una breve silueta negra.

Era indudable que estaba familiarizado con el lugar, porque se dirigió directamente a lo que parecía un punto predestinado, se detuvo, reculó y apagó las luces.

Yo me había metido en lo más profundo de la maleza, así que dudé de que me hubiera visto al pasar, aunque, sin duda, debía haber percibido el destello de la parte delantera de mi coche al meterse marcha atrás en su sitio. Si era así, mi presencia no lo alarmó en lo más mínimo. A través de la inquietante neblina que flotaba bajo el depósito lo vi quedarse sentado en el interior oscuro de su coche; no salió, y durante un tiempo permaneció completamente inmóvil. Luego percibí un ligero movimiento, y más tarde, el fuego de una cerilla y la punta resplandeciente de un cigarrillo, avivándose y oscureciéndose de manera rítmica a cada inhalación.

Transcurrieron los minutos, y con su paso el hombre se me antojó menos siniestro. Lo imaginé una inofensiva ave nocturna, tal vez atormentado por un hogar infeliz, así que había buscado un lugar donde pudiera sentarse a solas, sin ser molestado, y meditar sobre las cosas, o bien dejar que su mente se librara por completo de los problemas durante un breve instante.

Entonces, de la oscuridad surgió un segundo coche que avanzó lentamente, los faros brincando por la maleza, hasta que hizo el mismo giro lento, encontró su sitio y reculó.

Se apeó una mujer baja y tirando a gruesa, con pelo rubio que le caía con rigidez, como si fuera una peluca. Se dirigió hasta el segundo coche y se metió en el asiento del acompañante. A pesar de la oscuridad, pude ver que hablaba con el hombre. Luego se inclinó hacia adelante, se agachó y desapareció de la vista. El hombre le dio una última calada al cigarrillo y lo tiró por la ventana. La mujer volvió a aparecer durante un breve instante, y me pareció que los dos se echaban a reír. Entonces ella se agachó y volvió a desaparecer, y en esa ocasión no reapareció hasta que el hombre echó de repente la cabeza hacia atrás y soltó lo que, incluso en la distancia, reconocí como un suspiro de estremecimiento.

Quise marcharme, por supuesto, escabullirme sin ser visto, porque existe una clase de intromisión que se acerca mucho al delito. Me sentí como un ladrón, alguien que hubiera violado una cámara secreta, y por ese motivo permanecí en el sitio, con la cabeza baja, la mirada deambulado de acá para allá, evitando los dos coches parados en medio de la oscuridad a unos pocos metros de distancia. El sonido de la puerta de un vehículo hizo que regresara a ellos. La mujer había salido del coche del hombre y se dirigía de vuelta al suyo. En el trayecto, cogió el bolso que llevaba colgado del hombro, lo abrió y metió algo en su interior. Segundos más tarde, se alejó seguida por el otro coche; los dos vehículos volvieron a rodear el depósito, y salieron de nuevo a la carretera principal.

Aun entonces, permanecí en el sitio por temor a que si me iba demasiado pronto, pudiera alcanzar a uno o a otra y revelar así lo que había visto en el depósito.

Pasaron cinco minutos, y diez, y por fin me pareció que podía irme con seguridad. Conduje de vuelta a la carretera principal y me dirigí a casa, donde sabía que encontraría a Meredith leyendo en la cama y a Keith escondido en su cuarto, escuchando música o jugando en el ordenador. Pensé que sabía las cosas que Meredith tendría en la cabeza: o Keith o algún problema de la facultad. Pero mi hijo era un enigma mucho mayor en ese momento, un chico que fumaba, decía palabrotas y que, quizás, incluso mentía a la policía y a mí sobre... Ni siquiera fui capaz de decir sobre cuántas cosas podría haber mentido. Sólo sabía que no podía evitar tener la sospecha cada vez mayor de que el informador anónimo de la línea abierta de la policía había estado en lo cierto, que había algo feo.

13

A la mañana siguiente Keith se marchó al colegio a la hora habitual. Desde la ventana delantera vi cómo montaba en su bicicleta y ascendía la corta pendiente hasta la carretera. Aparentemente, no llevaba más carga que la mochila que colgaba de su espalda, pero no pude evitar considerar los otros pesos que soportaba: la confusión, el aislamiento, la soledad. Sin embargo, éstos no eran más que los pesos normales de todos los adolescente, y me esforcé en disipar cualquier duda acerca de que tales cargas pudieran no ser las únicas que soportaba.

—Bueno, supongo que la falta de noticias son buenas noticias.

Me volví para ver a Meredith parada a pocos centímetros detrás de mí, la mirada fija en pos de Keith mientras éste subía por la cuesta y desaparecía detrás de una muralla de monte bajo.

—Ninguna noticia de la policía —añadió—. Supongo que eso es una buena señal.

Siguió mirando detenidamente el bosque.

—Supongo —dije con sequedad.

Ella ladeó la cabeza a la derecha.

—Pareces pesimista, Eric. No te reconozco. —Se acercó y tiró de mí para que me volviera hacia ella—. ¿Te encuentras bien?

Sonreí débilmente.

—Sólo estoy cansado, eso es todo. Es el pensar en todo esto.

—Claro —dijo Meredith—. Y el que Vince Giordano te abordara de la forma en que lo hizo no debió ser una experiencia muy agradable. —Me puso las manos a ambos lados de la cara—. Escucha, mañana por la noche iremos a la fiesta del doctor Mays, saldremos de esta oscuridad y nos divertiremos un rato. ¿No te parece que ambos necesitamos una oportunidad para relajarnos?

—Sí.

Diciendo eso, me besó, bien que como una flecha, se volvió y subió a nuestro dormitorio para acabar de vestirse.

Permanecí junto a la ventana, observando la oblicua luz de la mañana a través de los árboles que se erguían ante mí. En realidad, no me había fijado nunca en lo hermoso que era el pequeño trozo de bosque que rodeaba nuestra casa. Durante un instante recordé el día en que nos mudamos y que, antes de descargar el camión, nos habíamos tomado un respiro para contemplar los alrededores, y que Meredith y Keith habían permanecido el uno al lado de la otra, y lo radiante que había sido aquel día. Y recordé también la expresión risueña de los tres cuando nos abrazamos en una piña en medio de aquel bosque perfecto.

Era jueves por la mañana, así que, en lugar de ir directamente a la tienda, me dirigí al hogar para jubilados donde vivía mi padre desde hacía cuatro años. Desde que estableció allí su residencia, lo había pasado a ver siempre el mismo día y a la misma hora. Incluso en la ancianidad, conservaba su aversión a lo que él llamaba «sorpresas extemporáneas», expresión que lo abarcaba todo, desde un regalo fuera de las ocasiones apropiadas a las visitas no programadas de cualquiera de sus dos hijos.

Aquella mañana me recibió como era su costumbre, en una silla de ruedas aparcada en el ancho porche delantero del hogar. Incluso en invierno prefería que nos sentáramos afuera, aunque en los últimos años había cedido un poco al respecto, de manera que de vez en cuando lo había encontrado en la habitación delantera, con la silla colocada a escasa distancia de la chimenea.

—Hola, papá —dije mientras subía las escaleras.

—Eric —dijo con un seco movimiento de cabeza.

Me senté en la mecedora de mimbre que había a su lado y eché un vistazo a los jardines. Presentaban un aspecto descuidado, salpicados aquí y allá de garrachuelo y diente de león, y pude darme cuenta de lo mucho que su estado ofendía a mi padre.

—Esperarán a que las heladas maten las malas hierbas —refunfuñó.

Siempre había insistido mucho en que los amplios jardines que rodeaban la mansión de Elm Street estuvieran perfectamente cuidados en todo momento. Había contratado y despedido al menos a diez jardineros a lo largo de igual número de años. Según él, o eran unos perezosos o unos ineptos, aunque nunca había permitido que mi madre cogiera tan siquiera una pala y corrigiera las deficiencias. El trabajo de ella había sido cuidar de mi padre, estar pendiente de que tuviera los trajes planchados, el escritorio limpio, la cena en la mesa cuando volvía exultante a casa cada noche. El trabajo de una mujer, había declarado de forma significativa mi padre, está siempre dentro de casa.

—Supongo que habrás oído lo de Amy Giordano —dije.

Mantuvo la mirada fija en los descuidados jardines.

—La pequeña que desapareció —añadí.

Asintió con la cabeza, pero sin mostrar gran interés.

—Supongo que habrás oído también que Keith era su canguro aquella noche —dije.

En los labios de mi padre se dibujó una mueca.

—Tarde o temprano tenía que meterse en problemas —dijo con acritud—. Si no hubiera sido esto hubiera sido otra cosa.

Nunca hubiera imaginado que mi padre tuviera semejante opinión de mi hijo.

—¿Qué te hace pensar eso? —pregunté.

Sus ojos se movieron lentamente hacia mí.

—Pues que nunca te has hecho respetar, Eric —dijo—. Y jamás has logrado que te obedezca. Y lo mismo pasa con Meredith. Sois unos hippies.

—¿Hippies? —Me reí—. ¿Me tomas el pelo? Yo nunca he sido hippy. Me puse a trabajar a los dieciséis años, ¿recuerdas? No tuve tiempo de ser hippy.

Se volvió hacia el jardín de nuevo, y su mirada se tornó extrañamente dura.

—Desde la primera vez que lo vi, supe que se metería en problemas.

En los quince años de vida de mi hijo, mi padre no había expresado jamás una idea tan sombría.

—¿De qué estás hablando? —pregunté—. Keith ha sido siempre un buen chico. No es un gran estudiante, pero sí un buen chico.

—Tiene pinta de vago —gruñó mi padre—. Y se pasa la vida en la calle, como los vagos. No es más que un perezoso. Como Warren.

—Warren se ha portado muy bien contigo, papá.

—Warren es un vago —dijo con desprecio.

—De niño, se rompió el culo trabajando para ti.

—Un vago —repitió.

—Era él quien hacía todo el trabajo pesado en casa —insistí—. Cada vez que despedías a otro jardinero, él se hacía cargo de todo: de segar, de cortar el seto… Un verano, incluso le hiciste pintar la casa.

—Sí, y cuando terminó, aquello parecía un helado derretido —se burló—. Chorretones por todas partes, manchurrones, dejó sin pintar las esquinas, estropeó el enrejado. Un desastre absoluto.

—Vale, así que no hizo un trabajo profesional —dije—. Pero sólo era un niño, papá. Tenía dieciséis años aquel último verano.

Aquel último verano. Lo recuerdo con una claridad casi perturbadora. Mi padre había estado ausente muchos días, en Nueva York o en Boston, en busca de dinero. Mi madre había mantenido en pie la casa a base de puro tesón, pidiéndole dinero prestado a escondidas a la tía Emma, según Warren, comprando lo más barato en la tienda de comestibles, haciendo casi cincuenta kilómetros en coche hasta un pueblo vecino para comprar ropa de segunda mano en la beneficencia católica.

—Te niegas a admitir lo mal que estaban las cosas —le recordé—. Y volviste de Nueva York con dos trajes nuevos de Brooks Brothers.

Mi padre hizo un gesto desdeñoso con la mano.

—Nadie pasó hambre.

—Pero podríamos haberla pasado —dije—. Si mamá no se hubiera encargado de administrar el presupuesto familiar.

Mi padre se rió con frialdad.

—Tu madre era incapaz de administrar nada —agitó la mano—; era una inútil.

—¿Una inútil? —pregunté, furioso por que hubiera dicho semejante cosa de una mujer que se había pasado la vida cuidándolo—. Si era tan inútil, ¿entonces por qué le hiciste un seguro de vida?

Sacudió la cabeza.

—¿Que yo le hice un seguro de vida?

—Warren dijo que había un seguro. Cuando murió mamá.

—¿Qué podría saber Warren de eso?

—El hombre de la compañía de seguros fue a casa —dije.

Vi que la cara de mi padre se tensaba ligeramente.

—El tipo apareció un día que Warren estaba empaquetándolo todo, después de que el banco se quedara con la casa.

Mi padre se rió con sequedad.

—Warren está chiflado. No hubo ningún agente de seguros.

—Según él, el tipo le estuvo haciendo preguntas sobre nuestra familia, acerca de la relación entre tú y mamá.

—¡Gilipolleces! —rezongó, y su voz fue entonces como el ronco gruñido de un perro acorralado.

Empecé a hablar, pero su mano se levantó como por un resorte, callándome.

—¿Qué puede saber un borracho como Warren? Tiene el cerebro empapado en alcohol. —Bajó la mano, se recostó en la silla y lanzó una mirada furibunda hacia el jardín lleno de hierbajos—. Nada —dijo con amargura—. Cuando murió la vieja, yo no recibí nada.

—¿Qué vieja? —repetí—. Joder, papá, estuvo entregada a...

—¿Entregada a mí? —vociferó. Volvió la cabeza hacia mí con una suavidad inquietante, y explotó en una risotada sarcástica—. No tienes ni idea —dijo.

—¿De qué?

Se rió entre dientes.

—No sabes nada de ella. Entregada a mí, ¡y una mierda!

—¿Qué quieres decir?

Sus carcajadas adquirieron un cariz aún más brutal, hasta convertirse en una risa dura y horrible.

—Carajo, Eric. —Sacudió la cabeza—. Siempre la tuviste en un pedestal, pero, créeme, no tenía un jodido pelo de santa.

—Una santa es exactamente lo que fue —insistí.

Sus ojos centellearon con cierta demoníaca luz interior.

—Eric, confía en mí —dijo—. No tienes ni idea.

Al dejarlo minutos más tarde, me sentí atontado, atontado y flotando como una hoja en el aire. Después de su arrebato de furia, mi padre se había negado a decir nada más sobre mi madre. Era como si, para él, su vida conyugal fuera un episodio breve y desagradable, una partida de póquer que hubiera perdido, o un caballo que hubiera llegado el último tras haber apostado por él. Me acordé de las efusivas demostraciones de amor y devoción de las que siempre había hecho gala ante los ricachones socios que de manera ocasional pasaban para jugar una partida de billar o saborear el caro whisky escocés de mi padre, mientras hablaban y fumaban puros en el bien equipado salón de la mansión: «Y ésta es mi preciosa mujercita», decía de mi madre a modo de presentación. Luego, en un gesto desmesurado de adoración, la atraía hacia él, le rodeaba la estrecha cintura con la mano... y sonreía.

Llegué a la tienda poco después de las diez. Neil ya estaba trabajando, como siempre. Un hombre menos observador tal vez no hubiera advertido algún cambio en mi comportamiento, pero él siempre había sido rápido en enjuiciar las alteraciones del estado de ánimo, incluso las más sutiles. Percibió la angustia que me esforzaba en ocultar, pero, cuando finalmente abordó la cuestión, no perdió el tiempo.

—El negocio remontará —dijo—. La gente está un poco... no sé... rara.

¡Rara!

La palabra arrasó violentamente todas mis defensas, todos los esfuerzos por mantener a raya mis temores. La compuerta reventó, y me sentí lanzado hacia delante por una avalancha de pavor hirviente, y todos los aspectos aciagos de los últimos días se alzaron ante mí exigiendo ser oídos.

—¿Pasa algo, jefe? —me preguntó Neil.

Lo miré a los enormes ojos bondadosos y tuve la sensación de que no tenía a nadie más a quien acudir. Pero, incluso entonces, no tenía ni idea de por dónde empezar. Había ya demasiadas cosas hirviendo en mi interior, demasiado vapor sibilante, y apenas podía distinguir una duda problemática de otra. Así que hice una rápida inspiración, intentando centrarme y concentrarme en el problema más inmediato que tuviera delante. El cual, sin duda, decidí, era Keith.

—Me gustaría preguntarte algo, Neil —empecé tímidamente.

—Lo que quieras —respondió en voz baja.

Me dirigí a la parte delantera de la tienda, le di vuelta al cartel para que indicará CERRADO y eché el cerrojo.

Neil pareció asustarse de repente.

—Me vas a despedir. —Su voz traslucía pánico—. Por favor, Eric. Corregiré lo que sea, pero necesito este trabajo. Mi madre, ya sabes, las medicinas. Yo…

—No se trata del trabajo —le aseguré—. Trabajas muy bien.

Me dio la sensación de que estaba a punto de desmayarse.

—Sé que no ha sido un gran verano por lo que respecta al negocio, pero…

—No tiene nada que ver con la tienda —dije. Me detuve y respiré para tomar fuerzas—. Se trata de Keith.

Su expresión se tranquilizó considerablemente.

No vi más alternativa que abordar el tema de lleno, sin ambages.

—¿Qué sabes de él?

—¿Que qué sé de él? —preguntó, a todas luces un poco desconcertado por el curioso apremio que percibió en mi voz.

—De su vida.

—No demasiado, supongo —respondió—. A veces habla de música. De los grupos que le gustan y esa clase de cosas.

—¿Te ha hablado alguna vez de chicas? —pregunté.

—No.

—¿Y de amigos? No parece que tenga amigos.

Neil se encogió de hombros.

—Nunca ha mencionado a ninguno.

—Bien —dije—. ¿Y qué hay de las entregas a domicilio? ¿Has oído que alguien se quejara alguna vez?

—¿Qué clase de quejas?

—Sobre él, de algo que haya hecho que pareciera… raro.

Neil negó violentamente con la cabeza.

—En absoluto, Eric. ¡Jamás!

Lo miré con deliberada intensidad.

—¿Estás seguro?

—Sí, lo estoy.

Asentí con la cabeza.

—De acuerdo —dije—. Pensaba que podría haber acudido a ti, nada más. Quiero decir, en el supuesto…

—¿En el supuesto de qué?

—De que hubiera tenido algún… problema que no supiera cómo afrontar.

—¿Qué clase de problema? —preguntó Neil. Parecía realmente desconcertado—. A ver, él no se dirigiría a mí para hablarme de chicas, ¿de acuerdo?

—Supongo que no.

Me miró con curiosidad.

—Te preocupa, ¿no es así? Que Keith no tenga novia.

Asentí con la cabeza.

—Tal vez un poco. Meredith dice que es preocupante, pero yo no estoy tan seguro. Quiero decir que qué importa si no tiene novia. Es sólo un chaval. Eso no quiere decir que sea…

—¿Homosexual?

—No —dije—. No es eso.

Neil percibió la incomodidad en mi voz, la sensación de que estaba intentando escabullirme de la verdad.

—¿Piensas que Keith es homosexual?

—Lo he considerado —admití.

—¿Por qué? ¿Es que ha dicho algo?

—No —respondí—. Pero parece estar permanentemente enfadado.

—¿Y eso qué tiene que ver con ser homosexual? —preguntó.

—Nada.

Nadie me había mirado jamás de la manera en que Neil lo hizo entonces, con una mezcla de dolor y decepción.

—Sí, claro —dijo en voz baja.

—¿Qué?

No respondió.

—¿Qué, Neil?

Se rió con sequedad.

—Es que parece que pudieras pensar que si Keith fuera homosexual tendría que estar enfadado. Que tendría que odiarse, ya sabes, esa clase de cosas. Mucha gente tiene esa idea. Que un gay tendría que odiarse.

Empecé a hablar, pero levantó la mano y me silenció.

—Está bien —dijo—. Sé que tú no lo piensas.

—No, no lo pienso —le dije—. De verdad, Neil, no lo pienso.

—Está bien, Eric —repitió—. En serio. No pasa nada. —Sonrió con dulzura—. En cualquier caso, espero que todo acabe bien para todo el mundo —dijo en voz baja—. Sobre todo para Keith.

Se dirigió a la parte delantera de la tienda.

—Neil —dije—. No me refería a…

Ni siquiera se molestó en mirar hacia atrás.

—Estoy bien.

Fue todo lo que dijo.

Durante el resto del día, los clientes entraron y salieron. Neil se mantuvo ocupado y pareció decidido a mantener las distancias conmigo.

A las cinco, el color de la luz del día empezó a cambiar y, a las seis, cuando me preparaba para cerrar, había adquirido un resplandor dorado.

Sonó el teléfono.

—Fotografía Eric, ¿dígame?

—Eric, van a venir otra vez —me dijo Meredith.

—¿Quiénes?

—La policía. Van a venir a casa otra vez.

—¡Tranquilízate! —dije—. Ya han estado antes, ¿recuerdas?

La oí quedarse sin resuello a causa del miedo.

—Esta vez traerán una orden de registro —dijo—. Ven a casa.

TERCERA PARTE

Ahora haces una pausa. Tomas un sorbo de café. Estás a mitad de la historia que pretendes contar. Te das cuenta de que has llegado al punto en el que las líneas que creías paralelas empiezan a cruzarse. Sabes que a partir de aquí el relato se complicará. Tendrás que hablar en un tono comedido, y relacionar los hechos con acierto. Nada debe desdibujarse, y nada debe ser evitado. En especial, las responsabilidades, las consecuencias.

Deseas describir la forma en que la historia de una familia mancha la de otra, como si los colores de una fotografía se corrieran sobre otra en una exposición doble accidental. Quieres exponer este proceso, pero, en su lugar, te quedas mirando fijamente la lluvia, observando a la gente mientras se paran bajo sus paraguas empapados, y consideras no lo que ocurrió, sino cómo podría haberse evitado, qué es lo que podrías haber hecho para detenerlo o, al menos, cambiarlo de alguna forma que hubiera permitido que las vidas continuaran; para encontrar un equilibrio, para llegar a la elevada sabiduría que sólo los caídos alcanzan.

Pero los engranajes de tu mente empiezan a girar; puedes sentir el giro, pero no hay nada que hacer, salvo esperar a que encuentren el impulso necesario. Entonces, sin previo aviso, lo consiguen, y comprendes que lo único que puedes hacer es continuar, empezar en el punto exacto donde lo dejaste.

14

Ven a casa.

Repito con frecuencia estas palabras en mi mente, y, cada vez que lo hago, recuerdo la respiración entrecortada de Meredith, el gélido espanto de su voz.

También oigo otras cosas —una voz susurrante, un disparo—, y con esos sonidos me doy cuenta de que he repasado todo eso de nuevo, reviviendo todos los detalles desde aquella primera noche, cuando Keith y Warren se alejaron con aire despreocupado por el camino y desaparecieron detrás del arce japonés, hasta el momento en que pasé bajo el mismo árbol por última vez. Al mirar atrás, supongo, todo parece inevitable, y el curso de los acontecimientos se resume en la desalentadora ironía de aquel verso que leí mientras esperaba a que Keith regresara de casa de Amy Giordano aquella noche: *Después de la primera muerte, no hay otra.*

Pero la había.

Tras la llamada de Meredith, me dirigí rápidamente en coche a casa. Cuando entré en el camino particular, el sol estaba empezando a ponerse, y bajo las extendidas ramas del arce japonés la luz tenía ya un delicado tono rosáceo. Meredith me salió al encuentro a mitad del sendero.

—He enviado a Keith al pueblo. Le he dicho que necesitaba concentrarme en la preparación de una conferencia. Sabe que no tiene que volver en unas horas. —Unas diminutas patas de gallo le enmarcaban los ojos, como si hubiera envejecido varios años en el breve lapso de tiempo transcurrido entre su llamada y mi llegada—. No le he dicho que iba a venir la policía; temí que hiciera alguna tontería, que le diera por esconder algo.

La miré con cierta extrañeza burlona.

—Podría tratarse de cualquier cosa —añadió—. Alguna revista pornográfica, marihuana, algo que no quisiera que vieran. Y si hiciera eso, ya me entiendes... Es que no quiero ni pensarlo. Sería un delito de obstrucción a la justicia.

—Ya veo que has hablado con Leo.

—Sí —dijo Meredith—. Le dije que iba a mandar a Keith a la tienda, que quería mantenerlo fuera de su cuarto, y le pareció que era una buena idea.

—Porque no confía en Keith —dije—. Por eso le pareció una buena idea.

Meredith asintió con la cabeza.

—Es probable.

—¿Va a venir?

—Sólo si los polis quieren interrogar a Keith. —Me miró con preocupación—. Yo tampoco quiero hablar con ellos. Sobre todo con Kraus. Por teléfono me pareció duro... Como si fuéramos el enemigo. —Me dirigió una mirada suplicante—. ¿Por qué se comportan así, Eric?

—Puede que piensen que no somos precisamente normales —dije con prudencia—. ¿Te habló Leo de la línea abierta?, ¿de las cosas que podría haber dicho la gente?

—¿Acerca de qué?

—Sobre nosotros —le dije—. Leo tiene una fuente en alguna parte..., en la policía, supongo. Y esa fuente, quienquiera que sea, le dijo que la policía había llegado a la conclusión de que había algo feo. Ésas fueron sus palabras: «Algo feo». Leo piensa que alguien podría haber llamado a la línea abierta y haberle dicho algo a la policía acerca de nosotros.

Meredith pareció afligida, impotente, como una pequeña criatura atrapada en una enorme red.

—Leo no tiene ni idea de qué podría tratarse —añadí—. Pero, con la policía sometida a toda esa presión, lo que le preocupa es que se creerán cualquier cosa que oigan acerca de nosotros.

Meredith permaneció encerrada en un silencio sombrío, pero pude percatarme de que su mente no había dejado de trabajar.

—Puede que alguien viera aquel coche detenerse junto al camino de acceso a casa.

—Tal vez —musitó.

—Y hay algo más que pueden haber visto —le dije—. ¿Recuerdas cuando Leo le preguntó a Keith si había estado en algún momento en los alrededores del depósito de agua? No estoy seguro de que el chico dijera la verdad cuando contestó que no.

—¿Qué te hace pensar que no dijo la verdad?

—Sólo la expresión de sus ojos —dije—. Fue la misma que cuando les dijo a los policías que había vuelto solo a casa. —Me encogí de hombros—. De todas maneras, el depósito es una especie de lugar de encuentro para hombres y… prostitutas. O, al menos, creo que son prostitutas. Vi a una que metió algo en el bolso, y supongo que era dinero.

Meredith pareció aturdida.

—Fui allí —le dije—. Al depósito de agua. Leo lo sacó a colación y, luego, la manera de mirar de Keith cuando dijo que nunca había estado allí… Sentí curiosidad, nada más.

—¿Y viste todo eso? —preguntó Meredith—. A esos hombres y…

—Sí —respondí—. No sé a qué va Keith allí. Esto es, si es que va. Tal vez sólo mire; o puede que sea… su válvula de escape.

Meredith pareció momentáneamente incapaz de reaccionar ante la chabacanería de lo que acababa de contarle.

—De acuerdo, así que hay un sitio así y gente que va allí. Pero ¿por qué te muestras tan dispuesto a creer que Keith vaya allí… a mirar… o por cualquier otro motivo?

Yo no tenía ninguna respuesta a eso, y ella se dio cuenta.

—Ah, Eric —dijo, exhausta—. ¿Qué nos está pasando?

Cuando llegaron Peak y Kraus, Meredith ya había adoptado su expresión profesoral de absoluto control. Los policías pasaron junto al arce rozando las ramas y avanzaron por el sendero caminando lenta y despreocupadamente, charlando entre sí como dos hombres que se dirigieran a la taberna local.

Los recibí en la puerta y, en cuanto la abrí, advertí que sus modales despreocupados se habían trasmutado en fría profesionalidad. Se pararon allí, erguidos, con la expresión sombría y las manos cruzadas por delante de ellos.

—Lamentamos molestarlos de nuevo, señor Moore —dijo Peak.

Kraus me saludó con la cabeza, pero no dijo nada.

—¿Qué procedimiento se sigue? —pregunté—. Es la primera vez que esto sucede.

—Tenemos una orden para registrar la casa y el terreno —explicó Peak—. Procuraremos no tocar nada que no sea necesario.

—Así que yo me limito a dejarlos entrar y ya está, ¿no es eso?

—Sí.

Retrocedí, abrí la puerta y los dejé pasar al salón, donde Meredith esperaba de pie, con el cuerpo completamente rígido y la mirada no tan hostil como cansada.

—Keith no está en casa —dijo Meredith—. No le hemos dicho nada de esto.

—No tardaremos mucho —dijo Peak con una débil sonrisa.

—¿Por dónde quieren empezar? —pregunté.

—Por el cuarto de Keith —respondió Peak.

Señalé las escaleras con la cabeza.

—Segunda puerta a la izquierda.

Meredith y yo nos metimos en la cocina mientras Peak y Kraus registraban el dormitorio de Keith. Ella preparó una cafetera, nos sentamos a la mesa y bebimos en silencio. Durante aquel breve intervalo, nos limitamos a esperar, perplejos, mirándonos fijamente durante breves lapsos de tiempo y apartando a continuación las miradas. Podríamos haber sido los personajes de una pantomima sobre una pareja que, habiendo permanecido juntos demasiado tiempo, se conocieran tanto el uno al otro que hubieran acabado por sumirse en un mutismo definitivo.

A lo largo de los minutos siguientes fueron llegando otros agentes, todos de uniforme.

Desde nuestro lugar en la cocina los observábamos mientras husmeaban por el jardín y por la zona boscosa protegida, que se extendía varias hectáreas por detrás de la casa. Transcurrieron dos horas antes de que Peak y Kraus volvieran a bajar las escaleras. Dos agentes jóvenes uniformados los seguían de cerca, transportando dos bolsas selladas con la palabra PRUEBAS impresa en negro.

No tuve ni idea de lo que contenían las bolsas hasta que Peak me entregó un papel al marcharse.

—Ésta es la relación de todo lo que hemos cogido del cuarto de Keith —dijo—. Y, por supuesto, devolveremos todo aquello que no tenga valor probatorio.

Valor probatorio, pensé. Pruebas contra Keith.

Levanté la vista hacia las escaleras y vi a un agente uniformado que bajaba con el ordenador de mi hijo.

—El ordenador del cuarto de Keith —dijo Peak—, ¿es el único que hay en la casa?

—No —contesté.

—Me temo que tendremos que examinarlos todos —dijo Peak.

—Hay uno en el recibidor, en mi despacho —dijo Meredith—. Y tengo uno en la facultad. ¿Quiere confiscarlo también?

—No estamos confiscando nada, señora Moore —respondió Peak con amabilidad—. Pero, para responder a su pregunta, no, no tenemos necesidad de llevarnos su ordenador. —Tras un momento de pausa, añadió con intención—: Al menos por el momento.

La policía se fue al cabo de unos minutos, justo en el momento en que Keith se acercaba por el camino en su bicicleta. Se hizo a un lado, se bajó de la bicicleta y se quedó contemplando el paso de los vehículos.

—¿Qué querían los polis esta vez? —preguntó al entrar en casa.

—Han registrado tu cuarto —le dije—. Se han llevado algunas cosas. —Le entregué la relación.

Examinó la lista con una sorprendente falta de interés hasta que de pronto abrió los ojos desmesuradamente.

—¿Mi ordenador? —gritó—. Ellos no tienen ningún derecho…

—Sí, sí que lo tienen —le interrumpí—. Pueden llevarse lo que quieran.

Volvió a repasar la relación, pero ya sintiéndose impotente.

—Mi ordenador —masculló, y golpeó el papel contra su pierna—. ¡Mierda!

Meredith había permanecido parada a pocos metros de distancia, observando a Keith con no menos intensidad que yo. Entonces dio un paso adelante.

—Keith, todo va a salir bien. —Su tono de compasión me sorprendió, como si en cierta manera ella comprendiera el temor de nuestro hijo, como si supiera lo que era ser amenazado con ser descubierto—. De verdad que sí.

Entonces, me pareció apropiado abordar las circunstancias difíciles del caso.

—Keith, ¿hay algo en ese ordenador? ¿Algo... malo? —pregunté.

Él me miró con acritud.

—No.

—¿Has estado en contacto con Amy?

—¿En contacto?

—Mediante el correo electrónico.

—No.

—Porque si ha sido así, lo averiguarán —advertí.

Rió casi con sarcasmo.

—Papá, ellos ya lo sabrían —se mofó—. Se llevaron el ordenador de casa de los Giordano, ¿recuerdas?

Me di cuenta de que Keith sólo podría haber sabido que la policía se había llevado un ordenador de casa de Amy si en realidad hubiera estado siguiendo las noticias sobre la investigación. Lo de que la policía se había llevado el ordenador de los Giordano se había mencionado en el informativo la noche de la desaparición, y apareció impreso sólo una vez, en una breve reseña en el periódico local. Desde el principio, Keith había fingido indiferencia, incluso aburrimiento, en lo relativo a la policía. Pero era evidente que había estado atento a lo que ésta había estado haciendo.

—Te he hecho una pregunta —dije con aspereza.

—Eso es lo que haces a todas horas —replicó él—. Hacerme preguntas. —Sus ojos brillaron con ira—. ¿Por qué no haces de una vez la única pregunta que realmente quieres hacer? Adelante, papá. Pregúntame.

Fruncí los labios con furia.

—No empieces con eso, Keith.

—Vamos, hazme la pregunta —repitió con insistencia, planteándomelo como un desafío—. Todos sabemos cuál es. —Se rió con amargura—. Muy bien, la haré yo. —Inclinó la cabeza a la derecha y adoptó un tono de voz grave y exageradamente masculino—. Bueno, Keith, ¿raptaste tú a Amy Giordano?

—Déjalo estar —dije.

Pero él prosiguió en el mismo tono burlonamente paternal.

—¿La llevaste a algún lugar y te la follaste?

—Ya es suficiente —dije—. Vete a tu cuarto.

No se movió, excepto los dedos, que estrujaron en el acto la relación de la policía.

—No, papá, no me iré hasta que hagas la última pregunta.

—Keith…

Echó la cabeza hacia atrás y fingió estar fumando en una pipa imaginaria.

—Así pues, hijo mío, ¿mataste tú a Amy Giordano?

—¡Cállate! —grité.

Keith me miró de hito en hito, descompuesto, y el tono de su voz se tornó quedo, casi lastimero.

—Lo has creído desde el mismísimo principio, papá. —Diciendo eso, se dio la vuelta y subió lentamente las escaleras.

Miré a Meredith y advertí el brillo que había en sus ojos.

—¿Es cierto eso, Eric? —preguntó—. ¿Lo has creído desde el principio?

—No, no es cierto —repliqué—. ¿Por qué habría de creerlo?

Ella le dio vueltas a la pregunta en la cabeza, rumiándola en silencio hasta que encontró la respuesta.

—Quizá porque no te gusta él —susurró—. Bueno, sé que lo quieres, pero tal vez no te guste. Eso es lo que hacemos las personas en las familias; amamos a los que no nos gustan.

Oí pisadas en las escaleras, y luego la puerta delantera se cerró con fuerza.

—Se va a dar uno de esos paseos, supongo —dije.

Esos paseos. Las palabras de Peak se volvieron amargas en mi boca, y sonaron suspicaces, ligeramente ominosas, igual que habían sonado la primera vez que las oí.

—Sólo intenta apañárselas con esto de la única manera que sabe —me dijo Meredith—. Que es solo, supongo.

Keith ya había llegado al extremo del sendero, moviéndose con rapidez, encorvado y con la cabeza gacha, como si avanzara contra un viento fuerte.

—Nunca más volveremos a ser normales —dijo Meredith en voz baja.

Aquélla era una declaración infausta, y me negué a aceptarla.

—Por supuesto que sí —dije—. Todo esto pasará en cuanto encuentren a Amy Giordano.

Meredith mantuvo la mirada en Keith, observándolo atentamente mientras subía por la pequeña colina y seguía avanzando hacia la carretera principal.

—Tenemos que ayudarlo, Eric.

—¿Cómo?

—Encuentra a alguien que hable con él.

Pensé en todo lo que mi antigua familia debía haber guardado en secreto, en su legado de alcoholismo, de infelicidad y en la amarga risa socarrona de un anciano. Cualquier cosa parecía mejor que aquello.

—¿Cómo se llama el psicopedagogo ése? —pregunté—. El de la escuela universitaria.

Meredith sonrió dulcemente.

—Rodenberry —dijo—. Estará en la fiesta de mañana.

15

El doctor Mays vivía en una vieja casa de capitán de barco a sólo unas cuantas manzanas de aquella otra en la que yo había crecido y que tan dichosa me había parecido, al menos hasta la muerte de Jenny. Después de eso, mi madre se había sumido en una profunda oscuridad, mientras que las pérdidas financieras de mi padre se fueron haciendo cada vez más graves, así que, antes de que pasara un año, la casa había salido a subasta. Pero nada de aquella deprimente historia volvió a mí aquella noche cuando pasamos rápidamente junto a la vieja mansión. Fue, por el contrario, el desdeñoso arrebato de mi padre el que hizo de las suyas en mi cabeza: *No tienes ni idea.*

Lo había dicho como una acusación, aunque se negó categóricamente a aclararme su significado. Quizá, pensé, tan sólo intentaba llamar la atención, y su indefinida acusación contra mi madre era la única manera de afirmarse cuando la reverenciada memoria de ella le salía al encuentro. Si eso era verdad, había escogido un burdo método de ganar terreno. Aunque siempre había sido un imprudente con sus palabras y proclive al insulto despiadado, por lo que cuadraba perfectamente con su carácter el que se ensalzara hundiendo a mi madre. Y, sin embargo, debido a todo eso, no pude evitar preguntarme a qué se había referido al decir que mi madre no había estado entregada a él. Yo no había visto más que entrega, una devoción paciente y duradera. Ella le había disculpado todas sus faltas, y permanecido a su lado cuando el pequeño imperio de mi padre empezó a perder terreno y acabó por desaparecer. Ella lo había defendido con independencia de lo vergonzoso de su comportamiento o lo negligente de su paternidad. ¿Cómo podía ser que a lo largo de todos aquellos años yo no hubiera llegado a conocer a mi madre?

—Actuemos con normalidad, y punto —dijo Meredith cuando detuve el coche delante de la casa del doctor Mays.

Le lancé una sonrisa fugaz.

—Somos normales —le recordé—. No tenemos que fingir.

Apenas pareció oírme. Tenía la mirada fija en la casa, en los invitados que ella podía ver pulular por el interior de la vivienda, la expresión intensa y extrañamente escrutadora, como una mujer que, apostada en el mirador de su casa, escudriñara el solitario mar con la esperanza de ser la primera en vislumbrar, estremecida, el barco que trajera de vuelta a su marido.

—¿Qué sucede, Meredith? —pregunté.

Se volvió hacia mí con brusquedad, como si la hubiera cogido desprevenida.

—Espero que haya venido —dijo—. Hablo de Stuart. —Pareció percibir algo extraño en mi expresión—. Así podremos hablar con él acerca de Keith —explicó—. *Porque* vamos a hacerlo, ¿no es así? Eso fue lo acordado.

—Así es.

El doctor Mays nos dio la bienvenida en la puerta. Era un hombre bajo y calvo, con gafas de montura metálica.

—Ah, Meredith —dijo, mientras le daba un fuerte apretón de manos a Meredith; luego me miró—. Hola, Eric.

Nos estrechamos la mano y nos hizo pasar a la espaciosa pieza donde varios profesores y profesoras, acompañados de sus esposas y maridos, bebían vino y comían tacos de queso. Durante un rato, permanecimos junto a la chimenea, intercambiando los cumplidos de rigor. Luego Meredith se disculpó y se alejó, dejándome a solas con el doctor Mays.

—Tiene una esposa maravillosa, Eric —dijo sin dejar de mirarla mientras Meredith se aproximaba a un hombre alto vestido con una chaqueta de tweed que estaba al lado de una mujer delgada de pelo negro y lacio—. Nos sentimos muy afortunados de tenerla con nosotros —añadió.

Asentí con la cabeza.

—Le encanta la docencia.

—Me alegra oírlo —dijo el doctor Mays. Cogió un trozo de tallo de apio de una bandeja con un surtido de vegetales crudos y lo mojó en el pequeño tazón de salsa de cebolla depositado en la mesa que tenía a su lado—. Confío en que ella no me encuentre aburrido.

En el otro extremo de la habitación, Meredith rió ligeramente y le tocó el brazo al hombre.

—Todo lo contrario —dije—. Siempre anda contándome chistes y anécdotas que le ha oído a usted.

El doctor Mays pareció sorprendido.

—¿De verdad?

Reí.

—Le encantó aquel sobre Lenny Bruce.

El doctor me miró con una mezcla de extrañeza y socarronería.

—¿Lenny Bruce?

—Aquel sobre la diferencia entre los hombres y las mujeres —dije.

El doctor Mays se encogió de hombros.

—Me temo que ése no me lo sé.

—Sí, ya sabe, aquel de la ventana de vidrio.

Se me quedó mirando fijamente sin comprender.

—Debe habérselo contado otra persona —dijo.

Se oyeron unas carcajadas en el otro extremo de la habitación. Al mirar hacia allí, vi a Meredith con la mano en la boca, tal como solía ponérsela cuando reía. Tenía la mirada radiante y extrañamente feliz, muy diferente a como se había mostrado tan sólo unos minutos antes. El hombre de la chaqueta de tweed reía con ella, pero la mujer de su lado se limitó a sonreír en silencio antes de darle un breve trago a su bebida.

—¿Quiénes son? —pregunté al doctor Mays—. Las personas que están con Meredith.

El doctor Mays miró al grupo.

—Oh, es el doctor Rodenberry y su esposa, Judith —dijo—. Él es el psicopedagogo de la escuela.

—Ah, ya —dije—. Meredith me ha hablado de él.

—Un hombre brillante —dijo el doctor Mays—. Y muy divertido.

Me dio algún detalle más acerca de Rodenberry, como que llevaba cinco años en la facultad y que había convertido un servicio de orientación psicopedagógica moribundo en una pujante actividad académica. Dicho esto, el doctor Mays se disculpó para seguir cumpliendo con sus obligaciones de anfitrión y se acercó a otro grupo de profesores.

Aproveché la oportunidad para atravesar la habitación y dirigirme a donde Meredith seguía conversando con los Rodenberry.

Ella me miró al acercarme.

—Hola —dije en voz baja.

—Hola —dijo ella. Se volvió hacia Rodenberry y su esposa—. Stuart, Judith, éste es mi marido, Eric.

Les estreché la mano a ambos, sonriéndoles de la manera más afectuosa que supe. Se produjo entonces un instante de embarazoso silencio lleno de miradas cambiantes, durante el cual la de Rodenberry se movió entre yo y Meredith, y la de su esposa se dirigió rápidamente hacia mí antes de apartarse con la misma presteza.

—Le he comentado a Stuart la situación de Keith —dijo Meredith.

Miré a Rodenberry.

—¿Qué piensas al respecto? —le pregunté.

Consideró la pregunta un breve instante.

—Bueno, no cabe duda de que Keith está sometido a una presión enorme.

Aquello a duras penas parecía una respuesta, así que ahondé más.

—Pero ¿crees que necesita ayuda profesional? —pregunté.

De nuevo, Rodenderry se mostró reacio a contestar de forma directa.

—Puede, pero nada más si está dispuesto a aceptarla. De lo contrario, la orientación no haría más que sumarse a la presión que ya soporta.

—Bueno, ¿y cómo podemos saber eso? —insistí—. Si necesita ayuda, me refiero.

Rodenberry miró a Meredith en lo que pareció una señal para que ella interviniera.

—Stuart tiene la sensación de que deberíamos hablar del tema con Keith —dijo—. No planteárselo como algo que hayamos pensado que debería hacer, sino sólo como una posibilidad.

—Y ver, entonces, cómo reacciona —añadió con presteza Rodenberry—. Si se muestra hostil de inmediato o si parece que la idea le seduce.

—¿Y si parece que le seduce? —pregunté.

La mirada de Rodenberry volvió a deslizarse hacia Meredith.

—Bueno, como ya le he dicho a Meredith —dijo, volviendo su atención hacia mí—, estaría más que encantado de prestar toda la ayuda que esté en mis manos.

Empecé a añadir un último comentario acerca del tema, pero la esposa de Rodenberry se apartó repentinamente del grupo y volvió la cabeza con decisión hacia otra parte, como si quisiera protegerse la cara de nuestras miradas.

—Judith ha estado enferma —dijo Rodenberry en voz baja, una vez que su esposa estuvo lo bastante lejos. Volvió a mirar a Meredith, y, en respuesta, ella le dedicó una sonrisa que se me antojó de una intimidad inesperada, y que él le devolvió de inmediato.

—En cualquier caso —dijo Rodenderry, volviendo ya su mirada hacia mí—, comunicadme lo que decidáis sobre Keith. —Sacó una tarjeta del bolsillo de la chaqueta—. Meredith tiene mi teléfono de la escuela universitaria —dijo cuando me entregó la tarjeta—, pero éste es mi número privado. Podéis llamarme a cualquier hora.

Le di las gracias, tras lo cual, Rodenberry atravesó la habitación para reunirse con su esposa junto a la mesa del bufet. Una vez allí, le echó el brazo por el hombro. Su mujer se apartó rápidamente, como si el contacto de su marido le produjera repulsión, así que el brazo de Rodenberry cayó de inmediato sin trabas y quedó colgado lánguidamente en su costado.

—Me parece que los Rodenberry tienen problemas —le dije a Meredith.

Ella observó al psicopedagogo servirse algo de beber y quedarse solo junto a la ventana, donde el doctor Mays se le unió al cabo de unos minutos.

—El doctor Mays no se acordaba de la cita de Lenny Bruce —dije.

Meredith siguió con la mirada fija al frente, lo cual, me percaté, resultaba extraño en ella, dado su arraigada inclinación a mirarme siempre que yo hablaba.

—Aquél de la ventana de vidrio —añadí.

Sus ojos se movieron rápidamente hacia mí.

—¿Qué?

—Que no se lo oíste al doctor Mays —repetí.

Meredith volvió a mirar hacia la habitación contigua.

—Bueno, se lo oiría a alguna otra persona —dijo con aire ausente.

—Tal vez a Rodenberry —sugerí—. El doctor Mays dice que es muy divertido.

—Sí, sí que lo es —dijo Meredith. En sus ojos apareció un destello fugaz pronto debilitado, como si un pensamiento sombrío hubiera bordeado su mente—. Hará un buen trabajo con Keith —fue cuanto dijo.

Nos fuimos de la fiesta un par de horas más tarde, y durante el trayecto en coche de vuelta a casa prácticamente no hablamos. La luz del cuarto de Keith estaba encendida, pero no subimos ni lo llamamos ni hicimos ningún esfuerzo por averiguar si estaba realmente allí. Semejante vigilancia sólo se le habría antojado una prueba más de que yo le consideraba un criminal, y su humor se había vuelto demasiado inestable para incitarle a acumular más rencor.

Así que nos limitamos a ver la televisión durante una hora más y luego nos fuimos a la cama. Meredith intentó leer un rato, pero no tardó mucho en dejar resbalar el libro sobre el suelo junto a la cama, se apartó de mí dándose la vuelta y se quedó dormida enseguida.

Pero yo no pude dormir. Pensé en Keith y en Meredith, por supuesto, pero poco a poco mis pensamientos volvieron a mi antigua familia. A la historia de Warren acerca del hombre de la compañía de seguros con las extrañas preguntas, al extraño comentario que había hecho mi padre, a su amarga aseveración de que yo no sabía nada acerca de mi madre.

¿Podría ser verdad?, me pregunté. ¿Podría ser verdad que jamás hubiera conocido a mi madre?, ¿o a mi padre? ¿Que Warren, pese a haber crecido juntos, siguiera siendo fundamentalmente un enigma?

Me levanté, fui hasta la ventana y me quedé contemplando detenidamente el enmarañado bosque que envolvía la noche. Vi en mi mente el coche que había traído a casa a Keith aquella noche, a su conductor fantasma tras el volante, una figura que de repente se me antojó no más misteriosa que mi hijo, mi esposa, mi padre, mi madre y hermano, meras sombras, negras e indefinibles.

—¿Eric?

Era la voz de Meredith.

Me di la vuelta hacia la cama, pero no pude verla.

—¿Pasa algo?

—No, nada —le dije, agradecido por no haber encendido la luz, puesto que, si me hubiera visto, habría sabido que era mentira.

16

Leo Brock me llamó a la tienda a las once de la mañana siguiente.

—Una pregunta rápida —dijo—. ¿Keith fuma?

Oí mi respuesta al final de una tensa pausa.

—Muy bien —dijo—. ¿Qué marca fuma?

Había visto la cara del paquete cuando Keith se la sacó rápidamente del bolsillo de la camisa.

—Marlboro —dije.

Leo soltó un largo suspiro.

—Y le dijo a la policía que no había abandonado la casa en ningún momento, ¿no es cierto eso?

—Sí.

—Bajo ningún concepto.

—Dijo que no había abandonado la casa en ningún momento —le dije—. ¿Qué sucede, Leo?

—Mi fuente me ha dicho que los polis encontraron cuatro colillas de cigarrillos en el exterior de la casa de los Giordano —dijo Leo—. De Marlboro.

—¿Y eso es tan malo? —pregunté—. Me refiero a que no pasa nada por que Keith saliera a fumar, ¿no?

—Estaban en un lateral de la casa —añadió Leo—. Justo debajo de la ventana del dormitorio de Amy.

—¡Por Dios! —musité.

Vi mentalmente a Keith junto a la ventana, atisbando a través de las cortinas de Amy, observándola mientras dormía, el largo pelo de la niña desparramado por la almohada. ¿También la había observado mientras se desnudaba?, me pregunté. Y mientras… ¿qué más hacía? ¿Había ido al depósito de agua en busca de un estímulo similar? Con anterioridad a ese momento, es probable que hubiera evitado semejantes preguntas, pero algo se había endurecido en mi mente, asumiendo la forma de un pico o de una pala listos para excavar.

—Así que piensan que él la estaba observando —dije.

—No podemos estar seguros de lo que piensan.

—Ah, vamos, Leo, ¿por qué estarían sus cigarrillos allí si no, junto a la ventana de Amy?

—Los suyos, no —me amonestó Leo—. Sólo de la marca que él fuma.

—No me hables como un abogado, Leo —dije—. Esto es malo y lo sabes.

—No ayuda —admitió.

—Lo van a detener, ¿no es así?

—Todavía no —dijo.

—¿Por qué no? —pregunté—. Ambos sabemos que piensan que él lo hizo.

—Lo primero de todo, es que nadie sabe qué es lo que ha sucedido —me recordó Leo—. No olvides esto, Eric. Sea lo que sea lo que la policía pueda pensar, no saben nada. Y hay algo más que hay que tener bien presente. Keith no tenía coche, así que ¿cómo pudo llevarse a Amy de su casa?

No discutí esto, aunque sentí cómo el agua que me rodeaba ascendía ligeramente.

—¿Eric?

—Sí.

—Has de tener fe.

No dije nada.

—Y no me refiero en el sentido religioso del término —añadió—. Has de tener fe en Keith.

—Por supuesto —dije en voz baja.

Se produjo una pausa, al cabo de la cual, Leo dijo:

—Una última… dificultad.

No me molesté en preguntar de qué se trataba, pero sólo porque sabía que Leo estaba a punto de contármela.

—Aquella noche Keith encargó una pizza para cenar —dijo—. El repartidor de la pizzería la entregó poco después de las ocho. Ha declarado que cuando llegó no vio a Amy, pero que Keith estaba allí y estaba hablando por teléfono.

—¿Por teléfono?

—¿Te llamó aquella noche?

—Sí.

—¿Cuándo?

—Poco antes de las diez.

—¿Antes, no?

—No.

—Estás seguro de eso —dijo Leo—. Estás seguro de que esa noche Keith sólo te llamó una vez.

—Sólo una vez —dije—. Alrededor de las diez.

—Y fue entonces cuando te dijo que se retrasaría y que no necesitaba que le fueras a buscar, ¿correcto?

—Sí.

—¿Porque ya tenía quien lo llevara?

—No —contesté—. Dijo que podía conseguir un medio de transporte.

—Pero no que tuviera uno, ¿verdad?

—No, no que tuviera uno.

—Bien —dijo Leo.

—Bueno, ¿y con quién estaba hablando por teléfono? —pregunté—. Cuando estaba allí el repartidor de la pizzería.

—Estoy seguro de que la policía tiene el número —dijo Leo—. Así que no pasará mucho tiempo antes de que nos lo digan.

Hablamos unos minutos más, en los que Leo hizo lo que pudo para plantear las cosas de la mejor manera posible. Sin embargo, a pesar de sus esfuerzos, no fui capaz de sentir nada más que una espiral descendente, un cerco que se iba cerrando, unas vías de escape que se iban reduciendo lentamente.

—¿Qué sucedería si no llegaran a encontrar nunca a Amy? —pregunté finalmente.

—Bueno, es terriblemente difícil condenar a alguien cuando no hay cuerpo —respondió Leo.

—No estaba pensando en eso —le dije—. A lo que me refiero es a que Keith tendría que vivir con eso, ¿no es así? Con la sospecha de que él la mató.

—Sí, así sería —respondió—. Y admito que los casos como éste, que no consiguen resolverse definitivamente, pueden resultar dolorosos para todos los implicados.

—Corrosivos —dije en voz baja, casi para mí.

—Corrosivos, sí —dijo Leo—. Cuando uno no consigue llegar al fondo de algo, la cosa se pone difícil.

Nunca antes de ese momento había sabido hasta qué punto era cierto aquello, cómo el menor tufo a duda podía oscurecerlo todo y hacerse cada vez más amenazador, instándote de manera implacable a seguir adelante, a fijarte la necesidad de averiguar qué fue lo que ocurrió realmente.

—Si no, toda tu vida es un misterio sin resolver —dije.

—Ajá, así de mala es la situación —corroboró Leo—. Te acabas convirtiendo en un caso sin resolver.

Un caso sin resolver.

Recuerdo que pensé que era en eso precisamente en lo que me estaba convirtiendo, y que durante el resto del día, mientras atendía a los clientes y enmarcaba algunas fotos, sentí que en mi interior crecía un impulso feroz, la necesidad de saber de Keith, de la vida que podría haberme ocultado, de la terrible acción que no podía dejar de pensar que, en efecto, él pudiera haber cometido.

Poco antes de cerrar llamé a Meredith y le conté lo que me había dicho Leo Brock por la mañana. Había esperado que se enfadara por no haberla llamado antes, que me acusara, una vez más, de negarme a enfrentarme a las cosas, pero, en su lugar, se tomó el último suceso sin sorprenderse, como si lo hubiera estado esperando desde el principio.

—Hoy tengo que trabajar hasta tarde —dijo. Me pareció que su voz era extrañamente nostálgica, como la de una mujer que hubiera vivido otrora en un mundo perfecto, y conocido su hermosura y su satisfacción, un mundo que ya no existía y que no volvería a existir nunca más—. Llegaré a casa a eso de las once.

Fue al dirigirme al coche minutos más tarde cuando divisé la camioneta de Warren aparcada junto al bar de Teddy. Supuse que, probablemente, estaría bebiendo cada vez más temprano, la pauta habitual antes de que se zambullera en una borrachera en toda regla. Antaño, nunca había sido capaz de impedir sus zambullidas periódicas y, debido a ello, había dejado más o menos de intentarlo. Pero, de repente, enfrentado a los problemas de mi propia familia, descubrí que podía ver el suyo con más claridad. El desprecio con el que mi padre le había colmado de forma tan despiadada le había hurtado cualquier atisbo de confianza en sí mismo, de la que, de lo contrario, podría haberse valido. Y a aquello había venido a sumarse la tragedia de la muerte de Jenny y, después de eso, el fatal accidente de mi madre. Quizá, me dije, no era tanto uno de los patéticos perdedores de la vida como sencillamente un hombre que había perdido demasiadas cosas.

Estaba sentado en el reservado del fondo, con las manos salpicadas de pintura alrededor de una jarra de cerveza.

—Hola, hermanito —dijo, mientras me sentaba frente a él. Levantó la cerveza—. ¿Te apetece una bien fresquita?

Negué con la cabeza.

—No, no tengo mucho tiempo. Meredith volverá tarde de trabajar, así que tengo que ir casa y prepararle la cena a Keith.

Le dio un sorbo a la cerveza.

—Bueno —dijo—. ¿Qué tal va todo?

Me encogí de hombros.

—Igual.

—¿Y ese asunto de Keith?

—Tengo la sensación de que la policía se está centrando en él. —No añadí más detalles y, como era de esperar, Warren no preguntó.

—Esos polis no hacen más que sacar conclusiones precipitadas —dijo, en su lugar—. Sólo se fijan en los pequeños detalles. —Rió—. Pero así somos todos, ¿verdad? Nos obsesionamos.

—¿Por qué dices eso?

—Ya me entiendes, la manera en que algunas ideas locas no paran de fastidiar a un tipo.

Warren solía hablar de él en tercera persona como de «un tipo».

—¿Y cuál es esa idea loca que te está fastidiando, Warren? —pregunté.

Pensé que quizá fuera algo sobre Keith, pero estaba equivocado.

—Por alguna razón no dejo de pensar en mamá —dijo él—. En lo alterada que estaba en los últimos tiempos, ¿sabes?

—Bueno, ¿cómo no iba a estarlo? —dije—. Iba a perder su casa.

—No era por eso —dijo mi hermano—. A ella no le gustó nunca aquella casa.

—¿Que no le gustó nunca la casa?

—No, la odiaba —dijo Warren. Dio un sorbo a la cerveza—. Decía que era demasiado grande y que requería demasiados cuidados.

—No lo sabía —dije.

—La casa era por papá —continuó—. Era parte del espectáculo. Él la quería porque así la gente creía que era un tipo grande e importante. —Apartó la mirada y volvió a mirarme—. ¿Lo has visto últimamente?

—Voy a verlo todos los jueves.

Warren sonrió.

—Siempre cumpliendo con tus deberes —dijo—. Siempre has sido consciente de tus deberes para con papá.

Hizo que el deber pareciera extrañamente vergonzoso.

—No quiero que se sienta abandonado, si es a eso a lo que te refieres.

Warren le dio un trago desmesurado a la cerveza.

—Me he pasado a verlo esta mañana —dijo. Me miró con una sonrisa de amargura—. Me dijo que no quería volver a verme.

—¿Qué? ¿Por qué?

—Por lo que te dije del tipo aquel de la compañía de seguros.

—¿Papá no quiere volver a verte por eso? —le pregunté, incrédulo.

—Ajá —dijo, intentando ya quitarle hierro al asunto—. Extraño mundo éste, ¿eh, Eric?

Agité la mano.

—Se le pasará.

Warren sacudió la cabeza con firmeza.

—No, no se le pasará. Esta vez, no. Esta vez lo he encabronado de verdad.

—Pero si no fue nada —argumenté.

—No para papá —dijo Warren—. Se puso realmente histérico por el asunto.

Recordé la expresión de mi padre cuando le mencioné el tema y me di cuenta de repente de que la parte de mí que deseaba evitar los problemas, aquella que Meredith había detectado hacía tanto tiempo, estaba muerta. Mi sospecha había empezado con una sutil comezón, pero a esas alturas era una dolencia furiosa, mil llagas sangrantes en las que no podía evitar hurgar.

—¿Qué está escondiendo papá, Warren? —le pregunté sin rodeos.

Bajó la mirada hacia sus manos.

—¿Warren?

Se encogió de hombros. Me incliné hacia él.

—Tú estabas allí aquel verano —dije—. ¿Qué fue lo que ocurrió?

Levantó la mirada tímidamente.

—Papá creía que ella hacía algo —dijo—. Mamá. —Miró en derredor, como para asegurarse de que no estuviera escuchando nadie más—. Algo con ese otro tipo. Ya sabes a lo que me refiero.

—¿Mamá? —Me quedé helado—. ¿Qué otro tipo?

Warren le dio un sorbo a la cerveza.

—Jason Benefield. El abogado de la familia, ¿te acuerdas? Venía a menudo con papeles para esto o aquello.

Lo recordaba como a un hombre alto, bien vestido y muy distinguido con una abundante cabellera gris, atractivo a la manera de los viejos barcos: resistente, agotado, pero digno.

—¿Y crees que era verdad lo que pensaba papá? —pregunté.

—Tal vez —dijo Warren. Percibió la sorpresa en mi expresión, la incredulidad acerca de que él hubiera podido advertir algo—. Eric, no soy un idiota —dijo—. Soy capaz de ver las cosas.

—¿Y qué es lo que viste, exactamente?

—Que mamá estaba… que a ella le gustaba aquel tipo —respondió—. Y que él sentía lo mismo por ella. —Acabó la cerveza y pidió otra con un gesto de la mano—. Al principio, no supe qué pensar al respecto, ¿sabes? Mamá y ese tipo. Pero, la verdad, sabía cómo la trataba papá, como si ella no valiera nada, excepto cuando venían sus amigotes. Así que pensé: «Vaya, vaya, bien por mamá», ya me entiendes.

Peg llegó con la cerveza de Warren. Él le sonrió, pero ella no le devolvió la sonrisa.

—Menuda puta, ¿eh? —masculló después de que ella se hubiera alejado—. Pero son todas iguales, ¿no te parece? —Se burló de sí mismo con una risita—. Al menos, para mí.

—¿Cómo llegó papá a sospechar de ella?

Warren se mesó lo que le quedaba de cabellera con la mano.

—Alguien le dio el chivatazo.

—¿Quién?

Dudó, así que supe que no me iba a gustar la respuesta, pero la comodidad ya no me importaba.

—¿Quién? —repetí con dureza.

—La tía Emma —respondió. Bebió un largo trago y tras contemplar la agonizante espuma durante un instante me miró a mí—. Vio a mamá y a Jason juntos. Vaya, no en una situación comprometida, como en la cama o algo así. Mamá nunca habría hecho nada en casa, tú lo sabes. Pero, un día, tía Emma se acercó a llevar unos tomates de su huerta, y oyó a mamá y a aquel tipo hablar. —Se encogió de hombros—. Ya sabes, de la manera que hablan las personas cuando hay algo entre ellas. Uno no tiene necesidad de oír las palabras.

—¿Y tía Emma se lo contó a papá?

Warren asintió con la cabeza, volvió a mirar la jarra, guardó silencio durante un rato y levantó la vista.

—La sacudió de lo lindo, Eric. Yo sabía lo que se avecinaba, así que me largué. Cuando volví, papá estaba sentado en el salón, bebiendo, y mamá, en el piso de arriba. No bajó hasta la mañana siguiente. Fue entonces cuando vi lo que le había hecho. —Pareció regresar a aquel día nefasto—. Aquello me cabreó de verdad, y me entraron ganas de golpearlo. Como él la había golpeado. Quise molerlo a palos. —Sacudió la cabeza—. Pero no hice nada, ni siquiera hablé de ello. —Sus ojos despidieron un ligero destello—. Nunca tuve el menor coraje, Eric. Lo único que tenía que hacer papá era mirarme, y me derrumbaba.

Negué con la cabeza.

—No sabía nada de esto.

Warren asintió con la cabeza.

—En cualquier caso, no podrías haber hecho nada. Nadie podía hacer nada con papá. Además, contigo era bueno.

—Sí, conmigo sí —admití—. Pero tú tenías que…

Hizo un gesto con la mano para callarme.

—¡Bah! No te preocupes por mí y papá. Ni entonces ni ahora. ¡Carajo!, me trae sin cuidado si no lo vuelvo a ver nunca más. —Dio un trago largo a la cerveza, con el que sin duda quiso dejar bien claro que era la ira de mi padre la que había cortado amarras con él—. Ya es agua pasada.

Salvo que no lo era. Al menos, para mí.

—Me ha dado por pensar en las cosas, Warren —le dije—. Sé que es a causa de este asunto con Keith, pero no paro de remontarme también a nuestra familia.

Él rió.

—¿Para qué te vas a preocupar? Se fueron antes de que te hicieras mayor. Mamá y Jenny murieron cuando todavía eras un niño.

—Pero ya no quiero seguir siendo un niño —le dije—. Quiero saber lo que tú sabes. Lo quiero saber todo.

—Ya te he dicho lo que sabía.

—Tal vez hubo más —dije.

—¿Cómo qué?

—Como el hombre de la compañía de seguros del que me hablaste. ¿Por qué fue a casa y estuvo haciendo preguntas sobre mamá y papá?

Warren se encogió de hombros.

—¿Quién sabe?

—Papá me dijo que mamá no estaba asegurada —dije.

—Entonces supongo que no había ningún seguro. —Dio un sorbo a la cerveza—. ¡Joder! ¿Qué importa de todas maneras?

—Importa porque quiero saber.

—¿Saber qué?

Las palabras cayeron de mi boca como si fueran piedras.

—Si él la mató.

Los ojos de Warren se quedaron muy quietos.

—¡Hostias, Eric!

—Que manipulara el coche de alguna manera... Los frenos, yo qué sé.

—Papá no sabía nada de coches, Eric.

—Bueno, tú no crees...

Warren rió.

—Pues claro que no. —Me miró con los ojos entrecerrados, como si yo fuera una criatura muy pequeña que no consiguiera enfocar—. ¿Qué crees? ¿Que papá mató a mamá? ¡Vamos, Eric!

—¿Cómo puedes estar tan seguro?

Se volvió a reír, pero esa vez con amargura.

—Eric, esto es de locos.

—¿Cómo lo sabes? —insistí.

—¡Joder, Eric! —dijo—. Esto es increíble.

—¿Y qué pasa si la mató? —pregunté.

Warren permaneció en silencio durante un momento, la mirada baja, como si estudiara el último e insignificante resto de cerveza. Entonces, dijo:

—Y aunque descubrieras que lo hizo, ¿qué se ganaría con ello?

—No lo sé —dije—. Pero, tal y como están las cosas, todo parece una mentira.

—¿Y qué?

—Que no quiero vivir así.

Apuró el resto de cerveza.

—Eric, todo el mundo vive así. —Sonrió burlonamente y la macabra seriedad de nuestra conversación hasta ese momento desapareció sin más—. Alegra esa cara, hermanito... Todos somos unos farsantes.

Me incliné hacia delante y apoyé los codos en la mesa.

—Quiero saber la verdad.

Warren hizo un ligero encogimiento de hombros.

—Vale, perfecto —dijo cansinamente—. Machácate si quieres. Caray, papá era una urraca. Lo guardaba todo en aquel viejo archivador metálico, ¿lo recuerdas? Y, como es natural, no lo tiró a la basura, ni nada de lo que hay dentro. Un armatoste jodidamente pesado. ¿No te acuerdas de los problemas que tuvimos para meterlo en tu sótano? —Acabó la cerveza y me miró con ojos amodorrados—. Si le hubiera hecho una póliza de seguros a mamá —dijo—, es ahí donde estaría.

17

A la noche siguiente, después de que Meredith y Keith se hubieran ido a la cama, bajé al sótano sin hacer ruido. Era un archivador metálico gris, aquel en el que mi padre había guardado sus documentos y que Warren y yo habíamos trasladado desde la pequeña casa en la que vivía, antes de que yo consiguiera convencerlo finalmente para que se trasladara a la residencia para jubilados.

Había llevado a mi padre a Shelton Arms un día nevoso de enero; luego, tras volver a la casa y ayudar a Warren a empaquetar sus pertenencias las transportamos hasta el sótano, donde habían permanecido sin tocar hasta ese momento.

El viejo escritorio de persiana de mi padre descansaba junto al archivador. Lo abrí, acerqué una fea silla metálica, saqué una pila de carpetas del cajón superior del archivador y empecé a revisar los amarillentos y quebradizos papeles que encontré en su interior, testimonios de las muchas empresas fallidas de mi padre junto con los de sus intentos cada vez más desesperados por salvarlas.

Pero aquélla no era la historia que estaba buscando. Me traía sin cuidado que mi padre hubiera fracasado, que sus acuerdos comerciales fueran misteriosos, que hubiera despilfarrado miles de dólares para mantener las apariencias, afiliándose a onerosos clubes mientras mi madre rebuscaba en las tiendas de segunda mano para poder vestir a sus hijos.

Nada de aquello me importaba porque no estaba buscando pruebas de malas decisiones mercantiles ni de inversiones insensatas. Yo era Peak y Kraus, y mi mirada, al igual que las suyas, aguzada por la sospecha, buscaba las pruebas de un crimen.

Poco a poco, como un cuerpo que ascendiera a través de capas de cieno acumulado, fueron saliendo los atroces detalles de la ruina de mi padre. El declive empezó a finales de la década de 1960, cuando sus propiedades inmobiliarias se vieron diezmadas por unas subidas galopantes de los tipos de interés. Durante cinco años, dejó de pagar de manera regular una hipoteca tras otra, y sus amigos banqueros se cansaron de ampliar el crédito, de manera que perdió tanto los inmuebles para viviendas como los bienes raíces industriales, y su fortuna se fue desprendiendo de él como los pétalos se caen de una rosa marchita.

En el otoño de 1974, hundido literalmente en un cenagal de deudas, no le quedaba nada a excepción de la casa familiar, asimismo hipotecada hasta los cimientos. Yo tenía doce años a la sazón, estudiante del caro colegio privado que mi padre le había negado a Warren; un pequeño chaval vestido con su uniforme escolar, incluida americana azul marino con botones de latón y el emblema de Saint Regis bordado en el bolsillo superior.

Volvía cada noche a una casa que estaba desapareciendo, aunque entonces yo no lo sabía. Warren permanecía en su cuarto la mayor parte del tiempo, y Jenny se había empezado a quejar de unos terribles dolores de cabeza. Mi madre cocinaba unas comidas cada vez más modestas, que servía en una mesa que mi padre ya apenas frecuentaba. «Está en Nueva York —solía explicar mi madre— en viaje de negocios».

La naturaleza desastrosa de aquellos negocios eran evidentes en los papeles que revolví aquella noche: solicitudes de préstamos y las subsiguientes denegaciones, cartas amenazadoras de abogados y acreedores e, incluso, de comerciantes locales, todos ellos exigiendo el pago o de lo contrario…

Bajo semejante aluvión, los hombres se veían abocados al suicidio o a la simple huida, en ambos casos dejando a sus familias que se las compusieran como pudieran. Pero, en algunas raras ocasiones, algunos hombres optaban por una tercera opción bastante más drástica: mataban a sus familias.

Hasta esa noche, nunca se me había ocurrido que, en un momento de desesperación, con el quinto escocés de la noche temblándole en la mano, mi padre pudiera haber considerado en realidad aquel último camino.

Entonces, de repente, estaba allí: el indicio aterrador de que lo había considerado.

Un indicio, no una prueba, y, sin embargo, me paró en seco, así que, durante un buen rato, me limité a mirar fijamente lo que había encontrado —la sección inmobiliaria de *Los Angeles Times* del 27 de abril de 1975—, mientras me preguntaba cómo aquella sección en concreto, de un periódico de una ciudad situada a varios miles de kilómetros de distancia, había llegado a manos de mi padre, y por qué, a mitad de la tercera columna, había trazado un círculo rojo alrededor de un anuncio determinado, uno que ofrecía un «estudio ordenado y limpio... ideal para un soltero».

Ideal para un soltero.

¿Por qué medio tenía planeado mi padre recuperar la soltería?, me pregunté.

¿Se trataba sólo de que había considerado la opción uno, el abandono?

¿O había considerado también la opción tres, una ruptura irrevocable y definitiva que le diera realmente la libertad?

No lo sabía, ni podía saberlo, y, sin embargo, en el estado mental en el que me encontraba, del que el sombrío sótano era un reflejo perfecto, me encontré con que no podía ni desechar la posibilidad de que mi padre hubiera contemplado realmente nuestros asesinatos ni eliminar la necesidad que tenía de descubrir si de verdad lo había considerado.

Así que proseguí revisando sus documentos, observando con una desesperación cada vez más intensa el progresivo empeoramiento de su situación. A medida que transcurrieron las semanas de aquel último y desastroso año, las cartas exigiendo el pago de las deudas se fueron haciendo más y más amenazantes, al tiempo que las mentiras que surcaban las respuestas de mi padre siguieron un curso igualmente ascendente. Se empezó a inventar correspondencia con «patrocinadores anónimos», a garantizar fuentes de ingresos de las que carecía y a salpicar las cartas con nombres de gente importante —en su mayoría, políticos— que estaban, decía, «metidos desde el principio» en fuera cual fuera la descabellada empresa que estuviera proponiendo en esa ocasión. La línea entre el delirio y la realidad parecía difuminarse, razón por la cual ya no pude discernir si mi padre estaba mintiendo descaradamente o si había empezado a creerse sus propias fantasías.

Luego, en otro montón más de correspondencia comercial, éste intercalado de amarillentas fotos familiares, encontré una carta de la hermana de mi padre, Emma. Estaba fechada el 3 de febrero de 1975, apenas dos meses y medio antes de la muerte de mi madre. Un par de renglones en particular captaron mi atención: *Tal como dices, Edward, las actuales estrecheces se deben por entero a los escandalosos dispendios de Margaret.*

¿Los escandalosos dispendios de mi madre? ¿En qué había gastado de manera escandalosa mi madre? Yo conocía la respuesta demasiado bien. Había gastado «de manera escandalosa» en ropa usada de la beneficencia católica y en verduras magulladas en el mercado; había gastado en conservas abolladas y en pan del día anterior. A pesar de nuestros menguantes recursos, había hecho cuanto estaba en sus manos para mantener a sus hijos vestidos y alimentados con decencia. Durante el año de la muerte de Jenny, no se había comprado nada para ella, ni tan siquiera un sombrero o unos pendientes.

Que mi padre se atreviera a responsabilizar a mi madre de su propia mala gestión financiera era bastante vergonzoso; pero la frase que había garrapateado en el margen, al lado del comentario de mi tía, era peor: *Bueno, a ver si ella consigue sacarme de ésta.*

Sacarme.

No sacarnos.

Así que, exactamente, ¿qué éramos —su mujer y sus tres hijos— para mi padre?, me pregunté. La respuesta iba implícita en el uso del «me». No éramos nada.

No éramos nada, así que bien pudo ir a Nueva York, coger un ejemplar de *Los Angeles Times*, arrancar la sección inmobiliaria, leerla con detenimiento y tranquilidad en el tren de vuelta a Wesley y marcar con un círculo el anuncio de un estudio limpio y ordenado «ideal para un soltero».

¿Y cómo podía recuperar mi padre la soltería?

La más sombría de las perspectivas posibles se desarrolló en mi mente de inmediato: tras esperar a altas horas de la madrugada, mi padre baja en silencio a su despacho, levanta la persiana del escritorio, abre un pequeño cubículo de madera y saca la pistola que siempre guarda allí. La misma pistola que, como en una especie de visión milagrosa, lanzaba negros destellos ante mí, todavía en el cubículo donde él la había dejado. Alarga la mano para cogerla, como hice yo en ese momento, sube con ella hasta donde duerme su familia, como la mía entonces, y se encuentra a sólo tres disparos de la libertad.

Pero si ése había sido su plan, ¿por qué no lo había ejecutado? Otros lo habían hecho. Hombres como mi padre, arruinados en los negocios, aterrados por la humillación; hombres que lo habían perdido todo y que, en consecuencia, una noche fría habían decidido empezar de nuevo de la manera más profunda y devastadora con la que un hombre puede buscar la liberación. Habían asesinado a sus familias de manera metódica. ¿Por qué mi padre se había negado a tomar aquel derrotero? ¿Por qué ni siquiera se había decidido por el camino menos terrible de subir sin más a un avión o a un tren o a un autobús y desaparecer en la noche?

Sabía que su permanencia a nuestro lado no tenía nada que ver con el amor. La influencia de mi madre sobre él se había desvanecido con su belleza; hacia Warren no sentía más que desprecio; y Jenny, por quién él parecía sentir un cariño verdadero, había muerto y punto. Eso me dejaba a mí, así que, en pocas palabras, consideré la idea de que las esperanzas que mi padre tenía depositadas en mí habían sido la única fuente de la fuerza que nos mantuvo unidos. Después de todo, me había enviado al mejor colegio, y cuando hablaba de mi futuro, lo hacía siempre en los términos más halagüeños. Iría a una de las mejores universidades del país y me convertiría en el puntal de alguna empresa o bufete de abogados. Sería el hijo con el que había soñado, la prueba de su valía, un simple adorno, como lo había sido la belleza de mi madre en otro tiempo.

Pero, en abril de 1975, incluso aquel sueño estaría muerto. No habría dinero para una educación en las mejores universidades, como mi padre debía haber sabido ya, y sin él, ¿cómo podía yo colmar su sueño de un hijo rico y triunfador?

Consideré el aprieto de mi padre durante un momento. Estaba en bancarrota, con la responsabilidad de mantener a una familia que, muerta ya su hija, le traía sin cuidado.

Entonces, ¿por qué había seguido con nosotros?

La respuesta se me ocurrió al instante. Había seguido porque en alguna parte de la sombría maraña de sus negocios y de sus relaciones familiares había encontrado una salida.

La sencilla frase que había escrito en el margen de la carta de su hermana volvió entonces a mí en un susurro siniestro: *Bueno, a ver si consigue sacarme de ésta.*

Me imaginé en el lugar de Warren aquella ya lejana tarde de verano. Estoy sentado en la gran escalinata, leyendo un libro. Suena el timbre de la puerta y voy a abrir. Un hombre alto y delgado, vestido con un traje negro, se quita un sombrero gris de la cabeza y se me queda mirando fijamente con unos ojillos tranquilos e inquisidoramente chispeantes. Habla con voz tranquila, suave, como la de Peak: *No hay motivo para alarmarse.* Trabaja en una compañía de seguros, dice, y está investigando algo, así de claro es, aunque no me dice el qué. Así que lo dejó entrar, como hizo Warren, y vuelvo a la escalera, a mi libro. El hombre se va al cabo de unos minutos. No me dice lo que ha estado buscando, y los años pasan y me caso y tengo un hijo y nunca le pregunto lo que buscaba aquel día.

Pero en ese momento lo supe, y, al cabo de sólo unos minutos, la tenía en mis manos, oculta entre otros papeles, pero no mucho. Como un cuerpo cubierto a toda prisa con hojas y ramas caídas al que la más somera de las excavaciones saca a la luz. No es exactamente una póliza, sino una carta dirigida a mi padre, en la que se le informa de que el seguro de vida de su esposa ha sido aprobado por una cuantía de doscientos mil dólares.

—¿Eric?

Levanté la mirada y vi a Meredith parada al pie de la escalera. No la había oído bajar, acalladas sus suaves pisadas por las corrientes tormentosas de mis pensamientos.

—¿Qué estás haciendo aquí abajo? —preguntó, y en su voz me

pareció detectar una ligera alarma, como si hubiera descubierto en mí alguna rareza que pusiera en entredicho otros aspectos de mi persona en otro tiempo equilibrados.

—Sólo estoy revisando algunas cosas viejas —respondí.

Meredith miró detenidamente el montón de papeles desparramados por todo el escritorio.

—¿Qué estás buscando?

Eché una rápida ojeada y localicé una fotografía.

—Esto —dije, levantándola del montón para que la viera.

Era una fotografía familiar, la única en la que aparecíamos todos juntos. Mi padre y mi madre en el primer tramo de escalones de la gran casa, con sus tres hijos alineados delante de ellos; Warren, a la izquierda; Jenny, a la derecha; yo, en el centro.

¿Quién era yo entonces?, me pregunté al echarle una mirada a la foto. ¿Cuánto había sabido aquel año? ¿Cuánto me había negado a saber? Y no sólo de las cosas ocultas, la póliza de seguros, el dolor de mi madre, sino de los aspectos más evidentes de la vida en la gran casa. ¿Me había parado a pensar siquiera una vez en la crueldad con que era tratado Warren, o en que a veces Jenny tenía dolores de cabeza y se caía sin ninguna razón, o en que mi madre solía sentarse en silencio a la mesa de la cocina, jugueteando distraídamente con una servilleta arrugada? ¿Había mirado alguna vez a través de la ventana del lujoso autobús que me transportaba cada mañana a Saint Regis, contemplando cómo la gran casa se iba empequeñeciendo en la distancia, y me había permitido afrontar la posibilidad de que algo no marchara bien?

Miré a mi esposa, advertí el recelo en su mirada, y las palabras de Leo Brock resonaron en mi mente, la perturbadora sugerencia de que tampoco en mi propia casa iba todo bien y que allí fuera había alguien que lo sabía.

Hay algo feo.

Imaginé durante un instante a la fuente de aquel comentario inquietante, y vi a una persona ilusoria que manoseaba mis papeles, tal como yo acababa de manosear los de mi padre, lleno de sospechas aunque sin ninguna prueba real. De repente, sentí una furia aniquiladora hacia quienquiera que fuera el que hubiera telefoneado a la línea abierta de la policía, una ira que no encontró el más mínimo alivio en el hecho de que ni siquiera pudiera estar seguro de que existiera tal persona. Y, sin embargo, me convencí de que existía, y lo creí con tanta fuerza que al instante me imaginé la voz del que había telefoneado como algo entre un susurro lascivo y el silbido de una serpiente. Su perfil surgió en mis pensamientos no menos completo: una cara gorda y fofa de labios gruesos y húmedos, cubierta por la barba de un día. Incluso fui capaz de ver a grandes rasgos su cuarto, sucio y desordenado, lleno de servilletas de papel grasientas y cajas de pizzas vacías. Aquel hombre era soltero, un tipo solitario y odioso, alguien que me había visto a mí o a Meredith o a Keith, y de quien una parte huraña y resentida de su ser se había fijado en nosotros. Aquel hombre se había inventado sus historias acerca de nosotros, decidí, y les había dado pábulo en su cabeza, burlándose de una familia cuya perfección imaginada aborrecía.

—¿No quieres que la vea?

Salí de mi ensoñación y encontré entonces a Meredith junto al escritorio, tirando de una foto que me había resistido a soltar inconscientemente.

—Por supuesto que puedes verla —dije. Solté la foto y observé a Meredith mientras la miraba fijamente sin mostrar ninguna emoción.

—¿Y por qué buscabas esta foto en concreto? —preguntó.

Me encogí de hombros.

—No lo sé —dije—. Tal vez porque fue la última vez que todo parecía… —la última palabra hizo que algo en lo más hondo de mí se quebrara— estar bien.

Me devolvió la foto.

—¿Te vas a quedar aquí abajo toda la noche?

Negué con la cabeza.

—No —le dije—. Sólo un ratito más.

Se dio la vuelta y empezó a subir las escaleras con la cabeza ligeramente inclinada hacia delante, el pelo colgando en negras ondas a ambos lados de la cara. Al llegar arriba, se paró y se quedó de pie en el rellano. Tuve entonces la momentánea impresión de que podía volver a bajar, respirar profundamente y…

¿Confesar?

Me la quedé mirando de hito en hito, atónito por la palabra que había estallado de forma tan repentina en mi cabeza. ¿Qué había hecho Meredith que exigiera una confesión? Y, sin embargo, allí estaba, arrojada desde alguna sucia sima de mi interior, la idea, la sospecha que ya fluía por un espacio vacío, llenándolo de un humo acre y punzante, de manera que me sentí atrapado en un cuarto furiosamente recalentado, rodeado de lenguas de fuego desde todas las direcciones, sin ningún medio de sofocar el fuego que no dejaba de aumentar.

18

El lunes por la mañana me levanté temprano, fui a la cocina y preparé café. Durante mucho tiempo permanecí sentado solo a la pequeña mesa oval desde la que se dominaba el jardín delantero. Pensé en el registro de los papeles de mi padre de la noche anterior, en los documentos acusatorios que encontré entre ellos y volví a sentir la abrasadora necesidad de llegar al fondo de lo que, en todo caso, le había ocurrido realmente a mi madre. Al mismo tiempo, no sabía adónde dirigirme con lo que había encontrado. Recordé la aparición de Meredith en el sótano, la extraña acusación a la que se había aferrado mi mente, las lenguas de fuego que habían brotado de repente a mi alrededor, las cuales atribuí en ese momento a la innegable tensión a la que había estado sometido desde la desaparición de Amy Giordano. Era esa tensión la que había originado los falsos fuegos que seguía sintiendo arder en mi interior, decidí, los fuegos que, cuando el misterio de la situación de la niña se resolviera de una vez por todas, con toda seguridad remitirían y se irían apagando con luz parpadeante.

Keith bajó poco después de las siete. No se molestó en entrar en la cocina. Nunca tenía hambre por la mañana, y ni Meredith ni yo insistíamos ya en que comiera algo antes de ir al colegio. Así que esa mañana en particular, como la mayoría de las otras, bajó rápidamente las escaleras y salió sin más por la puerta, se dirigió hasta su bicicleta, que estaba tendida de costado sobre la hierba húmeda, montó en ella y se alejó pedaleando.

Ya había desaparecido colina arriba cuando Meredith entró en la cocina. Por lo general, a esas horas solía estar totalmente arreglada para ir al trabajo, así que me sorprendió que estuviera todavía en bata, el cinturón bien apretado, descalza y con el pelo revuelto. Tampoco se había maquillado, y advertí unos oscuros círculos bajo sus ojos. Parecía tensa, intranquila, agotada por lo que habíamos estado pasando.

—Hoy no voy a ir a trabajar —dijo. Se sirvió una taza de café, pero, en lugar de reunirse conmigo en la mesa, se dirigió a la ventana y se quedó mirando de hito en hito el jardín.

Me daba la espalda, y admiré su figura y el cuidado con que la mantenía. Tenía una espalda ancha y unas piernas largas y elegantes y, a pesar de su aspecto demacrado, supe por qué los hombres seguían volviéndose cuando entraba en clase.

—Keith ya se ha ido —le dije.

—Sí, lo vi por la ventana. —Dio un sorbo de café y mantuvo la mirada fija en el jardín delantero—. Pediré un día por asuntos personales —dijo—. No hacen preguntas cuando coges un día por asuntos personales.

Me acerqué hasta ella, y le rodee los hombros con mis brazos sin apretar.

—Puede que yo también me coja el día libre. Vayamos a ver una película o lo que sea. Pasemos todo el día juntos, sólo los dos.

Sacudió la cabeza y se desasió de mis brazos.

—No, tengo que trabajar. No es esa clase de día por asuntos personales.

—¿Trabajar en qué? —pregunté.

—Tengo que preparar una conferencia. Sobre Browning.

—Creía que ya habías preparado todas tus conferencias. ¿No fue para eso para lo que te quedaste hasta tan tarde en la biblioteca todas esas noches?

—Todas, excepto la de Browning —dijo—. Tengo las notas aquí.

—¿Hay alguna posibilidad de que la hayas terminado por la tarde? Podíamos dar juntos un largo paseo.

—No, no la habré acabado para entonces —respondió. Se acercó hasta mí y apretó la palma de la mano contra mi mejilla—. Pero prepararé una buena cena. Estilo francés. Con velas y vino. —Sonrió fríamente—. Hasta podríamos convencer a Keith para que se uniera a nosotros.

Le aparté la mano y se la sujeté suavemente.

—¿Qué pasa con Rodenberry?

La tensión se apoderó de su mirada.

—¿Le vamos a hablar de él a Keith?

Mi pregunta pareció relajarla.

—Creo que deberíamos hacerlo —dijo.

—De acuerdo.

La dejé, me dirigí al piso de arriba y acabé de vestirme. Estaba sentada a la mesa de la cocina, bebiendo a sorbos su café, cuando volví a bajar.

Al verme, me sonrió.

—Que pases un buen día —dijo.

Cuando llegué a la tienda, el detective Peak me estaba esperando. Esta vez iba vestido de manera informal, con una ligera chaqueta de franela y una camisa con el cuello abierto. Al acercarme a él, se apartó del edificio y me saludó con la cabeza.

—Me preguntaba si podríamos tomarnos un café —preguntó.

—Ya he tomado mi café matinal —le respondí con frialdad.

—Sólo una taza —dijo Peak, pero no en el distante tono profesional que había utilizado con Meredith. En ese momento, por el contrario, había algo inesperadamente fraternal en sus modales, como si fuéramos un par de viejos camaradas de armas y pudiéramos por tanto hablar el uno con el otro con absoluta franqueza y confianza.

—Podrá abrir a la hora —añadió.

—Muy bien —dije con un encogimiento de hombros.

Nos dirigimos a la cafetería que había al final de la manzana. Pertenecía a los Richardson, una pareja que se había trasladado a Wesley desde Nueva York hacía unos pocos años. Habían evitado dar a su local el elegante toque *art decó* de las cafeterías del pueblo, optando en su lugar por un estilo casero, con mesas de madera, cortinas de encaje y saleros de porcelana, al estilo de un capitán de barco del siglo XIX y su esposa. Hasta esa mañana, apenas me había fijado en la decoración, pero en ese momento se me antojó falsa y antinatural, como un mal estiramiento facial.

—Dos cafés —le dijo Peak a Matt Richardson mientras nos sentábamos en una mesa cerca de la ventana delantera. Peak sonrió.

—¿Puedo llamarlo Eric?

—No.

La sonrisa desapareció.

—Yo también tengo una familia —dijo. Esperó a que yo respondiera. Cuando no lo hice, cruzó los brazos sobre la mesa y se inclinó sobre ellos—. Es mi día libre —añadió.

De inmediato sospeché que se trataba de un acercamiento de Peak con un nuevo enfoque y que iba destinado a ablandarme, una manera de decirme que se había tomado un interés especial en el caso y que estaba intentando ayudar. Una semana antes podría haberlo creído, pero entonces pensé que era sólo una pantomima, algo que había aprendido en la escuela de interrogatorios de la policía.

Llegaron los cafés. Le di un rápido sorbo al mío, pero Peak no tocó el suyo.

—Esto no tiene por qué ir más lejos —dijo. Su voz era grave, comedida, y transmitía una sensación de discreción y cautela—. Ni lo más mínimo.

Hizo una profunda inspiración preliminar, como un hombre que estuviera a punto de hacer una larga inmersión en aguas poco seguras.

—Encontramos algunas cosas en el ordenador de Keith.

Mis manos temblaron muy levemente, como unas hojas agitadas. Las dejé caer a toda prisa en el regazo y adopté una expresión dura e imperturbable.

—¿Qué es lo que encontraron? —pregunté.

La cara de Peak era una máscara melancólica.

—Fotos.

—¿Fotos de qué?

—De niñas.

La tierra dejó de girar.

—No son fotos ilegales —añadió con rapidez—. No son lo que se dice pornografía infantil.

—¿Qué clase de fotos son?

Me miró con toda la intención.

—¿Está seguro de que no sabe nada sobre esas fotos?

—No, nada.

—¿Nunca utiliza el ordenador de Keith?

Negué con la cabeza.

—Entonces, las fotos tienen que ser de él —dijo Peak. Hizo una demostración de lamentar sinceramente que hubieran aparecido las fotos. Decidí que el esfuerzo en sugerir que había acudido a mí en busca de una explicación que permitiera sacar a Keith del atolladero era parte de su nueva comedia. Yo tenía una tienda de fotos, después de todo; tal vez estuviera interesado en la «fotografía artística». De ser así, como él ya me había asegurado, la cosa no seguiría adelante.

—Las fotos son todas de niñas —prosiguió Peak—. Parecen tener alrededor de ocho años. —Se mordió el labio inferior y, luego, dijo—: Están desnudas.

Tuve la sensación de que la única seguridad radicaba en el silencio, así que no dije nada.

—Hemos hablado con los profesores de Keith —dijo Peak—. Y parece que tiene algunos problemas de autoestima.

Me representé a mi hijo mentalmente, su pelo lacio y sin vida, lo descuidado que era, el encorvamiento de los hombros, la mirada lánguida y somnolienta. ¿Era así como se veía a sí mismo interiormente: encorvado, desaliñado, despreciable?

—La baja autoestima es parte del perfil —continuó.

Permanecí en silencio, temeroso de que la palabra más insignificante pudiera ser utilizada en contra de mi hijo, y fuera citada por el fiscal, y utilizada para reforzar la acusación, contribuyendo a la condena.

—El de los hombres a los que les gustan las niñas —añadió Peak.

Me aferré al silencio como si se tratara de la proa destrozada de un barco que se hundía, lo único que me podía mantener a flote en las ascendentes aguas.

—¿Quiere ver las fotos? —preguntó Peak.

Yo no sabía qué hacer, incapaz de imaginar el ardid de Peak. Si decía que no, ¿qué significaría eso? Y si decía que sí, ¿qué conclusiones sacaría él del hecho?

—¿Señor Moore?

Intenté hallar a toda prisa la respuesta adecuada, y acabé lanzando mentalmente una moneda al aire.

—Supongo que debería verlas —dije.

Las tenía en su coche, y mientras atravesaba el aparcamiento, me sentí como un hombre que siguiera al verdugo hasta el patíbulo que lo esperaba.

Peak se metió detrás del volante y yo ocupé mi lugar en el asiento del pasajero. Sacó una carpeta lisa color marrón apoyada en el asiento de en medio.

—Imprimimos éstas desde el ordenador de Keith. Como le dije, no son ilegales, pero estoy seguro de que puede comprender que nos plantean un problema, algo que no podemos ignorar.

Cogí la carpeta y saqué las fotos. El montón, que tenía un grosor de poco más de un centímetro, lo componían unas veinte, quizá treinta, fotos. Las examiné una a una, y tal como había dicho Peak, no eran exactamente pornográficas. Todas las niñas posaban solas, en actitudes naturales, y nunca en interiores; eran niñas pequeñas en un sol reluciente, cuyos diminutos senos en ciernes apenas resaltaban en sus brillantes pechos blancos. Estaban sentadas, desnudas, sobre árboles caídos o junto a riachuelos chispeantes. Algunas habían sido fotografiadas de frente, otras, de espalda; las había que estaban de cuerpo entero, tomado de perfil, bien de pie y erguidas, bien sentadas, con la barbilla apoyada en las rodillas y los brazos rodeando las piernas. Tenían el pelo largo y unos cuerpos bien proporcionados. Eran de una hermosura intachable, una suerte inocente de belleza infantil. Ninguna, supuse, medía mucho más de un metro veinte; ninguna tenía vello púbico. Todas estaban sonriendo.

Bueno, ¿qué es lo que hace uno en un momento así? Como padre. ¿Qué es lo que haces después de haber visto semejantes fotos, de meterlas de nuevo en la carpeta marrón y de volver a dejarla en el asiento del coche?

Pues haces esto. Miras los ojos que te observan detenidamente de otro hombre; de uno que cree a todas luces que tu hijo es, en el mejor de los casos, un pervertido y, en el peor, un secuestrador, tal vez un violador y un asesino. Miras fijamente aquellos ojos y, puesto que no tienes respuesta para la horrible acusación que ves en ellos, te limitas a decir:

—¿Qué hay del cuarto? ¿Encontraron algo?

—¿Se refiere a revistas… o cosas así? —preguntó Peak—. No, no encontramos nada.

Me arriesgue a hacer otra pregunta.

—¿Algo relacionado con Amy?

Peak negó con la cabeza.

—Entonces, ¿dónde estamos?

—Seguimos investigando —dijo él.

Lo miré con tranquilidad.

—¿Qué esperaba conseguir enseñándome estas fotos?

—Señor Moore —dijo serenamente—, un caso como éste siempre avanza mejor si podemos detener la investigación.

—Se refiere a detenerla con una confesión, ¿no es eso?

—Si Keith nos hace una declaración de forma voluntaria, podemos ayudarlo —dijo Peak. Estudió mi cara durante un momento—. Los Giordano quieren que vuelva su hija; quieren saber dónde está y llevarla a casa. —Atrajo la carpeta contra su muslo—. Y, claro está, quieren saber qué le ha ocurrido —añadió—. Si se tratara de su hijo, usted también querría saberlo, estoy seguro.

Estaba inmerso en lo más profundo de su artimaña de gentileza y amabilidad, pero yo ya había tenido bastante.

—Supongo que hemos terminado —dije con brusquedad y me dispuse a asir el manillar de la puerta. La voz de Peak me paró en seco.

—¿Ha hablado Keith alguna vez de un hombre llamado Delmot Price? —preguntó.

Reconocí el nombre.

—Es el propietario de la floristería Village. A veces le ha llevado allí algunos encargos.

—¿Eso es todo lo que sabe acerca de ellos?

—¿De ellos? —pregunté.

—Rastreamos la llamada —dijo Peak—. Estoy seguro de que su

abogado le ha hablado de ella; la que el repartidor de la pizzería le vio hacer en casa de los Giordano. Fue hecha a Delmot Price.

Empecé a hablar, me detuve y esperé.

—Sabemos que él conoce a Keith bastante bien —añadió de forma significativa.

Vi el coche detenerse junto al camino de acceso de nuestro hogar como había hecho aquella noche, con los dos haces de luz barriendo la maleza; y a Keith que avanzaba por el camino sin pavimentar y rozaba el arce japonés al pasar y luego entraba en casa.

—¿Estuvieron juntos aquella noche? —pregunté.

—¿Juntos?

—Keith y Delmot Price.

—¿Qué es lo que le hace pensar que estuvieron juntos?

No respondí.

—¿Señor Moore?

Negué con la cabeza.

—Nada —dije—. Nada me hace pensar que estuvieron juntos.

Peak percibió la herida abierta en mí. Yo era un ciervo y él un arquero sabedor de que había apuntado bien. Casi pude sentir la flecha colgando en mi costado.

—¿Sabía que Keith tenía una relación con este hombre? —preguntó Peak.

—¿Es eso lo que tiene?

—Según Price, es una especie de rollo paterno filial.

—Keith ya tiene un padre —dije con brusquedad.

—Por supuesto —dijo en voz baja—, pero él habla con Price, ya sabe, sobre él, sus problemas… Que si no es feliz, que si se siente solo.

—¿Cree usted que no sé eso acerca de mi hijo?

Peak pareció escudriñar en mi cerebro, examinando sus muchas cámaras, registrándolas en busca de la clave para mí.

—De una cosa estoy seguro —dijo—. Usted quiere ayudar a Keith. Todos lo queremos.

Hice cuanto pude para evitar reírme en sus narices, porque sabía que era una pantomima preparada de antemano, una trampa cuidadosamente tendida para conseguir que yo incriminara a mi hijo; Peak se había estado moviendo al ritmo preciso, dejando caer pequeños retazos de información, guardándose otro y esperando. Que era lo que estaba haciendo en ese momento, los ojos muy quietos, hasta que parpadeó lentamente, soltó un pequeño suspiro y dijo:

—¿Sabía que Keith roba?

Respiré con rapidez, pero no contesté.

—Price le pilló cogiendo dinero de la caja registradora de su tienda —dijo—. Su hijo le suplicó que no dijera nada, y así es como empezaron a hablar.

Fingí burlarme de la escandalosa naturaleza de su última acusación.

—Eso es absurdo —dije—. Keith tiene todo lo que necesita. Y, por si fuera poco, le pago por el trabajo que hace en la tienda.

—No lo suficiente, como es evidente.

—Tiene todo lo que necesita —insistí—. ¿Por qué habría de robar?

Una vez más, Peak esperó el tiempo preciso antes de disparar la siguiente flecha.

—Según Price, estaba intentando reunir el dinero suficiente para fugarse.

—¿Fugarse? ¿Adónde?

—A cualquier parte, supongo.

Lo que significaba lo más lejos posible de mí, de Meredith, de la carga de nuestra vida familiar.

—¿Cuándo iba a hacerlo? —pregunté con frialdad.

—Imagino que en cuanto tuviera el dinero suficiente. —Peak se recostó en el asiento y se rascó la mejilla.

—A menos que toda esta historia sobre los robos de Keith no sea cierta —dije con rapidez—. ¿Ha pensado en ello? Puede que Price esté mintiendo, y que Keith no haya robado nunca nada.

—Puede —dijo Peak—. ¿Por qué no se lo pregunta a su hijo?

Me estaba tendiendo una trampa y yo lo sabía. Me estaba tendiendo una trampa para que le hiciera el trabajo e interrogara a mi hijo.

—¿Qué le ha preguntado a su hijo, señor Moore? —dijo—. ¿Le ha preguntado directamente si le hizo daño a Amy Giordano?

Leyó la respuesta en mis ojos.

—¿Le ha preguntado algo acerca de aquella noche?

—Por supuesto que sí.

—¿Qué le ha preguntado?

—Bueno, en primer lugar le pregunté si tenía algún motivo para pensar que Amy pudiera haberse fugado —dije—. O que si había visto algo sospechoso en los alrededores de la casa. Un merodeador, o algo así.

—Y el le dijo que no, ¿verdad?

Asentí con la cabeza.

—Y usted, como es natural, lo creyó —dijo Peak—. Es lo que haría cualquier padre. —Se inclinó hacia mí ligeramente—. Pero Keith no es exactamente quien usted piensa que es —dijo con gravedad.

Hice todo lo que pude para no parecer desdeñoso.

—¿Ah, no? Bueno —dije—, ¿y quién es?

19

¿Ah, no? Bueno, ¿y quién es?

Nunca había dicho nada tan inquietante, y durante el resto de la mañana, mientras las palabras resonaban en mi mente, me acordé de sentimientos parecidos que había oído en los últimos tiempos: el *porque la gente miente, Eric* de Meredith, y el *todos somos unos farsantes* de Warren. Que recordara unas declaraciones tan dolorosas no se me antojó nada especialmente insólito; lo que era sin ningún género de dudas alarmante fue que en esa ocasión hubiera sido yo mismo quien hiciera semejante declaración. ¿Por qué? No era capaz de hallar una respuesta. Lo único que sabía era que cada vez que intentaba considerarla con detenimiento, examinar los tortuosos cambios que podía sentir en mí mismo, regresaba a un único recuerdo lacerante. Una y otra vez, como en un bucle cinematográfico que repitiera continuamente la misma imagen, veía a Jenny aquella última vez, muda, agonizante, los ojos llenos de una urgencia terrible cuando apretó los labios a mi oreja. Era evidente que, pese a su incapacidad, había intentado denodadamente decirme algo. En los años transcurridos desde su muerte, había imaginado como una especie de gran verdad que ella había vislumbrado el precipicio de la muerte. Pero, en ese momento, me pregunté si aquella urgencia por comunicarse no podría haber sido sino alguna otra verdad igual de deprimente: *No confíes en nadie ni en nada… jamás.*

Pensé en Keith, en cómo le había sorprendido fumando con resentimiento cerca de la zona de los columpios, y luego en las cosas que me había dicho Peak: lo de que tenía un «rollo paterno filial» con Delmot Price, que era un ladrón y que pensaba fugarse. Todo aquello me había pillado completamente por sorpresa; unos hechos, si es que eran tales, que yo no podía haber sospechado y que, de ser ciertos, apuntaban a la sencilla e inevitable verdad de que no conocía a mi hijo.

De repente, desde la nada, me envolvió una oleada de furia hirviente, de furia contra mí. ¿Qué clase de padre era, realmente, si Keith había tenido la necesidad de encontrar a otro hombre, de confiar en él y de revelarle sus planes más secretos?

Siempre me había sentido terriblemente superior a mi padre, convencido de estar bastante más implicado con mi hijo que lo que él lo hubiera estado nunca con cualquiera de los suyos. Incluso durante los últimos días de Jenny, había seguido realizando viajes de negocios de una noche a Boston y a Nueva York, asignando a Warren la labor de permanecer junto a la cama de mi hermana, de cuidarla durante la noche, un trabajo que mi hermano no había hecho nada por eludir, salvo aquella última noche, como recordé en ese momento, cuando había salido del cuarto de Jenny avejentado y demacrado; un niño que, por su aspecto pálido y acongojado en aquella mañana lúgubre, se hubiera dicho que había visto lo peor de la vida.

Pero entonces me pregunté si, en efecto, yo era un padre algo mejor que lo que había sido el mío. En realidad, ¿cuándo había hablado por última vez con mi hijo? Claro, charlábamos durante la cena e intercambiábamos rápidos comentarios cuando nos cruzábamos en el pasillo. Pero eso no era una conversación de verdad. Una conversación de verdad aguantaba el peso de las esperanzas y de los sueños, derribaba las falsas apariencias y permitía a cada rostro brillar con una luz reveladora. Una conversación de verdad versaba sobre la vida, y sobre la manera en que intentamos pasar por ella y sacarle el mayor provecho, y sobre lo que aprendemos por el camino. Esta clase de conversación Keith la había reservado para Delmot Price, el hombre al que había acudido porque no podía acudir a mí, y a quien, si yo iba a empezar a recuperar a mi hijo antes de que fuera demasiado tarde, sabía que yo también tendría que ir a buscar.

Delmot Prince no fue difícil de encontrar, y en el momento en que me vio franquear el umbral de su floristería, dio la sensación de ser un hombre que se hubiera encontrado de repente en la retícula de la mira telescópica de un rifle.

Cuando entré en la tienda estaba envolviendo una docena de rosas rojas de tallo largo. Esperé a que terminara el trabajo, cobrara y, con una sonrisa fugaz, le diera las gracias a la mujer para quien eran las rosas.

Durante ese rato, me fijé en la gracilidad con que se movía Price, en su pelo blanco, reluciente a la luz del techo, en los largos dedos que doblaban el papel de plata a su antojo y que ataban la cinta dorada en un nudo perfecto. Sus dedos se movían como bailarines de una fluida coreografía de extraña belleza. No había lugar, tal era su precisión, para el más mínimo tropiezo. Así que se me hizo evidente que Price no había descubierto en Keith a un chico que fuera como él, como un profesor de lengua pudiera encontrar a un estudiante con las mismas aspiraciones literarias que él hubiera tenido en otro tiempo, cuando era joven. Sino que, por el contrario, Delmot Price había visto en Keith a su opuesto, a un niño sin gracia y desaliñado, con el pelo enmarañado y una sonrisilla huraña; un chico del que se había hecho amigo no por admiración, sino por compasión, por la lástima que le inspiraba lo patoso y solitario que era y por la absoluta desorientación de Keith, tan necesitado, como debía haber supuesto Price, de un padre

Vino hacia mí como un hombre que saliera de un jardín perfumado, zigzagueando a través de capullos reventones y flores en todo su esplendor.

—Señor Moore —dijo. Amagó el gesto de ofrecerme la mano y se detuvo, inseguro de que se la fuera a aceptar.

Así que le ofrecí la mía.

—No quiero molestar —dije.

Asintió con la cabeza, se dirigió a la puerta y cambió el cartel de ABIERTO a CERRADO; luego me hizo pasar a la trastienda, donde nos paramos detrás de la discreta protección de un muro de helechos.

—La policía habló conmigo —dijo—. Supongo que ya lo sabe.

—Sí.

—Pero sepa que no creo que Keith tenga algo que ver con la desaparición de esa pequeña.

—Yo tampoco —dije, y me di cuenta de que en parte eso era una mentira, así que añadí—: pero ha hecho cosas muy preocupantes. Le ha robado a usted.

Price asintió levemente con la cabeza.

—¿Por qué quiere fugarse? —pregunté.

Él dudó, como un doctor al que se le preguntara cuánto va a vivir un pariente querido.

—No es feliz, señor Moore.

—¿Puede ser más concreto?

Me di perfecta cuenta de su esfuerzo por encontrar una respuesta, buscando la correcta en toda una vida de palabras, imágenes y experiencias.

—Permítame que se lo exponga de la siguiente manera —dijo al fin—. En casa tengo un invernadero, y la mayor parte de las veces que encargo una semilla en concreto, recibo lo que se supone que tiene que ser. Si encargo una rosa, obtengo una rosa, pero, de vez en cuando, recibo algo que no he encargado, puede, incluso, que no tenga ningún parecido. Que sea un geranio o algo así. Planto la semilla, confiando en conseguir una rosa, y sale un geranio. En ese momento, me veo obligado a cambiar de plan. No puedo alimentarlo ni regarlo como si fuera la rosa que había esperado. Tengo que decir: «De acuerdo, es un geranio». Nunca será una rosa. Pero, al menos, puedo criarlo para que sea un geranio saludable. ¿Entiende lo que le quiero decir? Tengo que adaptarme porque no recibí lo que encargué.

—¿Keith piensa que quiero un hijo diferente? —pregunté.

—No —dijo Price—. Él sabe que usted quiere un hijo diferente.

—Vale, pero ¿qué ganaría fugándose?

—Probablemente nada —respondió—. Que es lo que le dije. «Vayas donde vayas, te acompañará», le dije.

—¿Qué es lo que le acompañará?

—La pobre opinión que tiene usted de él.

Se dio cuenta de que había lanzado un golpe que me dejó sin respiración.

—Yo también tuve el mismo problema con mi hijo —dijo enseguida.

—¿Y se fugó? —pregunté.

Los ojos de Price refulgieron de repente.

—No —dijo—. Se suicidó.

La imagen de Keith haciendo lo mismo cruzó como una bala por mi cabeza. Lo vi en su cuarto, con la navaja suiza que le regalé cuando cumplió trece años abierta, deslizando la ya oxidada hoja por sus muñecas blancas y observando la corriente carmesí que le bajaba por las manos e iba haciendo un charco entre sus pies descalzos; observando sin ánimo, esperando tan sólo a que el sueño definitivo se apoderase de él, el rostro inexpresivo, indiferente a la despreciable vida a la que estaba poniendo fin; haciéndolo todo con la más absoluta imperturbabilidad.

—Lo siento —susurré.

—Yo era como muchos padres y albergaba grandes planes para mi hijo —me dijo Price—. El problema es que no eran los planes de él.

—¿Y cuáles son los planes de Keith? ¿Se los ha contado?

Price se encogió de hombros.

—No estoy seguro de que tenga alguno. Aparte de esa idea de fugarse.

—Ahora no puede hacer eso —dije—. Después de lo de Amy, no; tiene que saberlo.

—Estoy seguro de que usted se lo ha dejado claro.

Me di cuenta de que no había ocurrido tal cosa, y de que la razón de que así hubiera sido no era más compleja que el hecho de que sencillamente no me gustaba hablar con Keith, ni ver su ojo apagado y mortecino escudriñándome a través de la ranura de su puerta abierta. El peso de la verdad me golpeó como un martillo: el hecho simple e incontestable era que mi hijo me repelía. Odiaba la manera que tenía de dejarse caer por todas partes, su pelo enmarañado, la apatía que lo aplastaba, su supina y abúlica tristeza. Odiaba todo eso, aunque había luchado de manera incansable para no dar muestras de que era así. Por el contrario, había celebrado con regocijo todos sus modestos logros, y elogiado y fotografiado su proyecto de ciencias ridículamente infantil; le había dado palmaditas en la espalda tan a menudo y con una energía tan falsa que mi mano había llegado a entumecerse con la práctica. Me había esforzado al máximo en ocultar lo que pensaba de verdad y había fracasado de manera estrepitosa. Pese a todo su distanciamiento, Keith me había calado, y había adivinado y sufrido en silencio toda la intensidad de mi desprecio.

Price me tocó el brazo.

—Usted no tiene la culpa de los sentimientos de Keith —me garantizó—. Me doy perfecta cuenta de lo mucho que lo quiere.

—Sí, por supuesto —dije.

Tras estrecharle la mano y despedirme, me di la vuelta y atravesé el aire perfumado con las palabras de mi mujer resonándome en la cabeza: *Todo el mundo miente.*

Cuando llegué a casa unos minutos después, Meredith estaba hablando por teléfono. Oí su voz al abrir la puerta y sin duda la sorprendí, ya que el día no estaba muy avanzado, y no me esperaba hasta la noche.

«Tengo que colgar», la oí decir, seguido del chasquido de la tapa de su móvil al cerrarse. Cuando me saludó, ya se había metido el teléfono en el bolsillo de la bata.

—Ah, hola —dijo al salir de la cocina. Sonrió—. Estaba a punto de preparar otra cafetera.

Me fijé en la cafetera, que permanecía ociosa sobre la encimera situada detrás de ella, todavía con la primera jarra de la mañana medio llena.

—Supongo que te estás volviendo una purista —le dije.

Me lanzó una socarrona mirada de extrañeza.

—Una purista del café —expliqué—. Nunca bebas un café que lleve hecho más de dos horas.

Rió, pero parecía tensa.

—Vaya —dijo—, ¿es ésa la norma de los esnobs del café? —Se retiró el pelo echando la cabeza hacia atrás—. ¿Dónde oyes esa clase de cosas, Eric?

—En la televisión, supongo.

Nos quedamos frente a frente en silencio durante un instante. Entonces dijo:

—Bueno, ¿qué haces en casa tan pronto?

—Peak me estaba esperando cuando llegué al trabajo —le dije. Palideció de repente.

—La línea abierta —soltó—. Alguien que está difundiendo...

Negué con la cabeza.

—No, no se trata de la línea abierta. La policía ha averiguado algunas cosas sobre Keith. Cosas de las que tenemos que hablar.

Me di la vuelta, entré en el salón y me senté en el sofá. Meredith me siguió y se sentó en el sillón frente a mí.

—Peak me contó dos cosas —empecé—. Que Keith ha estado hablando con alguien. Con Delmot Price, el dueño de la floristería Village. Bueno, el caso es que Price le pilló cuando le estaba robando, así que empezaron a hablar de ello y Keith le dijo que robaba porque necesitaba dinero.

—¿Que necesitaba dinero? —preguntó Meredith.

—Para fugarse —añadí en tono grave—. Por eso estaba robando.

Meredith guardó silencio durante un largo rato, como alguien que, después de recibir un golpe entre los ojos, anduviera a tientas, aturdido, intentando recuperar el equilibrio.

—Peak habló también con los profesores de Keith —añadí—. Le dijeron que tiene un problema de baja autoestima. —La última parte de la información era la más dura, pero no tenía más remedio que proporcionarla—. Ese rasgo forma parte del perfil, según dice Peak..., del pedófilo.

Los ojos de Meredith empezaron a recorrer rápidamente todo el salón, como si el aire estuviera lleno de diminutas explosiones.

—El coche —dijo en tensión—. ¿Crees que se trataba de Price?

—No —respondí—. Hablé con él nada más marcharse Peak. Es un buen hombre, Meredith. Tenía un hijo como Keith.

—¿Qué quieres decir con eso de que era como Keith?

—Pues un chico con ese problema, ya sabes, de autoestima —dije—. Sólo que peor; se suicidó.

Ella separó los labios sin decir palabra.

—Price sólo intentaba ayudar a Keith —dije—. Ofrecerle un hombro en el que llorar, eso es todo.

Meredith sacudió la cabeza lentamente.

—La cosa es aún peor. La policía encontró algunas fotos en el ordenador de Keith. De niñas pequeñas… desnudas.

Meredith se llevó la mano derecha a los labios cerrados.

—No son pornográficas, en el sentido exacto de la palabra —añadí—. Pero sí lo bastante feas.

Mi mujer se puso de pie.

—Esto es horrible —susurró.

—Keith no puede fugarse —le dije—. Tenemos que asegurarnos de que no lo haga. No importa cuáles hayan sido sus planes con anterioridad, ahora no puede hacerlo. La policía pensaría que está huyendo por el asunto de Amy y nunca creerían que… —Me interrumpí, porque durante un momento las palabras me resultaron demasiado dolorosas de soportar. Luego, y dado que no tenía elección, las dije—: Que estaría huyendo de nosotros.

Meredith asintió con la cabeza de manera exagerada.

—Tienes que hablar con él, Eric.

—Los dos tenemos que hacerlo.

—No —dijo con firmeza Meredith—. Parecería como estuviéramos confabulados contra él.

—De acuerdo —dije—. Pero le voy a contar todo lo que me dijo Peak. Absolutamente todo. Y le voy a preguntar quién le trajo a casa aquella noche. Y quiero que me responda a eso.

Meredith exhaló un suspiro de agotamiento.

—Sí —dijo. Parecía muy distante, cada vez más, como un barco sin amarras que se adentrara en mar abierto empujado por la corriente—. De acuerdo. —Se dio la vuelta y avanzó por el pasillo hasta su pequeño despacho, donde, imaginé, se quedaría esperando con ansiedad a que su hijo volviera a casa.

20

Eran casi las cuatro de la tarde cuando Keith apareció.

Durante las horas previas a que lo viera finalmente bajar pedaleando por el camino sin asfaltar, me esforcé en encontrar la mejor manera de acercarme a él. Recuerdo lo patosa que era mi madre en esta clase de interrogatorios. Era normal que le preguntara a Warren por alguna fechoría, y éste, como era de esperar, lo negara. Ella aceptaba la negativa y ahí se acababa todo. Mi padre, por el contrario, había perseguido a mi hermano de manera despiadada, reventándole cada excusa, mirándolo con dureza, sus ojos brillando de superioridad mientras mi hermano se iba hundiendo paulatina y progresivamente en el fango de sus ineptas falsedades. Si Warren afirmaba haber estado viendo la televisión en el momento de la comisión de alguna pequeña fechoría, mi padre cogía rápidamente la programación de televisión y le exigía que le dijera con exactitud qué era lo que había estado viendo. Si Warren era lo bastante espabilado para nombrar incluso un programa, mi padre rebuscaba en la programación hasta encontrarlo, y entonces le preguntaba sobre qué exactamente había versado el programa de marras. Siempre había conseguido ir dos o tres pasos por delante de mi hermano, esperándolo como un atracador en un callejón oscuro, dispuesto a atacar.

Pero Warren era fácil de asustar y confundir. Tras sólo un par de minutos de interrogatorio paterno, se rendía invariablemente, confesaba el leve delito que hubiera podido cometer y aceptaba sin rechistar el castigo que mi padre decidiera imponerle. Siempre había sido una persona acomodaticia, complaciente impenitente y arrepentido, ansioso por decir o hacer cualquier cosa que le ordenara mi padre.

Sabía que no podía esperar semejante actitud por parte de Keith, que tenía un humor voluble, y era rencoroso y huraño. A la más ligera provocación, podría salir corriendo de la habitación, precipitarse hecho una furia en la noche y desaparecer. Por encima de todo, lo que más miedo me dio mientras le observaba bajarse del sillín de la bicicleta y recorrer el camino hasta casa era que, al final, el problema fuese físico, que para evitar que huyera, tuviera que recurrir a la fuerza.

No me vio al entrar. Tiró la bolsa de los libros sobre la escalera, giró a la derecha y entró en la cocina a grandes zancadas. Le oí abrir el frigorífico. Oí un tintineo de botellas y el ruido que hizo al abrir una. Supuse que había cogido una botella de agua o de soda, pero cuando salió al vestíbulo con su aire cansino, vi que sostenía una cerveza.

Cuando me vio sentado en el salón, se me quedó mirando fijamente, sin alterarse, esperando el enfrentamiento; entonces echó la cabeza hacia tras, dio un buen trago a la botella y se limpió la boca con la manga.

—No tienes edad para beber, Keith —le recordé.

—¿Es eso cierto? —me preguntó con una sonrisita desdeñosa—. Bueno, cuando tenga edad suficiente para beber estaré en la cárcel, así que, como se suele decir, ¡qué carajo importa! —Me dirigió una sonrisa burlona y desafiante, dio otro trago y alargó la botella hacia mí—. ¿Puedo ofrecerte un trago, papi?

Me levanté, me acerqué a él y le arranqué la botella de la mano.

—Tenemos que hablar —dije—. En tu cuarto.

—¿En mi cuarto? —Rió con desdén—. Ni hablar, papá.

Dejé la botella sobre la mesa de al lado de la puerta.

—En tu cuarto —dije sin alterarme—. Ahora.

Negó con la cabeza en un gesto exagerado de hastío, se dio la vuelta y empezó a subir las escaleras lentamente con aire de agotamiento, como si fuera un chico que se hubiera pasado el día trabajando la tierra, en lugar de uno que se había pasado las últimas siete horas sentado en una clase.

En la puerta de su cuarto se volvió hacia mí.

—No te va a gustar esto —dijo—. No tiene un aspecto muy limpio ni ordenado.

—Me trae sin cuidado el aspecto que tenga —respondí.

Dicho esto, Keith abrió la puerta y entré.

Lo seguí al interior, encontrándome con un desorden y confusión que colmó mis expectativas. La única sorpresa la constituyó el que entre la ventana y el pequeño escritorio sobre el que una vez estuviera su ordenador, había colgado una gruesa tela negra, sin duda alguna con la intención de ocultar la pantalla a la vista. Las paredes estaban cubiertas con fotos arrancadas de revistas de gente vestida con indumentaria gótica: vaqueros negros, camisetas negras, greñas teñidas de negro y ojos, labios y uñas pintadas de negro.

—¿Te gusta la decoración, papá? —me preguntó con una risa brutal—. ¿Estás contento de venir a visitarme?

Me di media vuelta para encararlo.

—Delmot Price y yo hemos tenido una pequeña conversación esta mañana —dije.

Keith se dejó caer sobre la cama desecha y cogió una revista despreocupadamente.

—¿Ah, sí?

—La policía también ha hablado con él —añadí—. Saben que lo llamaste la noche que desapareció Amy.

Keith pasó una página de la revista con energía, se humedeció el dedo con la lengua y pasó otra.

—Sólo quería hablar —dijo.

—¿Sobre tu plan de fuga?

No dio ninguna muestra de que el hecho de que yo supiera su plan lo molestara en lo más mínimo. Siguió mirando fijamente la revista.

—Mírame, Keith —dije con brusquedad.

Levantó la mirada lánguidamente.

—Deja la revista.

Cerró la tapa, tiró la revista por el cuarto y fingió mirarme fijamente a los ojos con gran interés.

—Lo primero de todo es que ni se te ocurra abandonar la ciudad —dije—. Ahora mismo, es lo único que necesita la policía.

Se quitó los zapatos con sendos puntapiés, se recostó contra la pared y cruzó los brazos en el pecho.

Aparté la silla del escritorio, la deposité en el centro del cuarto y me senté, de manera que nuestras miradas quedaron a la misma altura.

—Necesito que me des algunas respuestas —dije.

Guardó silencio, aunque continuó mirándome de hito en hito con resentimiento.

—Han encontrado unas fotos en tu ordenador —dije.

Busqué algún indicio de que el susto del descubrimiento de las fotos le hubiera conmocionado, pero salvo su mirada fría y metálica no vi nada más.

—¿Por qué tenías esas fotos?

Su silencio era como una pistola amartillada.

—De niñas pequeñas —dije—. Y desnudas.

Cerró los ojos.

—¿Por qué tenías fotos de niñas pequeñas en tu ordenador?

Negó con la cabeza.

—Las encontraron, Keith —dije con firmeza—. En tu ordenador.

Siguió sacudiendo la cabeza, con los ojos todavía cerrados.

—Sabes lo que parece eso, ¿verdad? ¿Sabes lo mal que pinta? Con Amy desaparecida.

Empezó a respirar con una fuerza exagerada, rítmicamente, como una pantera.

—¿Me estás escuchando? ¡Encontraron las fotos!

Respiraba con breves jadeos, ruidosos y furiosos, como un submarinista que se preparara para una inmersión aterradora.

—Me las enseñaron, Keith —dije—. Niñas pequeñas, de siete u ocho años.

Los jadeos cesaron de repente y abrió los ojos de golpe.

—¿Y qué más? —dijo entre dientes—. ¿Qué más, papá? Sé que hay más.

—Sí, sí que lo hay —dije con vehemencia, como si me hubiera desafiado a que realizara una acusación aún más grave contra él—. Quiero saber quién te trajo a casa la noche de la desaparición de Amy.

Se me quedó mirando durante un instante, y yo esperé que aullara alguna contestación ridícula, pero, en su lugar, algo pareció aclararse en lo más profundo de él, como si se encontrara repentinamente en las convulsiones de una liberación definitiva.

—Nadie me trajo a casa.

Me incliné amenazadoramente hacia adelante.

—Vi cómo el coche se detenía junto al camino de acceso, Keith. Arriba, en la carretera. Lo vi entrar, y vi las luces. Luego reculó y se alejó. Fue entonces cuando vi que te acercabas por el camino. —Levanté la cabeza y lo miré directamente a los ojos—. ¿Quién te trajo a casa en aquel coche?

—Nadie —respondió en voz baja.

—Keith, tengo que saber la verdad —insistí—. Tengo que saber lo de las fotos… y tengo que saber lo de ese coche.

—No tenía ningunas fotos —dijo con una firmeza sorprendente—. Y nadie me trajo a casa esa noche.

Aturdido, estupefacto, me sentí casi ebrio de desesperación.

—Keith, tienes que decirme la verdad.

Sin previo aviso, rompió en un sollozo desgarrador que parecía proceder de una hondura inesperada, un sollozo que casi lo vacía.

—¡Me cago en Dios! —gritó. Dejó caer la cabeza hacia delante, y luego la volvió a levantar contra la pared con tanta fuerza, que el impacto hizo temblar el estante que colgaba sobre él—. ¡Me cago en Dios!

—¡Por Dios, Keith! ¿Es que no ves que intento ayudarte?

—¡Me cago en Dios! —volvió a gritar. Se impulsó hacia delante y, como un cuerpo preso de un ataque, volvió a golpear la cabeza contra la pared.

Me levanté como una bala de la silla y arranqué el trapo negro que colgaba del cable.

—¡Se acabaron las mentiras de mierda! —grité.

Keith se impulsó hacia delante y se echó de nuevo hacia atrás, golpeando violentamente la pared con la cabeza. Parecía víctima de un espasmo incontrolable, y su cuerpo se movía como una marioneta en manos de un titiritero asesino.

Lo agarré por los hombros y lo abracé con fuerza entre mis brazos.

—Para, Keith —supliqué—. ¡Para de una vez!

El llanto volvió, y, mientras lloraba, lo abracé, lo sujeté hasta que dejó por fin de llorar y se derrumbó sobre la cama, donde se secó los ojos con las palmas de las manos; entonces, alzó la mirada y empezó a hablar. Y por un momento pensé que se había decidido a confesar, a admitir lo que había que admitir acerca de las fotos y del coche que lo había traído a casa aquella noche. Aun en el peor de los casos, pensé, sería un alivio que lo hubiera desembuchado, haber acabado con ello, saberlo. Ése era el suspense que nos estaba matando, poco a poco, hora a hora, como un estrangulamiento interminable.

—Keith, por favor, cuéntame —dije en voz baja.

Sus labios se sellaron de inmediato; sus ojos ya estaban secos.

—Yo no he hecho nada —dijo en voz baja. Cerró los ojos con lentitud y los volvió a abrir—. No he hecho nada —repitió. Se escurrió de entre mis brazos y se sentó muy tieso en la cama, recuperado ya. Percibí cómo se endurecía ante mi vista—. Por favor, ¿podría quedarme solo ahora? —preguntó con frialdad—. En serio, querría estar solo.

Sabía que no tenía sentido seguir cuestionando lo que decía. El momento había llegado y se había ido. Tuve mi oportunidad, y él la suya, pero había sido infructuosa y ya estaba acabada.

Salí del cuarto y bajé las escaleras en busca de Meredith, que estaba sentada en el salón.

—Nada —dije—. Lo niega todo.

Su mirada adquirió una especie de expresión de pánico animal.

—Tiene que decirte la verdad, Eric.

—Sí, la verdad —dije.

Eché una ojeada hacia el perfil de su móvil que sobresalía del poco profundo bolsillo de la bata y pensé en todo aquello que en ese momento exigía ser conocido de verdad; las cosas que me había dicho mi padre, lo que Warren me había dicho, lo que Keith me había contado, todas ellas ya en entredicho. Los vi mentalmente posando juntos, a Meredith y a Keith, junto a mi otra familia, la viva y la muerta, Warren y mi padre, mi madre y Jenny. Estaban de pie en las escaleras de la casa perdida, hombro con hombro, como en una foto familiar.

Ninguno sonreía.

CUARTA PARTE

Aparece una figura al otro lado de la ventana surcada de lluvia de la cafetería y, por un momento, crees que es la persona que estás esperando. La recuerdas por fotografías, pero ha pasado tanto tiempo que ya no puedes estar seguro de que reconocerías los ojos, la boca, el pelo. Al madurar, los rasgos se endurecen, luego se desdibujan, y el tiempo ejerce una influencia descendente, que crea pliegues donde no existían cuando se hicieron las fotografías. Así que escudriñas la riada de rostros, y preparas el tuyo propio, con la esperanza de que el tiempo no haya saqueado tus rasgos de manera tan despiadada que tampoco se te reconozca.

Te fijas en la niña pequeña, la que lleva la mano metida en la de la madre, y se te ocurre que todo el mundo era joven entonces. Tú eras joven; igual que Meredith y Warren. Keith era joven, y lo era Amy. Vincent y Karen Giordano eran jóvenes, y Peak no tenía más de cincuenta; Kraus no pasaba de los cuarenta y cinco. Incluso Leo Brock te parece joven ahora o, al menos, no tan viejo como se te antojaba entonces.

La figura que captó tu atención al principio ha desaparecido, pero sigues con la mirada fija en la ventana. El viento otoñal azota los árboles del otro lado de la calle y salpica el suelo húmedo de hojas caídas. Piensas en el arce japonés del final del sendero y te acuerdas de la última vez que lo viste. También era otoño. Recuerdas tu última mirada a la casa y que te quedaste mirando fijamente la parrilla. Qué aspecto más desolado tenía al lado de la casa vacía, con todas aquellas hojas empapadas que cubrían los sólidos ladrillos. Te preguntas si deberías haber hecho una foto a la parrilla, a la casa apagada, algo que reemplazara los tacos de fotografías familiares que quemaste en la chimenea el último día que pasaste allí. En una película, un personaje como tú las habría ido echando al fuego una a una, pero tú lanzaste el taco entero de golpe. Incluso procuraste no mirar las caras de las fotografías a medida que el fuego las envolvía, convirtiendo toda una vida en cenizas.

21

Pasó una semana desde mi enfrentamiento con Keith. Día tras día, mientras trabajaba en la tienda, esperé la llamada de Leo, la que me diría que mi hijo iba a ser detenido, que debía ir a casa y esperar a Peak y a Kraus, que, orden en ristre, le leerían sus derechos y, entonces, cogiéndolo cada uno de un brazo, se lo llevarían.

Pero cuando se produjo, la llamada de Leo trajo sólo las noticias opuestas.

—Esto pinta bien, Eric —dijo alegremente—. Están analizando los cigarrillos que encontraron en el exterior de la ventana de Amy, pero, aun cuando puedan demostrar que fue Keith quien se los fumó, ¿qué hay de malo en ello? No hay ninguna ley que prohíba que un chico salga de casa para fumarse un cigarrillo.

—Pero, Leo, él mintió —dije—. Dijo que no había abandonado la casa.

—Bueno, a pesar de lo que cree la gente —dijo él—, mentir a la policía no es un delito, técnicamente hablando. ¿Y qué hay de las fotos encontradas en su ordenador? Pues otro tanto. Son del todo inocentes.

No me pareció que unas fotos de niñas desnudas fuera algo inocente, pero lo dejé estar.

—Bueno, y si no lo pueden detener, ¿qué es lo que ocurre entonces? —pregunté.

—No ocurre nada —respondió sin darle importancia.

—Pero esto no se puede quedar así, sin más —dije—. Ha desaparecido una niña y…

—Y Keith no tiene nada que ver con ello —me interrumpió. Sus siguientes palabras las dijo con mucha tranquilidad—. Nada que ver, ¿de acuerdo?

Al no responder con la suficiente rapidez, Leo dijo:

—¿De acuerdo, Eric?

—De acuerdo —musité.

—Así que, como te iba diciendo, las noticias son buenas, las mires por donde las mires —repitió con cautela—. Deberías tomarlas como tales.

—Lo sé.

—Bueno, ¿hay alguna razón para que no sea así?

—Lo que pasa es que toda esta experiencia ha desenterrado muchos asuntos —le dije—. No sólo sobre Keith. Sobre otras cuestiones.

—¿Entre tú y Meredith?

Me pareció una pregunta extraña. Nunca había hablado con Leo de mi situación matrimonial, sin embargo, lo primero que se le había pasado por las mientes fue algo «entre tú y Meredith».

—¿Qué te hace pensar que se trata de algo entre yo y Meredith? —pregunté.

—Nada —dijo—. Salvo que esta clase de casos puede originar cierta tensión. —Enseguida pasó a otro tema—. ¿Todo lo demás va bien?

—Por supuesto.

—Ningún perjuicio para el negocio, ¿verdad?

—Sólo la calma normal en temporada baja.

Se produjo un silencio y tuve la sensación de que se avecinaba algo malo.

—Otra cosa, Eric —dijo Leo—. Como es evidente, Vince Giordano está bastante alterado.

—Por supuesto, es natural —dije—. Su hija ha desaparecido.

—No es sólo eso —dijo—. Está alterado por la forma en que se está llevando el caso.

—¿Te refieres en lo tocante a mi hijo?

—Exacto —dijo Leo—. Mi contacto dice que Vince se dejó caer ayer por la comisaría como una bomba. Exigió que Keith fuera detenido y cosas así.

—Cree que lo hizo él —dije—. No puedo hacer nada al respecto.

—Puedes mantenerte alejado de él —dijo en su habitual tono paternal—. Y asegurarte de que Keith también lo haga.

—De acuerdo —dije.

—Y Warren, también.

—¿Warren? —pregunté, sorprendido—. ¿Por qué habría de tener Vince algo en contra de mi hermano?

—Porque Keith no tiene coche —me dijo—. Así que Vince piensa que tuvieron que ser los dos.

—¿Y por qué piensa eso?

—Eric, en este asunto Giordano no razona —me recordó—. Hablamos de un padre consternado, así que limítate a decirle a todo el mundo en tu familia que se mantengan alejados de Vince. Y si alguno os topáis con él por casualidad, como en la estafeta de correos, por ejemplo, sed discretos y quitaos de en medio lo antes posible.

Hubo una pausa breve, tras la cual Leo volvió a hablar, y esta vez su voz adquirió un tono inesperadamente amable.

—¿Te encuentras bien, Eric?

Me vi inmerso en una oleada de intensa melancolía; mi vida, mi otrora cómoda vida, rebosaba de peligro y confusión junto a una mezcla terrible de ira y de dolor.

—¿Cómo podría estar bien, Leo? —dije—. Toda la ciudad cree que Keith mató a Amy Giordano. Algunos personas anónimas le cuentan a la policía que hay «algo feo» en mí o en Meredith o en Keith. Y, ahora, me entero de que Vince se ha vuelto loco y que ninguno de nosotros puede andar por ahí sin miedo a tropezarnos con él. Esto es una cárcel. Ahí es donde nos encontramos todos ahora mismo: en una cárcel.

Se produjo un nuevo silencio, al cabo del cual Leo dijo:

—Eric, quiero que me prestes muchísima atención. Con toda probabilidad, Keith no va a ser detenido. Esto es una buena noticia y deberías alegrarte por ello. ¿Y qué pasa porque algún chiflado llame a la línea abierta? ¡Menuda cosa! Y por lo que respecta a Vince Giordano, todo lo que tenéis que hacer es manteneros alejados de él.

—Vale —musité. ¿De qué serviría decir algo más?

—¿Entiendes lo que te estoy diciendo?

—Sí —dije—. Gracias por llamar.

Era evidente que Leo no estaba dispuesto a colgar así como así.

—Una buena noticia ¿recuerdas? —dijo, como si se dirigiera a un colegial que necesitara cambiar de actitud.

—Una buena noticia, sí —respondí, aunque sólo porque sabía que era lo que él quería oír—. Una buena noticia —repetí, y sonreí como si Leo hubiera instalado una cámara oculta en la tienda, de manera que en aquel momento pudiera verme la cara y juzgar mi sonrisa.

Mi jornada laboral acabó unas horas después, pero no deseaba volver a casa. Meredith me había dicho que se quedaría a trabajar en la facultad hasta tarde, y sabía que Keith estaría escondido en su cuarto. Así que llamé a Warren con la esperanza de que pudiera tomarse una cerveza conmigo, pero no obtuve respuesta.

Aquello dejaba sólo a mi padre, así que fui a verlo.

Estaba en el interior de la casa, sentado en una silla de ruedas colocada cerca del fuego, el cuerpo esquelético encogido y envuelto en una manta roja oscura. En su juventud, se pasaba los inviernos sin ponerse el abrigo ni un solo día, pero, a esas alturas, el más ligero soplo otoñal de finales de septiembre era suficiente para helarlo.

—Hoy no es jueves —dijo al verme subir las escaleras.

Me senté en la silla de mimbre que había a su lado.

—Me apeteció venir a verte —le dije.

Miró las llamas de hito en hito.

—¿Ha hablado Warren contigo?

—Sí.

—¿Por eso has venido?

Negué con la cabeza.

—Ya imaginé que iría a llorarte para que intentaras hacerme cambiar de idea y permitirle que viniera a verme de nuevo.

—No, no ha hecho tal cosa —dije—. Me contó que te enfadaste y que le dijiste que no querías volver a verlo. Pero no lloró.

Mi padre entrecerró los ojos de una manera odiosa.

—Debería haberlo hecho hace tiempo —dijo con frialdad—. Es un inútil.

—Un inútil —repetí—. Es lo mismo que dijiste de mamá.

Escudriñó en derredor con mirada ausente, como un hombre

que estuviera en un museo lleno de artefactos por los que no sintiera el más mínimo interés.

—Y ya que hablamos de eso… —dije—. Me mentiste, papá.

Cerró los ojos cansinamente, preparándose sin duda para otra sucesión de acusaciones falsas.

—Me dijiste que no habías contratado ninguna póliza de seguros para mamá —proseguí—. La encontré entre tus papeles. Por un importe de doscientos mil dólares. —Al ver que esto no producía ningún efecto visible en él, añadí—: ¿Por qué me mentiste sobre esto, papá?

Me recorrió con la mirada.

—No lo hice.

Alimentada por la exasperación, una oleada de ira me recorrió de pies a cabeza. Mi padre estaba haciendo lo mismo que había hecho Keith una semana antes.

—Papá, encontré la solicitud de un seguro de vida —dije con brusquedad.

—Una solicitud no es una póliza, Eric —dijo en tono burlón—. Deberías saberlo.

—¿Niegas que haya existido alguna vez semejante póliza? —exigí—. ¿Es eso lo que estás haciendo?

De su boca salió una risa seca.

—Eric, tú me preguntaste si había contratado una póliza para tu madre, y yo te dije que no. Lo cual es cierto.

—Te lo pregunto de nuevo, papá: ¿me estás diciendo que no había ningún seguro que cubriera la muerte de mamá?

—De hecho, Eric, no estoy diciendo nada de eso en absoluto.

—¿Así que había uno?

—Sí.

—Por doscientos mil dólares.

—Ésa era la cantidad —dijo mi padre—. Pero ¿significa eso que contratara yo el seguro?

—¿Quién si no?

—Tu madre, Eric —dijo sin ninguna emoción—. Lo contrató tu madre.

—¿Ella contrató su seguro de vida?

—Sí. —Sus ojos despidieron un ligero destello, aunque no fui capaz de precisar si el brillo procedía de algún pozo de sentimientos perdidos o si había sido sólo una ilusión, un simple reflejo de la luz—. Lo contrató sin decírmelo —añadió—. Ella tenía… un amigo. Él la ayudó a gestionarlo.

—¿Un amigo?

—Sí —respondió—. Lo conocías, era un amigo de la familia. —Su sonrisa era más un rictus de desprecio—. Un buen amigo de tu madre. Siempre mariposeando por casa, encantado de poder ser útil… Así era Jason.

—¿Jason? —dije—. ¿Jason Benefield?

—¿Así que has oído hablar de él?

—Warren lo mencionó —expliqué.

—Pues claro —mi padre lo dijo con un extraño rictus que le estiró las comisuras de la boca hacia abajo—. Bueno, sigue vivo, así que puedes preguntarle. Él te dirá que no tuve nada que ver con esa póliza. Y para tu información, te diré que tampoco era el beneficiario.

No podía precisar si se trataba de una patraña, aunque sospeché que sí, y me dispuse a ponerla en evidencia.

—¿Adónde fue a parar el dinero? —pregunté.

—¿Qué dinero?

—El dinero que debió pagarse después de la muerte de mamá.

—Nunca hubo ningún dinero, Eric —dijo mi padre—. Ni un centavo.

—¿Por qué no?

Dudó y, en ese ínterin, imaginé todos los inútiles planes para enriquecerse rápidamente en los que, con toda probabilidad, habría invertido el dinero, un pozo sin fondo de negocios fracasados y de malas inversiones.

—La compañía denegó el pago —dijo finalmente.

Se removió inquieto en la silla, y supe que intentaba salir del atolladero. Así que profundicé.

—¿Por qué denegó el pago la compañía? —pregunté.

—Pregúntaselo a ellos —respondió como una bala.

—Te lo estoy preguntando a ti —dije con vehemencia.

Mi padre me dio la espalda.

—¡Dímelo, maldita sea!

Volvió la mirada hacia mí como un rayo.

—Las compañías de seguros no pagan —dijo— cuando es un suicidio.

—¿Suicidio? —susurré incrédulamente—. ¿Me estás diciendo que mamá se tiró por aquel puente a propósito? Eso es ridículo.

La mirada feroz de mi padre era un puro desafío.

—Entonces, ¿por qué no llevaba el cinturón de seguridad, Eric? Siempre insistía en ponérselo, ¿recuerdas? Y hacía que os lo pusierais todos. Así que, dime: ¿por qué ese día en particular, cuando se cayó por aquel puente, no lo llevaba puesto?

Leyó la expresión de mis ojos.

—No me crees, ¿verdad? —preguntó.

—No, no te creo.

—Entonces mira el atestado policial. Quedó bien claro allí… toda la historia: lo deprisa que iba, cómo el coche se dirigió directamente contra la barandilla… Todo. Incluso el hecho de que no llevara puesto el cinturón de seguridad. —Sacudió la cabeza—. Y también hubo testigos; gente que vio lo que hizo. —Se rió con desprecio—. Ni siquiera fue capaz de ejecutar un simple suicidio sin joderla.

—No me mientas, papá —le advertí—. No me mientas en esto.

—Ve y mira el jodido atestado, si no me crees —gruñó—. Hay una copia en mis archivos. En cualquier caso, ya has estado husmeando en ellos, ¿no es cierto? Pues husmea un poco más.

No podía dejarlo sin responderle.

—Hablando de tus archivos —dije—. Encontré una carta de la tía Emma en la que ella culpa de tu bancarrota a los despilfarros de mamá.

Mi padre hizo un gesto con la mano.

—¿Y a quién le importa lo que escribe la chiflada de mi hermana?

—Lo que me preocupó fue lo que escribiste tú.

—¿Y qué fue lo que escribí?

—Garrapateaste una frase en el margen de la carta de tía Emma.

—Repito: ¿qué fue lo que escribí?

—«Bueno, a ver si ella consigue sacarme de ésta.»

Mi padre rió.

—¡Por Dios, Eric!

—¿Qué quisiste decir con eso?

—Que Emma debía sacarme de aquélla —dijo mi padre—. Emma era la «ella» de esa nota.

—¿Cómo podía ayudarte la tía Emma?

—Porque el condenado de su marido le dejó una fortuna —dijo mi padre—. Pero, como era de esperar, nunca gastó ni diez centavos de ella; y tampoco me dio ni un centavo. Cuando murió, seguía teniendo hasta el último dólar que le dejó el viejo bastardo. Cerca de un millón de dólares. ¿Y sabes adónde fueron a parar? ¡A un jodido asilo para animales!

Volvió a reír, pero con amargura, como si todo lo que hubiera conocido de la vida se redujera a algo más que una broma cruel.

Esperé a que su risa se desvaneciera y, entonces, incapaz de contenerme, le hice la última pregunta.

—¿Tuvo mamá un lío? Warren dice que sí, que tuvo un lío con el hombre que has mencionado, Benefield. Y que la tía Emma te lo contó.

Durante un instante tuve la impresión de que mi padre era incapaz de resistir ese último asalto.

—¿A qué viene todo esto, Eric? Todo este asunto sobre pólizas de seguros y líos. ¿En qué has estado pensando? —Leyó la respuesta en mis ojos—. Has pensado que la asesiné, ¿no es eso? Bien por el dinero, bien porque creyera que ella andaba follando por ahí. O por una cosa o por la otra, ¿verdad? —Soltó una risita burlona—. ¿Importa por cuál de los dos haya sido, Eric? —No esperó a que lo respondiera—. Todo esto es por lo de Keith, ¿no es cierto? —preguntó—. No puedes soportar el pensar que tal vez sea un mentiroso y un asesino, así que has decidido pensar lo mismo de mí. —Guardó silencio durante unos segundos. Pude ver el esfuerzo mental tras aquella mirada penetrante, mientras le daba vueltas a algo y llegaba a una conclusión grave. Entonces, me miró—: En fin, Eric, ya que estás tan jodidamente ansioso por conocer la verdad acerca de todo esto, aquí tienes una verdad que quizás hubieras deseado no haber oído. —Su sonrisa era una mueca de puro triunfo—. Yo no era el beneficiario del seguro de tu madre. El beneficiario eras tú.

Me lo quedé mirando estupefacto.

—¿Yo? ¿Por qué habría ella…?

—Porque sabía lo mucho que deseabas ir a la universidad —me interrumpió. Se encogió de hombros, dando la extraña sensación de aprobarlo—. Era la única manera que tenía de asegurarse de que tuvieras el dinero necesario.

No lo creí y, sin embargo, al mismo tiempo lo que decía tenía sentido. En las garras de aquella incertidumbre atroz, me di cuenta de que no había absolutamente nada de lo que pudiera estar seguro. Vi los haces de luz amarilla del coche barrer la maleza y pensé en la mentira de Keith. Y allí estaba mi padre, contándome que mi madre había despeñado el coche familiar por un puente de nueve metros, una historia que bien podía ser utilizada para ponerlo a salvo de mis sospechas acerca de la muerte de mi madre.

Me levanté.

—Me voy —dije.

En esta ocasión, mi padre no hizo ningún esfuerzo por detenerme.

—Haz lo que te dé la gana —respondió.

—Papá, no estoy seguro de que vaya a volver —dije con acritud.

Miró fijamente el fuego.

—¿Es que acaso te he pedido alguna vez que vinieras? —Me recorrió con la mirada—. ¿Es que alguna vez te he pedido alguna jodida cosa, Eric? —Antes de que pudiera responder, apartó la mirada y la posó con furia en las lacerantes llamas—. Vete de una vez.

Dudé durante un buen rato, dejando que mi mirada lo asimilara con detenimiento, los hombros huesudos que se marcaban bajo el batín, los ojos hundidos y su absoluta carencia de todo en ese momento, una penuria más intensa de lo que yo hubiera imaginado como posible sólo unos pocos días antes. Pero ya no podía acercarme a él ni sentir el más leve deseo de recuperar un punto de apoyo para nuestra relación. Y con ese reconocimiento, supe que aquélla era la última vez que vería a mi padre vivo.

Asimilé la escena con un rápido parpadeo, me di la vuelta y volví al coche. Me desplomé detrás del volante, dudando, volviendo la mirada hacia la lóbrega y pequeña residencia donde sabía que mi padre estaba condenado a consumir penosamente lo que le quedaba de vida. Supuse que su crispación iría en aumento y que su amargura se haría aún mayor, y que cualquiera que se le acercase sería tratado con dureza. Con el tiempo, el personal y los residentes aprenderían a mantener las distancias, por lo que cuando llegara la hora fatal, y lo encontraran desplomado en su silla o boca arriba en la cama, la noticia de su muerte haría que una pequeña oleada de secreto placer se extendiera por los pasillos y las estancias comunes. Y ése sería el regalo de despedida de mi padre para su compañero de habitación: el consuelo fugaz de éste al saber que él había pasado a mejor vida.

22

Mientras me dirigía en coche a casa, el largo suplicio de mi madre volvió a mí en una sucesión de pequeñas fotos granuladas que parecieron surgir de algún álbum de mi mente previamente olvidado. La vi de pie bajo el gran roble que adornaba nuestro muy cuidado césped delantero. La vi caminando bajo la lluvia; la vi acostada despierta en el dormitorio a oscuras, con la cara iluminada por una única vela blanca. La vi en el mal iluminado garaje, sola, sentada detrás del volante del viejo Chrysler azul, con las manos en el regazo y la cabeza ligeramente inclinada.

De hecho, aquellas imágenes de las últimas semanas de mi madre sólo las había vislumbrado, retazos entrevistos cuando pasaba a su lado corriendo, camino del colegio, o cuando volvía de él, bastante más interesado en las transacciones infantiles del día que en el mundo de los adultos que la estaba devorando viva.

Pero, en ese momento, mientras la noche caía, procuré calibrar el peso que había tenido que soportar: un marido fracasado y poco cariñoso; la muerte de la hija adorada; un hijo, Warren, aplastado por el desprecio paterno; y yo, el otro hijo, que apenas la veía cuando pasaba por su lado. Tan poco que dejar atrás, debió de haber pensado mientras permanecía sentada detrás del volante en el sombrío garaje, tan poca cosa lo que echaría de menos.

Por primera vez en muchos años, sentí que no podía con la carga que soportaba y tuve la desesperada necesidad de compartir ese peso con otro ser humano. Y fue en ese momento, supongo, cuando se hizo patente el valor pleno del matrimonio. Me había reído con miles de chistes acerca de la vida matrimonial; a fin de cuentas, menudo propósito más descomunal. En apariencia, la idea de que uno compartiera toda la vida con una persona, y que esperara que el hombre o mujer en cuestión satisficiera una inmensa retahíla de necesidades, desde las más apasionadas a las más mundanas, era absurda. ¿Cómo podía ser que llegara a funcionar en algún caso?

Y, de repente, lo supe. Funcionaba porque, en un mundo cambiante, uno desea tener una persona que puedas confiar que estará allí cuando la necesites.

El trayecto por la nacional no superaba los veinte minutos. La escuela universitaria se levantaba sobre una colina y era toda ella de ladrillo y cristal, una de esas estructuras puramente funcionales que tanto desprecian los arquitectos, pero cuya falta de encanto apenas es percibida por las legiones de estudiantes que, indiferentes a la estética, entran y salen de ella. Después de todo, era una escuela universitaria —una celda de retención entre el instituto y la universidad— poco interesante y condenada al olvido, salvo como rampa de lanzamiento hacia alguna institución menos humilde.

Dejé el coche en el aparcamiento de las visitas y enfilé el camino de cemento que conducía al despacho de Meredith. Pude ver su coche a lo lejos, en el aparcamiento de profesores, y algo de su solidez familiar me resultó extrañamente reconfortante.

Su despacho estaba en la segunda planta. Llamé con los nudillos a la puerta, pero no recibí respuesta. Eché una ojeada a los horarios de oficina que tenía fijados en la puerta: de 16.30 a 18.30. Miré el reloj. Eran las 17.45; en consecuencia, supuse que Meredith no tardaría en regresar, que habría ido al baño o que se había entretenido en la sala de profesores.

Había unas pocas sillas plegables de metal desperdigadas por el pasillo, puestas allí para que los estudiantes pudieran sentarse mientras esperaban que llegara la hora de sus citas programadas. Me senté, cogí un periódico de la silla contigua a la mía y lo hojeé para matar el rato. Se decía poco acerca de la desaparición de Amy, tan sólo que la policía todavía «seguía varias pistas».

Leí el periódico con atención durante unos minutos más y volví a mirar el reloj. Las 6.05. Miré hacia el pasillo vacío, esperando ver aparecer a Meredith al fondo; incluso la imaginé saliendo por la puerta de doble hoja mordisqueando una manzana, el tentempié que solía tomar al final de la tarde para no quitarse el apetito antes de volver a casa.

Pero el pasillo siguió vacío, así que volví a centrarme en el periódico, en esta ocasión para leer unos artículos que no me interesaron demasiado, los deportes y las páginas de economía, así como algo acerca de un nuevo tratamiento para la calvicie.

Cuando acabé de leerlo todo, dejé el periódico y volví a mirar mi reloj. Las 6.15.

Me levanté, fui hasta su despacho y volví a llamar por si se hubiera dado la improbable casualidad de que no me hubiera oído la primera vez. No hubo respuesta, aunque pude ver una rendija de luz procedente del interior. Meredith se había dejado las luces encendidas, algo que no habría hecho si no hubiera planeado regresar.

Ante aquella evidencia, volví a la silla y esperé. Mientras transcurrían los minutos, volví a pensar en mi padre, en las terribles cosas que me había dicho, las cuales, de repente, creí ciertas. No sé por qué llegué a esa conclusión mientras esperaba sentado a Meredith aquella tarde; tan sólo que la certeza se fue haciendo mayor a cada segundo que pasaba, y que, una a una, cada sombría sospecha asumió una sustancia fatídica. Creí que mi madre había tenido un lío; creí que se había hecho un seguro de vida; creí que se había suicidado. Pero, al mismo tiempo, creí también que mi padre había deseado su muerte y que quizás hasta había contemplado la idea de asesinarla; acaso, la de asesinarnos a todos.

Tuve la sensación de que el aire se oscurecía en torno a mí, que se espesaba como el humo, y sentí que mi respiración adquiría un ritmo extraño, frenético, como si estuviera siendo obligado a correr más y más deprisa por un camino a oscuras, a saltar unos obstáculos que apenas podía ver y a sortear enormes fosas y trampas. Una especie de ruido sordo, lejano como una tormenta en formación me sacudió desde mi interior, y me encontré mirando la rendija de luz que salía por debajo de la puerta de Meredith, preguntándome si no estaría dentro en realidad y, sabiendo que yo estaba en el pasillo, permanecía detrás de la puerta cerrada… escondida.

Pero ¿de qué?

Me levanté bruscamente, impulsado por mi ansiedad explosiva, y volví a llamar a la puerta, esta vez con más fuerza, más insistentemente. Entonces, de la nada, su nombre salió de mis labios en un extraño grito animal: «¡Meredith!»

Me di cuenta de que había pronunciado su nombre con mucha más fuerza de la que había pretendido; pude oírlo resonar por el pasillo. Y fue un sonido desesperado, incluso teatral, como el de Stanley Kowalski gritando el nombre de Stella.

Respiré hondo y procuré calmarme, aunque sentí la piel caliente, y por debajo de ella aún más calor, como si en lo más profundo de mí se estuviera avivando un horno de forma enloquecida.

Ya eran las seis y media pasadas, y cuando miré la hora, por lo demás intrascendente, ésta adquirió una cualidad funesta, como la hora de la ejecución para el prisionero que es conducido afuera. Fue como si le hubiera dado de plazo a mi esposa hasta ese momento para que se explicara, lo cual no había conseguido, así que ya estaba condenada.

Recorrí el pasillo a grandes zancadas, bajé las escaleras de dos en dos y crucé las puertas, precipitándome al aire frío y despejado. El frío calmó el calor de mi piel durante un momento, aunque sólo brevemente, porque en la distancia, al final del aparcamiento, en el espacio entre su coche y un elegante BMW, vi a Meredith parada con un hombre alto y delgado.

Rodenberry.

Corrí a esconderme detrás de un árbol cercano y los observé con el mismo sigilo que un mirón. Estaban muy cerca uno del otro, hablando de manera íntima. De vez en cuando, Rodenberry asentía con la cabeza y, de vez en cuando, Meredith extendía la mano y le tocaba el brazo.

Esperé que se echaran uno en brazos del otro, esperé como un hombre en un teatro a oscuras, esperé el beso que sellaría el destino de ambos.

Dio igual que no se produjera nunca; no importó que, tras una última palabra, Meredith simplemente se diera la vuelta y se dirigiera a su coche, y que Rodenberry, con idéntica tranquilidad, se metiera en el reluciente BMW. Lo único que importó fue que, mientras ambos salían del aparcamiento, oí el clic de la línea abierta de la policía, y luego el susurro que se escuchó a través de la línea, y supe con absoluta claridad quién había hablado y lo que había dicho.

Cuando, en medio de una crisis, no tienes más sitio donde acudir que al despacho de un abogado, deberías ser consciente del grado de agotamiento al que has llegado. Pero esa noche yo estaba muy lejos de darme cuenta de algo, así que fui a ver a Leo Brock.

Tenía el despacho en un pequeño, modesto y sencillo edificio de ladrillo encajonado entre una charcutería y una ferretería. Su bastante más impresionante Mercedes estaba aparcado en un espacio reservado detrás del despacho.

Su secretaria ya se había ido a casa hasta el día siguiente, pero la puerta de la oficina estaba abierta, y encontré a Leo detrás de la mesa del despacho sentado en un sillón de piel, con los pies encima de la mesa, hojeando ociosamente una revista.

—Eric —dijo con una gran sonrisa—. ¿Cómo va todo?

Debía imaginarse que no podía ir muy bien, si yo estaba allí, de pie delante de su mesa, con el aspecto abatido de un hombre que ha atisbado el interior del infierno y visto la cara horrible de las cosas.

—¿Has vuelto a tener otro encuentro con Vincent? —preguntó de inmediato.

—No.

Quitó los pies de encima de la mesa, y con aquel gesto comprendí lo desesperado que debía verme.

—¿Qué ocurre, Eric? —preguntó.

—Del asunto aquél de la línea abierta —dije—. ¿De qué se trataba?

Apartó innecesariamente la revista hasta dejarla en una esquina de la mesa.

—No era nada —dijo.

—¿A qué te refieres con que no era nada?

—Eric, ¿por qué no te sientas?

—¿Qué quieres decir con que no era nada, Leo?

—Quiero decir que no tenía nada que ver con el caso.

—Con el caso de Keith

—Con el caso de Amy Giordano —me corrigió.

—Pero ¿tú sabes de qué se trataba?

—Tengo una idea.

—¿De qué se trataba?

—Como ya te he dicho, no tenía nada que ver con el caso.

—Y yo te vuelvo a preguntar que de qué iba esa mierda.

Me miró como si de mi cuerpo salieran chispas que se fueran congregando en incandescentes racimos sobre su alfombra oriental.

—Por favor, Eric, siéntate.

Me acordé de cuando él y Meredith habían estado juntos en el camino de acceso de nuestra casa, hablando en lo que en ese momento se me antojó un tono reservado, y de que Leo la había tranquilizado con asertivos movimientos de cabeza, y que entonces las manos de mi esposa habían caído sin fuerza a sus costados, como si se acabara de desembarazar de un gran peso.

—Lo sé desde el principio —dije.

—¿Qué es lo que sabes?

—Lo que Meredith te dijo.

Leo me miró con lo que a todas luces era una expresión de falsa perplejidad.

—Aquel primer día —dije—, cuando viniste para hablar con Keith. Meredith te acompañó hasta el coche; fue entonces cuando te lo contó.

—¿Qué es lo que me contó?

—Te contó que en la familia había ciertos asuntos —dije—. Cosas que eran… feas. Incluso sé por qué lo hizo; temía que se acabaran sabiendo de todas maneras. Lo que ella ignoraba es que lo sabían más personas. Una, por lo menos.

Leo se recostó en el sillón y abrió los brazos.

—Eric, no tengo ni la más remota idea de qué me estás hablando.

—En el coche, vosotros dos —expliqué.

—Sí, ya me acuerdo, ella me acompañó hasta el coche, ¿y qué?

—Fue entonces cuando te lo dijo.

Leo parecía tan preocupado como exasperado, como un hombre

ante una cobra, cauteloso, pero también cada vez más cansado por la danza del animal.

—Vas a tener que ser un poco más concreto en lo referente a qué es lo que piensas que ella me dijo en esa ocasión.

Recordé la voz de Meredith al volver esa tarde a casa y pillarla desprevenida, la precipitación con que había espetado aquel «Tengo que colgar», antes de meterse el teléfono en el bolsillo. A aquel recuerdo inicial, siguieron otros en serie: el que Meredith se hubiera quedado a trabajar hasta tarde en la escuela universitaria; el tono nostálgico con que había dicho: «Será la última vez»; que el doctor Mays no había sido el que le había contado la anécdota de Lenny Bruce; el hecho de que Mays hubiera descrito a Stuart Rodenberry como «muy divertido». Por último, vi de nuevo a Meredith en el aparcamiento con Rodenberry, de pie muy cerca el uno de la otra, tal como los había visto, pero tomando las debidas precauciones para no tocarse.

—Que tiene un lío —dije en voz baja, como un hombre que acepta por fin una verdad terrible, terrible—. Eso es lo que la policía oyó en la línea abierta. Que Meredith tiene un lío.

Leo me miró sin decir palabra, una actitud que formaba parte de un engaño, de eso no tuve la menor duda. Él estaba tan confabulado con Meredith como con Rodenberry, y los tres, formando un equipo, estaban decididos a mantenerme en la oscuridad.

—Veamos esta otra suposición —dije con brusquedad—. La persona que llamó a la línea abierta fue una mujer, ¿a que sí?

Leo se inclinó hacia adelante y me examinó con detenimiento.

—Eric, tienes que tranquilizarte.

Repliqué con una risa dura y sarcástica.

—La mujer del hombre con el que se supone que Meredith tiene un lío, ésa fue quien llamó.

En ese momento, Leo dio la sensación de encontrarse sumido en sus pensamientos, incapaz de decidirse por dos elecciones igual de difíciles.

—Una mosquita muerta paliducha y menuda llamada Judith Rodenberry —añadí.

Leo negó con la cabeza.

—No sé de qué me estás hablando, Eric.

Él estaba mintiendo, y yo lo sabía. Volví a recordar aquel primer día, cuando Meredith lo había acompañado hasta su Mercedes negro. Los dos se habían detenido allí, en el camino, medio ocultos por las extensas ramas del arce japonés, pero no tan ocultos como para que yo no hubiera visto las manos de Meredith revolotear alrededor como pájaros asustados, hasta que unos pocas y sin duda bien escogidas palabras de Leo las detuvieron en su vuelo frenético. ¿Qué es lo que le había dicho él?, me pregunté en ese momento, y al instante puse las palabras en boca de Leo: *No te preocupes, Meredith, nadie lo averiguará.*

—¿Me has oído, Eric? —dijo Leo con firmeza—. No tengo ni idea de qué me estás hablando. El asunto de la línea abierta no tenía nada que ver con Meredith.

—¿Con qué, entonces? —le desafié—. ¿Qué es lo que dijo esa persona? ¿Qué era ese «algo feo»? —Me sentí como una botella llena de alguna sustancia inflamable a punto de explotar.

«¡Dime la puta verdad!»

Leo se desplomó contra el respaldo del sillón y casi pareció envejecer a ojos vista. Su comportamiento adquirió una gravedad que no le había visto nunca.

—Warren —dijo—. Ese «algo feo» es Warren.

23

En los montones de veces que había ido allí a lo largo de todos aquellos años, nunca había reparado en nada. Pero en ese momento, cuando giré para entrar en la calle de Warren, me di cuenta de todo. Me fijé en lo cerca que estaba su casa de la escuela de primaria, en que la ventana del piso superior daba al patio de la escuela, y en que, desde aquella ventana pequeña y cuadrada, podría observar sin dificultad a las niñas cuando éstas se balancearan en los columpios y ver sus faldas levantarse y plegarse hacia atrás cuando se deslizaran hacia delante. Podría apostarse tras las blancas cortinas traslúcidas y observarlas cuando jugaran entre gritos sobre la estructura de barras o cuando subieran y bajaran en el balancín. O, si lo deseaba, podría contemplar detenidamente todo el patio, localizar con una simple mirada a los pequeños grupos de niñas, seguirles la pista mientras jugaban y escoger entre ellas de manera selectiva, hasta encontrar a aquella que más le interesara; y luego, igual que un cazador que persiguiera el rastro de un ciervo atrapado en la retícula de su mira telescópica, seguirla.

Mientras me aproximaba a su casa, también pensé en otras cosas. Recordé que Warren prefería trabajar los fines de semana y tomarse libre los miércoles y los jueves, ambos días lectivos, días en los que las niñas de la escuela primaria retozarían en el patio. Recordé que no le importaba trabajar los días festivos, cuando la escuela estaba cerrada, y que todos los años parecía tenerle pavor a la llegada del verano, cuando el año académico terminaba. Como era de esperar, tenía argumentos para todas esas preferencias. No le importaba trabajar los fines de semana, decía, porque de todas maneras no tenía nada que hacer durante ellos. No le importaba trabajar los días festivos porque éstos lo deprimían, lo cual, a su vez, hacía que le resultara más difícil resistirse a la botella. Y le daba pavor el verano por el calor y el bochorno, y a él no le gustaba trabajar con calor y humedad.

En el pasado, sus razones me habían resultado perfectamente comprensibles; en ese momento, se me antojaron mistificaciones, una manera de ocultar el hecho de que lo que mi hermano deseaba hacer por encima de todo era plantarse en su ventana y escudriñar el patio de la escuela primaria y observar a las niñas mientras jugaban.

Tales pensamientos me condujeron a otro aún más sombrío, obligando a mis pensamientos a retroceder al mes en que Warren se había refugiado en mi casa con una cadera rota. Refugiado en el cuarto de Keith; con el ordenador de Keith. Casi pude oír el golpeteo de sus dedos sobre el teclado, aquel que tantas veces había percibido al pasar junto a la puerta cerrada de la habitacion de mi hijo cuando Warren lo había ocupado. En su momento, había supuesto que mi hermano se entretenía con algún estúpido juego de ordenador.

Entonces me vinieron a la memoria las fotos que me había enseñado el detective Peak, fotos sacadas del ordenador de Keith, y recordé la angustia de la negativa de mi hijo y la manera en que se había golpeado la cabeza contra la pared, la furia con que había rechazado lo monstruoso de mis acusaciones. En ese momento, supe que todo había sido cosa de Warren desde el principio, que había sido él el que había estado sentado, hora tras hora, navegando por Internet, en busca de fotos de niñas. A partir de ese momento, el único interrogante fue qué era lo que veía en ellas. ¿Qué era lo que en el circuito contrahecho de la mente de mi hermano le permitía despojar a aquellas pequeñas de la seguridad de sus infancias y embridar sus cuerpos pequeños y sin desarrollar a sus deseos de adulto?

Intenté recordar si yo había visto alguna vez el más leve indicio de semejante perversidad oscura. Retrocedí a los días y años de nuestra juventud, a las veces que habíamos estado juntos en presencia de niñas pequeñas, y busqué algún destello en la mirada de Warren, una mirada que tal vez no hubiera entendido en aquellas épocas tempranas, pero que a esas alturas reconocería sin dificultad. ¿Alguna vez había seguido con la mirada a una niña por un jardín o una calle? ¿Se había parado en alguna ocasión a mitad de una frase al aproximarse una niña pequeña? ¿Había hecho siquiera algún comentario acerca de una niña del barrio, de la hermana pequeña de alguien o de una prima que estuviera de visita?

No pude encontrar ningún ejemplo de semejantes indicios de precocidad, ninguna ocasión en la que Warren hubiera parecido otra cosa que un niño torpe, sin confianza en sí mismo, corto de entendederas, inepto en los deportes, el blanco de incontables bromas colegiales. Había sido todas esas cosas y, de una u otra manera, siempre me había inspirado lástima. Pero, en ese momento, no sentí más que repugnancia y tuve la escalofriante sensación de que aquel niño había crecido y se había convertido en un hombre absolutamente repulsivo.

Detuve el coche en el camino de acceso de la casa de Warren, detrás de la destartalada camioneta que utilizaba en su trabajo. La plataforma abierta estaba sembrada de latas de pintura y de ropa salpicada de gotas; en ambos costados había sendas escaleras igualmente manchadas y medio caídas a causa de la flojedad de los nudos de las correas con que se sujetaban, algo que no me extrañó viniendo de Warren. Toda su vida había hecho las cosas a la buena de Dios, sin poner demasiada atención en los detalles, de una forma de hacer tan tambaleante como sus pasos cuando se pasaba con la bebida. Aun así, siempre había sentido un cariño fraternal hacia él, y disculpado su lasitud, su afición a la bebida y aquellas partes de su vida que eran básicamente patéticas. Pero, en ese momento, la intensidad de mis sospechas lo cubrió como una sombra de vileza, y esa intensidad fue tan brutal que ya no pude ignorar todo aquello.

Sin embargo, a pesar de todo eso, permanecí sentado detrás del volante durante un largo rato, estacionado en el camino lleno de maleza de Warren, incapaz de moverme, mirando fijamente la pequeña y lóbrega casa en la que él vivía desde hacía quince años. La puerta estaba cerrada, por supuesto, pero una enfermiza luz amarilla se derramaba desde el cuarto del piso de arriba que él llamaba su nidito de soltero. Había amueblado la habitación con un variopinto surtido de muebles, además del televisor, un ordenador y una nevera lo bastante grande para guardar varios cartones de seis latas de cerveza. Había iluminado el lugar con una lámpara de lava y con una serie de estridentes linternas de papel, pero éstas habían dado paso en los últimos tiempos a una única luz desnuda en el techo y al parpadeo de la pantalla de su ordenador.

La imagen del cuerpo disoluto de Warren hundido en una silla demasiado mullida, de su pálida cara inquietantemente iluminada por la pantalla del ordenador hizo que me invadiera una punzante melancolía. Vi el cansado trayecto vital de mi hermano, la naturaleza corrosiva de su secreto más guardado, las incalificables ansias que le roían de manera incesante. Una a una, las fotografías que el detective Peak había encontrado en el ordenador de Keith afloraron a mi mente; niñas pequeñas en plena naturaleza, desnudas, inocentes, incapaces de excitar a nadie excepto a un pedófilo. Pero eso era lo que era Warren, ¿no? Un hombre abortado en todos y cada uno de los aspectos en los que un hombre puede ser abortado, deprimente en su enfermiza falta de desarrollo, una criatura desdichada y lastimosa; de ningún modo un hombre.

Pero nada de eso, decidí, cambiaba lo que había hecho. Había entrado en mi casa, habitado el cuarto de mi hijo y, mientras vivía allí, había corrompido el ordenador de Keith con fotos de niñas pequeñas desnudas. Y cuando el ordenador fue confiscado por la policía, había mantenido en secreto el hecho de que semejante material acusador pudiera estar flotando en el disco duro del aparato. Se había cruzado de brazos sin decir nada, sabiendo a la perfección que la policía echaría la culpa a Keith de las fotos que encontrara.

De pronto, cualquier compasión que hubiera podido sentir por Warren desapareció, reemplazada por una ira punzante por haber estado perfectamente dispuesto a echar a mi hijo, a su propio sobrino, a los perros.

Cuando abrió la puerta, su sorpresa al verme fue evidente. Tenía los ojos acuosos, enrojecidos los bordes de los párpados y las mejillas coloradas. Había un extraño atontamiento y desequilibrio en su postura, de manera que casi pareció tambalearse mientras permanecía delante de mí en la entrada.

—Hola, hermanito —dijo en voz baja. Levantó la mano, en la que, ceñida por un dedo, sostenía una lata de cerveza—. ¿Te apetece un trago?

—No, gracias.

—¿Qué pasa?

—Tengo que hablar contigo, Warren.

Un velo gris le cubrió la mirada.

—La última vez que tuviste que hablar conmigo no me gustó demasiado.

—Esta vez es más serio —dije con gravedad—. Está relacionado con algo que ha averiguado la policía; algo acerca de ti.

Deseé que la expresión de su mirada fuera de auténtica sorpresa, porque si lo que veía era sorpresa, entonces sabía que me obligaría a alimentar la esperanza de que todo pudiera explicarse; hasta el último detalle de lo que Leo me había dicho en su despacho mientras yo escuchaba estupefacto. Deseé que Warren encontrara una explicación convincente al hecho de que los funcionarios de la escuela de primaria hubieran informado de que acechaba el patio de la escuela desde su ventana, o que diera una explicación a lo de las fotos del ordenador de Keith; que, milagrosamente y en resumidas cuentas, todo fuera un error. Pero no vi sorpresa; vi resignación, y a un niño que hubiera sido pillado en algo vergonzoso. También hubo un atisbo de vergüenza, así que pensé que en realidad Warren podría confesarlo sin que yo le preguntara, que me dijera a la cara sin más que sabía de lo que le estaba hablando, y que sí, que era verdad.

Pero, en lugar de admitirlo, se limitó a encogerse de hombros, retrocedió al interior del vestíbulo y dijo:

—Muy bien, entra.

Lo seguí al salón, donde encendió una lámpara de pie, se dejó caer sobre un sofá desvencijado y le dio un sorbo a la cerveza.

—¿Estás seguro de que no quieres una?

—Estoy seguro.

Tomó aire en una larga inspiración.

—Muy bien, dispara —dijo—. ¿Qué es lo que te pasa por la cabeza, hermanito?

Me senté a menos de un metro, en la mecedora de madera, una reliquia de la gran casa, tal vez una antigüedad, aunque ya sin ningún valor, porque Warren no se había preocupado de protegerla de las rozaduras y los cortés.

—Encontraron una fotos en el ordenador de Keith —empecé.

Warren bajó la mirada, la prueba que yo necesitaba de que había hecho justo lo que sospechaba.

—Eran de niñas pequeñas —añadí—. De niñas pequeñas desnudas.

Dio un largo trago a la cerveza, pero mantuvo la mirada en el suelo.

—Keith dice que nunca ha descargado fotos como ésas —añadí—. Niega rotundamente que sean suyas.

Warren asintió pesadamente con la cabeza.

—Vale.

—La policía comprobó cuándo fueron descargadas las fotos —dije, aunque no tenía ninguna prueba real al respecto. A este farol, añadí otro—. Se puede hacer, ¿sabes? Se puede averiguar. —Lo observé en busca de algún indicio de que pudiera confesar—. Las fechas exactas; literalmente, hasta el minuto.

Se removió con inquietud en el sillón, pero, aparte de eso, no dio ninguna muestra de que fuera capaz de ver hacia dónde me dirigía y de que me estaba acercando de manera despiadada.

—Todas fueron descargadas hace un año, Warren —dije. No podía estar seguro de tal cosa, pero en mi mundo oscuro, una mentira pensada para descubrir otras mentiras más oscuras parecía un rayo de luz—. Durante el último septiembre. —Lo miré de manera significativa—. ¿Recuerdas dónde estabas el último septiembre?

Warren asintió con la cabeza.

—Estabas en el cuarto de Keith —le dije—. Y estuviste utilizando su ordenador. Nadie más lo utilizó.

Mi hermano bajó la cerveza hasta el regazo, y la sostuvo entre sus muslos grandes y fofos.

—Sí —dijo en voz baja.

Me recosté en la mecedora y esperé.

—Sí, de acuerdo —dijo.

Seguí esperando, pero se limitó a darle otro trago a la cerveza, tras lo cual me lanzó una mirada en silencio.

—Warren —dije con aspereza—. Esas fotos son tuyas.

Empezó a mecer con tensión una pierna gorda.

—Niñas pequeñas —dije—. Niñas pequeñas desnudas.

El rítmico balanceo se hizo más intenso y más nervioso.

—Y, luego, me he enterado de que algunas personas de la escuela se han quejado de ti —dije—. Hace tiempo, vaya. Se quejaron de que observabas a las niñas, y alguien informó de eso a la policía a través de la línea abierta.

—Sólo miraba por la ventana, eso es todo —dijo. La pierna se meció con violencia durante unos segundos más y se detuvo con brusquedad—. Nunca haría daño a una niñita. —Parecía perdido, pero, más que eso, parecía desordenado por dentro, un espíritu sin fuerzas; pero hasta donde yo sabía, aquello no era más que una artimaña.

—Entonces, ¿por qué las observabas, Warren? —pregunté—. ¿Y por qué descargaste aquellas fotos?

Se encogió de hombros.

—Eran unas fotos bonitas.

Me inundó una oleada de exasperación.

—¡Por amor de Dios! Eran niñas pequeñas —grité—. De ocho años. ¡Y estaban desnudas!

—No tenían que estar desnudas —replicó Warren con voz débil, apenas un gemido.

—¿De qué me estás hablando? —ladré—. Estaban desnudas, Warren.

—Pero no tenían que estarlo, eso es lo que estoy diciendo. —Me miró como si fuera un niño que intentara desesperadamente explicarse—. Quiero decir que no… necesitaba que estuvieran desnudas.

—¿Necesitabas? —Lo miré con furia—. ¿Y qué es exactamente lo que necesitas?

—A mí sólo me gusta… mirarlas —gimoteó.

—¿A las niñas pequeñas? —pregunté—. ¿Necesitas mirar a las niñas pequeñas? —Me incliné hacia delante, con los ojos como si fueran láseres—. Warren, ¿sabías que esas fotos estaban en el ordenador de Keith?

Negó con una violenta sacudida de la cabeza.

—No, no lo sabía. Te lo juro. No lo sabía. Yo intenté…

—Borrarlas, sí, lo sé —le interrumpí—. Los polis también lo saben.

—No puedo evitarlo, Eric.

—¿Qué es lo que no puedes evitar?

—Ya lo sabes, mirar… a… —Sacudió la cabeza—. Es una enfermedad. Sé que es una enfermedad, pero no puedo evitarlo. —Empezó a llorar—. Son… son tan adorables.

«Adorables.»

La palabra brincó en mi cabeza como una llama.

—Adorables —repetí, y la imagen que se creó en mi mente al instante casi me estremeció, y vi a Warren saliendo del cuarto de Jenny aquella última mañana, con la cara arrasada por lo que yo había creído agotamiento, pero que en ese momento vi como una vergüenza abrasadora—. Eso es lo que decías siempre de… —Vi a mi hermana tumbada en su cama al final de aquella tarde, recorriendo la habitación con la mirada de manera frenética. Había parecido desesperada por decirme algo, agitando los labios junto a mi oreja, hasta que de repente se detuvieron, y yo me había dado la vuelta hacia la puerta y había visto a Warren allí parado, con la cabeza inclinada y las manos hundidas en los bolsillos— de Jenny.

Mi hermano leyó en mis ojos la virulenta acusación que se había apoderado repentinamente de mí.

—Eric —susurró. Pareció salir de su estupor, como si toda la bebida acumulada del día se hubiera escapado de su cuerpo súbitamente. Fue como si hubiera estado sumergido en agua helada y lo hubieran sacado de golpe para enfrentarlo a una realidad aún más fría—. ¿De verdad crees…?

Quise gritar: «¡No! ¡No!», y negar de la manera más apasionada y contundente que hubiera tenido la más leve sospecha de que él le había hecho daño a Jenny alguna vez, y estar seguro de que incluso su impulso más desesperado se había detenido ante la cama de nuestra hermana, ante su indefensión, y que mientras ella yacía moribunda, pálida y sacudida por el sufrimiento, no podía ser que él la hubiera encontrado… adorable.

Pero las palabras no salieron, así que me limité a mirarlo a la cara en silencio.

Warren se me quedó mirando durante un instante de gélida incredulidad. Luego meneó la cabeza cansinamente y señaló la puerta con el dedo.

—He acabado contigo, Eric —dijo. Sus ojos húmedos se secaron como unos inmensos desiertos—. He acabado con todo. —Señaló la puerta—. Vete —dijo—. Vete de una vez.

No se me ocurrió qué otra cosa hacer. Así que me levanté, salí del cuarto en silencio y regresé al coche. Al arrancar, vi destellar la luz en el piso de arriba, en el nidito de soltero de Warren, y me lo imaginé allí solo, hundido de nuevo en la desesperación, sin una mujer, sin hijos, sin madre, sin padre y ya, también, sin un hermano.

Conduje hasta casa en medio de una especie de aturdimiento. Meredith, Warren, Keith… Los tres giraban alrededor de mi cabeza como trocitos de papel en un agua espumosa. Intenté situarme de alguna manera, asumir lo que sabía y lo que no, las espantosas sospechas que no podía evitar ni dirigir, puesto que estaban hechas de humo y niebla.

Llegué a mi casa pocos minutos más tarde, me bajé del coche, pasé junto al arce japonés rozando sus ramas y avancé por el sendero hasta la puerta delantera.

A través de la ventana vi a Meredith con el teléfono fuertemente agarrado. Parecía al borde de la desesperación, con los ojos desmesuradamente abiertos en una expresión de alarma inconfundible. Me acordé de la otra ocasión en que la había pillado por sorpresa y en cómo había soltado aquel «Hablamos más tarde», y después había apagado a toda prisa el móvil antes de guardárselo en el bolsillo de la bata. Supuse que la había vuelto a sorprender, y, con aquella idea, llegué al convencimiento absoluto de que colgaría tan pronto como me oyera abrir la puerta.

Pero cuando la abrí, Meredith se abalanzó hacia mí con el teléfono temblándole en la mano.

—Se trata de… Warren —dijo—. Está borracho y… —Empujó el teléfono hacia mí casi con violencia—. Toma —soltó—. Quiere hablar contigo.

Cogí el teléfono.

—¿Warren?

No hubo respuesta, pero le pude oír respirar con agitación, como alguien que acabara de realizar una larga y agotadora carrera.

—¿Warren? —dije de nuevo.

Silencio.

—Warren —dije con brusquedad—. O me hablas o cuelgo el jodido teléfono.

El silencio se prolongó un momento más, tras el cual escuché una larga y lenta inspiración.

—Hermanito —dijo en voz baja—, tus problemas se han terminado.

Luego oí la detonación.

24

Cuando llegué a casa de Warren la ambulancia y la policía ya estaban allí. El vecindario entero relampagueaba con el centelleo de las luces, y habían extendido una cinta amarilla de un lado a otro del camino de acceso y alrededor del patio.

Aun cuando en el momento no estuve seguro de lo que había hecho Warren con exactitud, había llamado de inmediato a la policía. Después de todo, estaba borracho, y, en el pasado, en tales ocasiones, no había dudado en realizar algún gesto melodramático para recuperarme. Una vez, siendo niños, se había jugado el tipo tirándose por un terraplén después de que yo le hubiera gritado, y había gastado bromas parecidas en ocasiones en que mi padre la había emprendido a golpes con él por uno u otro motivo. Eran unos intentos lastimosos de recuperar lo que fuera que él pensase que había perdido de nuestro afecto, y nunca le había funcionado. Sin embargo, Warren nunca había sido de los que aprendían de la experiencia, así que, incluso cuando observé las centellcantes luces que rodeaban la casa, casi esperé encontrármelo tambaleándose en el patio, con los brazos abiertos en señal de bienvenida, completamente adormilado y feliz. *Hola, hermanito.*

Pero al acercarme a la casa supe que en esa ocasión había sido diferente. La puerta delantera estaba abierta de par en par, y Peak estaba allí, iluminado desde atrás por la luz del vestíbulo, garrapateando en una pequeña libreta.

—¿Se encuentra bien? —pregunté al llegar hasta él.

Peak se metió la libreta en el bolsillo de la chaqueta.

—Está muerto —me dijo—. Lo lamento.

No me estremecí ante la noticia, incluso ahora apenas soy capaz de recordar lo que sentí con exactitud, a excepción de la curiosa comprensión de que no volvería a ver vivo a mi hermano. Había hablado conmigo hacía un rato; en ese momento, se había quedado completamente callado para siempre. Si pensé o sentí algo más, debió ser algo demasiado vago o insustancial como para provocar una impresión prolongada.

—¿Quiere identificarlo? —preguntó Peak.

—Sí.

—¿Le importa si primero le hago unas preguntas?

Negué con la cabeza.

—Me he acostumbrado a las preguntas.

Se sacó la libreta del bolsillo y la abrió con una sacudida.

—Habló usted con él justo antes de que lo hiciera, ¿verdad?

—Oí el disparo.

Esto no desconcertó a Peak, y durante un instante se me ocurrió que tal vez pensara que ésa era una manera de conseguir la simpatía que él no estaba dispuesto a ofrecer.

—¿Qué fue lo que le dijo él?

—Que mis problemas se habían acabado —respondí.

—¿Y qué quiso decir con eso?

—Que ya no seguiría siendo una molestia para mí, supongo.

Peak me miró sin convicción.

—¿No cree que esto tenga algo que ver con Amy Giordano?

—Sólo con las fotos que ustedes encontraron en el ordenador de Keith —dije—. Eran suyas.

—¿Cómo lo sabe?

—Warren se quedó en nuestra casa mientras se recuperaba de una rotura de cadera —dije—. Se alojó en la habitación de Keith.

—Eso no significa que las fotos fueran suyas —dijo Peak.

—Yo sé que no eran de mi hijo.

—¿Cómo lo sabe?

Me encogí de hombros.

—Si no fueran suyas las fotos, ¿por qué habría hecho esto Warren?

—Bueno, podría haber pensado que dejaríamos de interesarnos por Keith —dijo Peak—. Quiero decir que él casi confesó, ¿no es así?

—No, no confesó —dije—. Excepto que las fotos eran suyas.

Aunque dijo que no eran... sexuales, que no quería utilizarlas de esa manera.

—Entonces, ¿por qué las tenía?

—Me dijo que sólo pensaba que las niñas eran... adorables.

Peak me miró directamente a la cara.

—¿Cree que tuvo algo que ver con que desapareciera Amy Giordano?

Le di la única respuesta de la que podía estar seguro.

—No lo sé.

Pareció sorprenderle mi respuesta.

—Era su hermano. Si era capaz de algo así, de raptar a una niña pequeña, usted lo sabría, ¿verdad?

Pensé en todos los años que habíamos pasado juntos y me di cuenta de que a pesar de todo lo que habíamos compartido: padres, la gran casa que habíamos perdido juntos, las trayectorias paralelas de nuestras vidas...; a pesar de todo eso, lisa y llanamente, no podía responder a la pregunta de Peak, no podía tener la seguridad en absoluto de que conociera a Warren o de que conociera algo más que su apariencia más evidente.

—¿Se puede llegar a conocer a alguien? —pregunté.

Peak soltó un largo suspiro de frustración y cerró la libreta.

—Muy bien. —Echó un vistazo al interior de la casa y luego me miró—. ¿Preparado para la identificación?

—Sí.

Se dio media vuelta y me condujo por las escaleras y el corto pasillo hasta el cuarto de Warren. Al llegar a la puerta se hizo a un lado.

—Lo siento —murmuró—. Esto nunca es fácil.

Warren había arrimado una silla a la ventana, colocándola frente al patio apenas iluminado de la escuela primaria. Tenía la cabeza caída a la derecha, de manera que parecía como si se hubiera quedado dormido sin más mientras miraba por la ventana. No fue hasta que lo rodeé para ponerme frente a la silla que vi la boca destrozada y los ojos muertos.

No sé lo que sentí durante los escasos segundos que permanecí observándolo. Puede que estuviera atontado, que el tumor de la sospecha se hiciera en ese momento tan grande que estuviera presionando otros conductos vitales, bloqueando la luz y el aire.

—¿Fue eso todo lo que le dijo? —preguntó Peak—. ¿Qué a usted se le habían acabado los problemas? ¿Nada más?

Asentí con la cabeza.

—¿Y qué pasó antes de que hablara con usted? ¿Habló con alguien más de su familia?

—Se refiere a Keith, ¿no es así? —pregunté.

—Me refiero a cualquiera.

—Bueno, con Keith no habló. Habló un rato con mi esposa, pero no con Keith.

—¿Y qué le dijo a su esposa?

—No lo sé —dije—. Nada más llegar a casa, ella me pasó el teléfono. Luego Warren dijo que mis problemas se habían acabado… y nada más. Cuando oí el disparo, los llamé a ustedes y vine directamente aquí.

—Ha venido solo, por lo que veo.

—Sí.

Peak me miró como si me tuviera lástima por haber tenido que acudir solo a la escena del suicidio de mi hermano, desprovisto del consuelo de mi esposa o mi hijo.

—¿Quiere quedarse un rato más? —preguntó finalmente.

—No —respondí.

Eché una última mirada a Warren; luego seguí a Peak de vuelta al piso de abajo y salimos al patio, donde nos paramos bajo la luz neblinosa que se derramaba desde el patio del colegio. El aire estaba completamente en calma, y las hojas esparcidas por el descuidado patio yacían inánimes, como pájaros muertos.

Peak miró hacia el patio y me di cuenta de la preocupación que le causaba su visión y del miedo que tenía a que hubiera todavía alguna otra niña en peligro, a causa de que quienquiera que se hubiera llevado a Amy Giordano siguiera aún por allí.

—Leí que las pistas se enfrían transcurridas dos semanas —dije.

—A veces.

—Han pasado dos semanas.

Asintió con la cabeza.

—Eso es lo que no para de decirme Vince Giordano.

—Quiere que vuelva su hija —dije—. Lo entiendo perfectamente.

Peak desvió lentamente la mirada hacia mí.

—Estamos analizando los cigarrillos. Se tarda un poco en conseguir los resultados.

—¿Y si fueran de Keith?

—Pues eso querría decir que mintió —dijo—. Le dijo a Vince Giordano que no había salido de casa en ningún momento, que había estado dentro todo el rato.

—Y lo estuvo —dije, una respuesta que se me antojó totalmente inconsciente.

Peak volvió a centrarse en el patio desierto, y mantuvo la mirada sobre las fantasmales estructuras de los columpios, las barras y los balancines. Era como si estuviera viendo jugar allí a unas niñas muertas.

—¿Y qué pasaría si su hijo le hubiera hecho daño a Amy Giordano? —Me miró con mucha atención, y me di cuenta de que me estaba haciendo la pregunta más profunda que se pudiera imaginar—. Me refiero a si usted supiera que lo hizo, pero también supiera que él iba a salirse con la suya y que, después de eso, iba a hacerlo de nuevo, que es lo que hacen la mayoría de ellos, de los hombres que matan niños. Si supiera todo lo que le acabo de decir, señor Moo-re, ¿qué haría usted entonces?

«Lo mataría.»

La respuesta relampagueó en mi mente de manera tan inopinada e irrefutable que rechacé su certeza salvaje antes de contestar a Peak.

—No permitiría que se saliese con la suya.

Peak pareció darse cuenta del inhóspito trayecto que me había llevado hasta aquel lugar y de lo mucho que había perdido en el camino; de la naturaleza despojada de mis circunstancias, de lo poco que me quedaba por perder.

—Lo creo —dijo.

Cuando llegué a casa, Meredith me estaba esperando, y en cuanto la vi recordé la manera en que la había visto junto a Rodenberry, y todos los sentimientos del día volvieron a aflorar, fríos y calientes, como una punzante espada de hielo.

—Ha muerto —le dije sin mostrar ninguna emoción.

Se llevó la mano a la boca en silencio.

—Se pegó un tiro en la cabeza.

Meredith me miró desde detrás de la mano, todavía sin hablar, aunque no pude decidir si a causa de la sorpresa o de que su propio punto muerto la mantenía en silencio.

Me senté en la silla que había frente a ella.

—¿Qué fue lo que te dijo?

Me miró extrañada.

—¿Por qué estás tan enfadado, Eric?

No tenía manera de responderle sin revelarle al mismo tiempo las aguas turbias en las que nadaban mis emociones en ese momento.

—La policía querrá saberlo.

Inclinó ligeramente la cabeza.

—Lo siento tanto, Eric —dijo en voz baja—. Warren era tan…

Sus sentimientos hacia mi hermano me sonaron hueros.

—Vamos, por favor —le espeté—. Si no lo soportabas.

Pareció quedarse anonadada.

—No digas eso.

—¿Por qué no? Es la verdad.

Me miró como si fuera un extraño que de alguna forma hubiera conseguido meterse a rastras en el cuerpo de su marido.

—¿Se puede saber qué te pasa?

—Puede que esté harto de mentiras.

—¿Qué mentiras?

Sentí el impulso de enfrentarme a ella, de decirle que los había visto, a ella y a Rodenberry, en el aparcamiento de la facultad, pero cierta cobardía final —o tal vez fuera sólo el miedo a perderla con toda seguridad si mencionaba el tema— me advirtió que reculara.

—De las de Warren, por ejemplo. Las fotos que los polis encontraron en el ordenador de Keith eran de él.

Sus ojos despidieron un tenue destello, y pude darme cuenta de su sufrimiento, de cuánto la había desgastado nuestra larga prueba y de que tenía las emociones a flor de piel.

—Leo me habló del asunto —proseguí—. Me dijo que Warren había sido sorprendido mientras contemplaba a las niñas jugar en el patio de la escuela primaria. Se apostaba en la ventana de su «nidito de soltero» y las observaba. Con unos prismáticos. Era tan jodidamente descarado que el colegio terminó quejándose. El director fue a verlo y le dijo que dejara de hacerlo. Así que cuando ocurrió lo de Amy Giordano, alguien llamó a la línea abierta de la policía y les contó lo de Warren.

—Así que fue eso —dijo Meredith. Pareció aliviada, como si se hubiera liberado de un pequeño temor. Permaneció en silencio durante un momento, mirándose las manos. Luego dijo—: Warren no pudo haber hecho algo como eso, Eric. Era incapaz de hacerle daño a una niña.

Su certeza me sorprendió. Nunca le había preocupado mi hermano ni había sentido el más leve respeto hacia él. Era uno de los perdedores de la vida, y Meredith nunca había tenido paciencia con semejantes personas; y la afición a la bebida y la autocompasión de Warren sólo habían empeorado las cosas. Pero, en ese momento, y de la nada, dio la sensación de estar completamente segura de que mi hermano no había tenido nada que ver con la desaparición de Amy Giordano.

—¿Cómo lo sabes? —pregunté.

—Conozco a Warren —respondió.

—¿En serio? ¿Cómo puedes estar tan segura de que lo conoces?

—¿Tú no?

—No.

—Era tu hermano, Eric. Lo conoces desde que naciste.

Peak me había dicho lo mismo, y volví a dar la misma respuesta.

—No estoy seguro de que se pueda llegar a conocer a alguien.

Me miró entre desconcertada y alarmada, pero también en guardia frente a algo oculto.

—Warren me dijo que habías ido a su casa, y que tuvisteis una pelea.

—No fue exactamente una pelea —le dije.

—Así es como la llamó él —dijo—. ¿Qué fue entonces?

—Le conté lo de las fotos.

—¿Y qué dijo?

—Que no tenían una finalidad realmente sexual. —Meneé la cabeza—. Me dijo que le gustaba mirarlas, nada más; que las niñas eran... adorables.

—¿Y no lo creíste?

—No.

—¿Por qué no?

—Ah, vamos, Meredith, encaja en todos los aspectos del perfil, en especial la parte relativa a la baja autoestima.

—Si tener un déficit de autoestima es una cosa tan terrible, entonces deberías señalar también a Keith como pedófilo.

—No pienses que no se me ha pasado por la cabeza.

En ese momento, el asombro dio paso al horror.

—¿De verdad piensas eso?

—¿Y tú no?

—No, claro que no.

—Espera un segundo —aullé—. Fuiste tú la primera que tuvo dudas acerca de Keith.

—Pero nunca creí que pudiera hacerle daño a Amy por algún tipo de perversión sexual.

—¿Y a causa de qué entonces?

—De un arranque de furia —respondió—. O porque tal vez quisiera llamar la atención.

Llamar la atención.

Aquello parecía la clase de cháchara psicológica propia de Stuart Rodenberry, y me enfureció que Meredith pudiera estar discutiendo conmigo valiéndose de él, utilizando su pericia y experiencia profesional contra mí.

—¡Bah, gilipolleces! —dije con brusquedad—. No te crees una palabra de todo eso.

—¿Qué estas diciendo, Eric?

—Estoy diciendo que desde el mismo instante en que Amy desapareció pensaste que Keith estaba involucrado. Y que ni durante un jodido segundo me creo que pensaras que el «llamar la atención» tuviera algo que ver con ello. —La miré con vehemencia—. Pensaste que era algo que estaba en la familia, algo que él había heredado. Y lo relacionaste conmigo, y con Warren. —Solté una risotada brutal—. Y puede que tuvieras razón.

—¿Que tuviera razón? ¿Lo dices porque has decidido que Warren era un pedófilo? —Su mirada era un puro desafío—. ¿Y qué, si puede saberse, te hace estar tan seguro de eso? ¿Unas cuantas fotos en su ordenador? ¿El hecho de que le gustara contemplar a unas niñas jugando? ¡Joder, cualquiera podría…!

—Hay algo más que eso —la interrumpí.

—¿El qué?

Negué con la cabeza.

—No quiero seguir con esto, Meredith.

Empecé a alejarme, pero me agarró el brazo y, de un tirón, hizo que me volviera hacia ella.

—Ah, no, tú no te vas. No te vas a escapar de ésta. Acusas a Keith de ser un pedófilo, un secuestrador y Dios sabe qué más. Y me acusas a mí de sugerir que hay algo terrible en tu familia. ¿Sueltas todo eso y crees que luego puedes decir sin más que estás harto e irte? Ah, no, Eric, esta vez, no. No vas a huir de una acusación como ésta. No, y no. Te vas a quedar aquí y me vas a decir ahora mismo por qué estás tan jodidamente seguro de todas esas gilipolleces.

Me aparté, incapaz de enfrentarme a lo que había visto en la habitación de Jenny aquella mañana, y que yo le había transmitido a Warren en una simple mirada, y a cómo, ante tal acusación, debía haber decidido finalmente que el mundo ya no era un lugar en el que él encajara.

Pero Meredith me volvió a agarrar del brazo.

—Cuéntamelo —exigió—. ¿Qué es lo que hicieron Warren o Keith alguna vez para…?

—No tiene nada que ver con Keith.

—De acuerdo, entonces se trata de Warren, ¿no?

La miré con desconsuelo.

—Sí.

Meredith percibió la angustia que brillaba en mi mirada.

—¿Qué fue lo que ocurrió, Eric?

—Me pareció ver algo.

—¿Algo… en Warren?

—No. En Jenny.

Meredith me miró detenidamente con incredulidad.

—¿En Jenny?

—El día que murió entré en su cuarto. Intentaba decirme algo desesperadamente. No paraba de moverse: los labios, las piernas, estaba desesperada. Me incliné para intentar oír lo que decía, pero entonces se paró en seco, se apartó de mí y se quedó allí tumbada, mirando hacia la puerta. —Respiré con dificultad—. Warren estaba de pie en la puerta. Él había pasado la noche con Jenny y… —Me interrumpí—. Y pensé que quizás él…

—¡Díos mío, Eric! —dijo entrecortadamente—. ¿Le dijiste eso a él?

—No —respondí—. Pero se dio cuenta de que lo pensaba.

Meredith se me quedó mirando, como si yo fuera una extraña criatura que acabara de ser lanzada a la playa, a sus pies, un ser reptante de las profundidades abisales.

—Eric, no tenías ninguna prueba de eso —dijo—. Ninguna prueba en absoluto de que Warren le hiciera algo a tu hermana. —En su mirada había una decepción lacerante—. ¿Cómo pudiste hacer eso? Decir algo así sin… saber nada.

Pensé en la forma en que ella y Rodenberry habían estado hablando en el aparcamiento, con los cuerpos tan cerca, en el aire frío, la tarde, el susurro de las hojas caídas al ser impulsadas por el viento.

—No siempre se necesitan pruebas —dije con frialdad—. A veces sabes y basta.

No dijo nada más, pero me sentí absolutamente vapuleado, como un niño pequeño azotado en un rincón. Para librarme, contraataqué por el único camino que parecía estar expedito para mí.

—Te he visto esta tarde —le dije.

—¿Que me has visto?

—Con Rodenberry.

Parecía casi incapaz de comprender lo que le estaba diciendo.

—En el aparcamiento de la facultad.

Apretó los labios con fuerza.

—Hablando.

Sus ojos se convirtieron en unas pequeñas hendiduras de reptil.

—¿Y? —soltó—. ¿Qué quieres decir?

—Quiero saber qué está sucediendo —dije con altivez, como un hombre que conoce sus derechos y pretende ejercerlos.

Sus ojos echaban fuego.

—¿No te ha bastado con lo de Warren, Eric? —preguntó—. ¿No es suficiente con una vida?

Meredith no podría haberme herido más profundamente si me hubiera pegado un tiro en la cabeza, pero lo que dijo a continuación fue dicho de una manera tan tajante que supe que nada podría devolverme al mundo que había existido antes de que lo dijera.

—Ya no te conozco —añadió. Entonces se dio la vuelta y subió las escaleras.

Yo sabía que lo había dicho en serio y que no había vuelta atrás. Meredith no era una mujer a la que le gustaran los gestos falsos, los faroles; pararse al borde del precipicio o buscar la manera de volver una vez lo hubiera cruzado. Algo se había roto, el puente que nos unía, e incluso en aquel primer momento, mientras sentía todavía el calor de su mirada como el escozor de una bofetada, supe que, en el caso de que fuera posible, el proceso de reparación sería largo.

25

Warren fue enterrado una tarde fría y radiante. Mi padre me había dicho con total indiferencia que no tenía la menor intención de asistir al funeral, así que sólo los crispados y distanciados miembros de mi segunda familia, junto con algunas pocas personas que Warren había llegado a conocer a lo largo de los años —habituales de los bares que frecuentaba— fuimos los únicos que nos acercamos a decirle adiós.

Meredith observó con frialdad el descenso del féretro; a su lado, Keith parecía aún más pálido y consumido de lo habitual. Su reacción ante la muerte de Warren había consistido en ninguna reacción en absoluto, lo cual era típico de él. De pie junto a la tumba, una fuerza tan pequeña al lado del maremoto de su madre, parecía incapaz de capear cualquiera de las futuras tormentas de la vida. Ni siquiera podía imaginármelo casado o con hijos o incluso controlando de manera adecuada los aspectos menos complicados y exigentes de la vida.

Terminado el funeral, salimos juntos del cementerio; Meredith caminaba con el cuerpo tan rígido, tenía la expresión tan impávida y reprimía tales dosis de ira corrosiva que pensé que en cualquier momento podía darse la vuelta y abofetearme.

Pero no lo hizo, así que cuando traspusimos la verja del cementerio supongo que parecíamos una familia normal cuyos miembros compartían las penas y las alegrías y hacían lo que podían con lo que la vida les ponía en el camino.

Al menos, sin duda, fue así como le debimos de parecer a Vincent Giordano.

Estaba junto a su camioneta de reparto, con la puerta abierta de una manera extraña, como si se preparase para una huida rápida. Ya no tenía los ojos húmedos ni enrojecidos, nada que ver con el día que se acercó a mí en el exterior de la tienda de fotos. Estaba erguido, más que encorvado, y en su actitud ya no había nada de descompuesto ni suplicante. Al acercarnos a nuestro coche, se apartó de la camioneta, y su cuerpo avanzó hacia nosotros como una gran piedra.

Miró a Meredith.

—Métete en el coche —le dijo Vince a mi mujer, y luego se dirigió a Keith—. Y tú también.

Para entonces él ya se había acercado a mí.

—Hola, Vince —dije con frialdad.

Se detuvo y cruzó sus brazos grandes y fornidos sobre el pecho.

—Sólo he venido a decirte que no funcionará.

—No sé a qué te refieres.

—Lo de que tu hermano se haya pegado un tiro —dijo—. Eso no va a sacar a tu hijo del atolladero.

—Vince, no deberíamos tener esta conversación.

—Ya has oído lo que te he dicho.

—Esto está en manos de la policía, Vince. Y es ahí donde debería seguir.

—Ya has oído lo que te he dicho —repitió—. Ese hijo tuyo no se va a librar así como así. Puedes contratar a un abogado de campanillas, puedes hacer cualquier otra cosa que se te ocurra, pero ese chico no se va a librar de ésta. —Sus ojos llameaban—. Mi niñita está muerta.

—No lo sabemos.

—Sí, sí lo sabemos —dijo—. Han pasado dos semanas. ¿Qué otra cosa puede haberle ocurrido?

—Lo ignoro —dije.

Miró por encima de mi hombro y supe que estaba taladrando a Keith con la mirada.

—Encontraron sus cigarrillos junto a la ventana de Amy —dijo Vince—. En la parte de fuera. Él dijo que no había abandonado la casa. Entonces, ¿de quién son esos cigarrillos, eh? Dímelo. ¿Por qué mintió? ¡Dímelo! —Su voz resonó alta y desesperada, buscando el cielo—. Dímelo. ¡Tú o ese abogado de postín que has contratado para proteger a ese imbécil de mierda de tu hijo!

—Ya es suficiente —dije.

—Lo que pasa es que toda tu condenada familia está enferma —aulló—. Un hermano que mira a las niñas en el patio y que ve películas sucias de niñas pequeñas. De ahí le viene a ese hijo tuyo. De la familia. Lo lleva en la sangre. —En ese momento, estaba encolerizado—. ¡Deberíais ser todos exterminados! —gritó—. ¡Toda tu condenada estirpe!

Sentí su aliento caliente en la cara, así que me di la vuelta rápidamente, me dirigí al coche a grandes zancadas y me metí dentro. Durante un instante nos miramos fijamente a los ojos, y vi la terrible intensidad del odio de Vince Giordano, hacia mí, hacia Keith, hacia la pequeña y fantástica familia que había visto traspasar la verja del cementerio; la clase de familia que él había tenido una vez y de la que, sin ningún género de dudas para él, mi hijo le había desposeído.

Nos dirigimos directamente a casa en el coche, y Meredith se pasó el trayecto temblando, aterrorizada por que Vince pudiera seguirnos hasta allí. De vez en cuando echaba una ojeada al espejo retrovisor, buscando detrás de nosotros la camioneta verde. Nunca la había visto tan asustada y supe que parte de su temor se debía a que el marido en el que había confiado una vez era irrevocablemente otro hombre.

Una vez en casa, quiso llamar a la policía, pero yo me había precipitado tantas veces en los últimos tiempos que me negué a precipitarme una vez más.

—Sólo está alterado —le dije—. Y tiene derecho a estarlo.

—Pero no tiene derecho a amenazarnos —gritó Meredith.

—No nos ha amenazado —le recordé—. Además, la policía no hará nada. A menos que él haga algo primero, no pueden intervenir.

Meredith movió la cabeza con desesperación, convencida, sin duda, de que en ese momento me limitaba a rehuir una vez más el enfrentarme a la palmaria verdad de que Vince Giordano era un hombre peligroso.

—Vale, fantástico —soltó—, pero si ocurre algo, Eric, será responsabilidad tuya.

Diciendo esto, se fue por el pasillo hecha una furia hacia su despacho y cerró la puerta de un portazo.

Encendí la chimenea y permanecí sentado durante un largo rato con la mirada fija en las llamas. Afuera, las hojas del otoño se arracimaban o se separaban al capricho del viento; el aire gris se fue oscureciendo gradualmente hasta que por fin cayó la noche. Sin embargo, Meredith siguió en su cuarto, y Keith en el suyo.

No fue hasta primeras horas de la noche que uno de los dos, Keith, se reunió finalmente conmigo en el salón.

—Bueno, ¿es que no vamos a cenar? —preguntó.

Aparté los ojos del fuego y lo miré a la cara.

—Supongo que a nadie le apetece cocinar.

—Vaya, ¿y eso qué significa, que no comemos, o qué?

—No, claro que comeremos.

—Vale.

—De acuerdo —dije, y me levanté—. Vamos, compraremos una pizza.

Salimos de casa, recorrimos el sendero de ladrillo y pasamos junto a las oscuras ramas del arce japonés.

Se tardaba sólo unos minutos en llegar a Nico, y durante el trayecto tuve la impresión de que, sentado en el asiento del acompañante, Keith tenía un aire menos huraño de lo habitual, como si estuviera empezando a salir de la tediosa irritación de su adolescencia. En sus ojos vibraba una luminosidad, un atisbo de energía, o quizás alguna chispa de esperanza de que algún día su vida pudiera verse acosada por menos problemas. Recordé una frase que había leído en alguna parte relativa a que, para conseguir la redención, antes debemos ser capaces de imaginarla.

—Me gustaría preguntarte cómo te van las cosas —dije—, pero odias esa pregunta.

Me miró y una débil sonrisa revoloteó en sus labios.

—Iba a preguntarte lo mismo. Parece que mamá está realmente furiosa contigo, ¿no?

—Sí, sí que lo está.

—¿Y por qué?

—Me acusa de sospechar demasiado.

—¿De ella?

—De todo, supongo —respondí—. He de tener más paciencia y conseguir más pruebas antes de sacar conclusiones.

—¿Y sobre qué eran tus sospechas?

—De cosas.

—Ya, no me lo vas a decir, ¿verdad?

—Cosas entre tu madre y yo —dije.

—¿Y si te cuento una cosa? Un secreto.

Me recorrió un escalofrío.

—¿Entonces me lo dirías? —preguntó—. ¿Algo así como un intercambio? Ya sabes, entre padre e hijo.

Lo observé detenidamente durante un momento, y decidí que donde me había equivocado respecto a Keith había sido en no reconocer que, a pesar de su actitud distante propia de la adolescencia y del comportamiento huraño que le había grabado aquella sonrisita airada, en su interior estaba creciendo un adulto, formándose en la frágil crisálida de la adolescencia, y que había que reconocer a aquel adulto y convencerlo cuidadosamente para que aflorara; y también decidí que era el momento no de afrontar la inmadurez de Keith, sino el hecho de que pronto sería un hombre.

—De acuerdo —le dije—. Hagamos un intercambio.

Tras una larga inspiración, dijo:

—El dinero no era para mí. Y lo que le dije al señor Price… sobre lo de escaparme… no era verdad.

—¿Y para qué era el dinero?

—Para esa chica —dijo—. Somos una especie de… Ya me entiendes. Y como ella estaba realmente mal en su casa, pues pensé, vale, tal vez pueda sacarla de ahí, alejarla de su casa.

—¿Y se me permite saber quién es esa chica? —pregunté.

—Se llama Polly —dijo con timidez—. Vive en el otro extremo del pueblo. Por eso voy a dar esos paseos por la noche. Es cuando nos vemos.

—En el otro extremo del pueblo —repetí—. Cerca de los depósitos.

Pareció sorprenderse.

—Sí.

Sonreí.

—Muy bien, supongo que me toca hablar a mí. De lo de ese asunto con tu madre. El motivo por el que está tan furiosa es que la acusé de tener un amante. —Sentí que un ovillo de dolor empezaba a deshacerse dentro de mí—. No tenía ninguna prueba, pero aun así la acusé.

Me miró con dulzura.

—También pensaste que yo le había hecho daño a Amy Giordano.

Asentí con la cabeza.

—Sí, Keith, lo pensé.

—¿Y sigues pensándolo?

Volví a mirarlo y sólo vi a un niño tímido y sensible, reservado y extrañamente solitario que libraba sus propias batallas interiores, como debemos librarlas todos, pactando con sus límites, lo cual es lo que hacemos todos; luchando para liberarse de las cadenas que parecen antinaturales. Vi a un chico que se encontraba enredado en una maraña incomprensible de esperanzas y temores, que es la turbulenta sustancia de la que está hecho todo ser humano. Vi todo eso, y, al verlo, me di cuenta de que mi hijo no era el asesino de una niña.

—No, ya no, Keith —dije. Entonces, paré el coche en el arcén y lo atraje entre mis brazos y sentí que su cuerpo se ablandaba y se acomodaba en mi abrazo, y que mi cuerpo hacía lo mismo en el suyo, y, en esa entrega, ambos soltamos de pronto las lágrimas más dulces que se pueda imaginar.

Luego nos desasimos el uno del otro y nos limpiamos aquellas mismas lágrimas y nos reímos ante lo extraño del momento.

—Marchando una pizza —dije mientras volvía a arrancar el coche.

Keith sonrió.

—Que sea con *pepperoni* y cebolla —añadió.

Esa noche Nico no estaba abarrotado, así que Keith y yo nos sentamos en un banco pequeño y esperamos a que nos sirvieran el pedido. Mientras yo leía el periódico local, Keith sacó una consola de mano y se puso a jugar en silencio. Había un artículo sobre Amy Giordano, pero era corto y estaba en la página cuatro, y sólo relataba que la policía seguía con el proceso de «eliminación de sospechosos».

Le enseñé las últimas palabras a Keith.

—Esto se refiere a ti —dije—. Te están eliminando como sospechoso.

Sonrió, asintió con la cabeza y volvió a centrarse en su juego.

Miré hacia el exterior, hacia la furgoneta de reparto de la pizzería que estaba detenida junto al bordillo. Un repartidor esperaba al lado del camión. Era alto y muy delgado, con el pelo negro y unos ojos pequeños y un poco saltones. Se inclinó lánguidamente contra la parte delantera del camión, fumando con indiferencia, mientras observaba los coches que entraban y salían del aparcamiento. De pronto, se incorporó, tiró el cigarrillo al suelo, se metió a toda prisa en la furgoneta y se alejó.

—*Pepperoni* y cebolla —anunció alguien desde detrás del mostrador.

Keith y yo nos levantamos para ir a recogerla. Pagué la pizza, se la entregué a mi hijo y nos dirigimos hacia el coche. De camino, miré hacia donde el repartidor había tirado el cigarrillo. Había varias colillas flotando en un charco de agua grasienta. Y todas eran de Marlboro.

Me guardé el hecho para mí hasta que llegamos a la salida del aparcamiento; entonces, paré el coche y miré a Keith.

—La noche que pediste la pizza para ti y Amy, ¿la encargaste a Nico?

Keith asintió con la cabeza.

—¿Dónde si no?

—¿Qué aspecto tenía el tipo que os la llevó?

—Alto —dijo Keith—. Flacucho.

—¿Viste por casualidad al tipo que estaba fuera hace unos minutos, junto a la furgoneta de reparto?

—No.

—Era alto y flacucho —dije—. Y fumaba un cigarrillo tras otro.

—¿Y qué?

—Fumaba Marlboro.

La cara de Keith pareció envejecer a ojos vista, ensombrecerse y hacerse más sabia, como si todo el peso de la vida, la red de accidentes y circunstancias en la que todos estamos atrapados, se le hubiera aparecido de repente.

—Deberíamos llamar a la poli —dijo.

Negué con la cabeza.

—Probablemente ya lo habrán investigado. Además, ni siquiera sabemos si es el mismo tipo que fue a casa de Amy aquella noche.

—Pero, si lo es —dijo Keith—, podría tener a Amy todavía.

—No —dije—. Si fue él quien se la llevó, a estas alturas llevará muerta mucho tiempo.

Keith no estaba convencido.

—Pero ¿y si no lo está?, ¿no deberíamos intentarlo al menos?

—No tenemos nada en qué basarnos —le dije—. Tan sólo un tipo que reparte pizzas de Nico que da la casualidad de que también fuma los mismos cigarrillos que tú y que millones de personas. Además, tal como te he dicho antes, la policía ya lo habrá interrogado, de eso estoy seguro.

No podía tener la certeza de que Keith hubiera aceptado mi argumentación, pero no dijo nada más, e hicimos el resto del trayecto en silencio.

Cuando llegamos, Meredith estaba en la cocina. Después de poner la mesa entre todos, nos sentamos y hablamos en voz baja, y, durante aquellos escasos minutos, llegué a creer que a pesar de todos los terribles trastornos que había sufrido nuestra familia en las dos últimas semanas, tal vez pudiéramos recuperar todavía el equilibrio normal que habíamos poseído una vez. Quise creer que la ira de Meredith hacia mí podría desvanecerse, de la misma manera que parecía haberse desvanecido el resentimiento de Keith; que podríamos recuperar el equilibrio como familia, aunque sólo fuera porque estábamos sencillamente demasiado agotados por los acontecimientos como para seguir amenazándonos el uno al otro con un cuchillo. La ira necesita energía, me dije, y a menos que su devorador fuego sea alimentado de manera continua y regular, termina reduciéndose a cenizas bastante pronto. Quizá fue por esta razón, más que por cualquier otra, que decidí simplemente dejar que las cosas siguieran su curso y no volver a decir nada más sobre Amy Giordano ni Warren ni Rodenberry, y contenerme y esperar, y confiar en que después de que Amy Giordano fuera encontrada de una vez, y de que la impresión por la muerte de Warren y el dedo acusador que de forma tan imprudente había levantando contra Meredith perdieran su carga de dolor, tal vez pudiéramos volver a unirnos como una familia.

Después de cenar, Keith se fue a su cuarto. Desde abajo pude oírle dar vueltas por la habitación, como si le preocupara algún asunto e intentara llegar a una conclusión. Meredith lo oyó también, pero no dijo nada al respecto, así que esa noche la causa de la ansiedad de nuestro hijo no se planteó en ningún momento.

Nos fuimos a la cama poco antes de las diez, y la espalda de Meredith se levantó ante mí como una fortaleza.

—Te quiero, Meredith —le dije.

No me contestó ni se volvió hacia mí, pero confié en que, al final, ella… En que, al final, sobreviviríamos.

Se quedó dormida a los pocos minutos, pero yo permanecí despierto mucho tiempo antes de dejarme arrastrar por el sueño.

Por la mañana, Meredith pareció menos frágil, lo cual me dio aún más esperanzas; sin embargo, no insistí en el tema y en su lugar guardé silencio y mantuve las distancias.

Keith se fue al colegio a la hora habitual; al cabo de unos minutos me fui a trabajar. El día transcurrió como la mayoría de los días, y me deleité en la sencilla monotonía de la jornada. Keith llegó a casa poco después de las cuatro y se encontró un mensaje en el teléfono en el que yo le decía que había decidido que ya era hora de que empezara a realizar los repartos de nuevo. Cogió la bicicleta, pedaleó hasta la tienda y recogió los repartos para esa tarde. Había muchos, pero no tuve ninguna duda que seguiría siendo capaz de acabarlos y de volver a la tienda antes de que yo cerrara.

Eran casi las seis cuando cerré por fin la tienda y me dirigí a mi coche; casi a la misma hora, Vincent Giordano había cerrado la puerta delantera de su verdulería. A continuación, cogió el móvil y llamó a su esposa para decirle que no se preocupara… que llegaría a casa antes de las noticias.

Ves la cara de pronto. Avanza hacia ti saliendo de entre la multitud, tan absolutamente clara y diáfana, tan dolorosamente reconocible, que hace que todas las demás caras se desdibujen. Flota hacia ti con unos ojos grandes y escrutadores y un pelo que se mueve formando ondas, como una cabeza transportada en una corriente de cristal. Al verte, sentado en el reservado al lado de la ventana, levanta la mano para saludarte. Luego avanza por el pasillo hacia ti, una cara que no has visto en años, y te vienen a la memoria la mayoría de los detalles del cartel que pegaste con cinta adhesiva en el escaparate de tu tienda, una cara que parecía colgar de una valla irregular de grandes letras negras: DESAPARECIDA.

—Gracias por hacer esto, señor Moore —dice.

—Haría lo que fuera por ti, Amy.

Tiene veintitrés años y la cara un poco más llena que antes, aunque sigue con la misma piel perfecta. Ves que es adorable y, después de tantos años, tu mente regresa a la palabra usada por Warren y por la que lo consideraste sospechoso de crímenes tanto próximos como remotos.

—No estoy segura de qué estoy buscando —dice.

Se quita un pañuelo azul oscuro de la cabeza y deja que el pelo le caiga sin impedimentos. Lo lleva más corto que entonces, sin el menor rastro de ondulación, y recuerdas que la última vez que la viste, en tu tienda, el pelo le llegaba por debajo de los hombros. Te acuerdas de la agudeza con que había escudriñado las cámaras en exposición, como si tocase los botones y las esferas con su mente inquisidora.

—Me voy a casar, así que supongo que en parte se debe a eso —dice—. Lo único que quiero... es aclararlo todo antes de crear una familia propia.

Espera una respuesta, pero te limitas a observar en silencio.

—¿Le parece una locura, verdad? —pregunta—. El que quiera hablar con usted.

—No.

Se quita el impermeable, lo dobla con pulcritud y lo deposita en la silla que tiene a su lado. Te preguntas si va a sacar una libreta y a empezar a tomar notas. Te tranquilizas cuando no lo hace.

—Le he contado todo a Stephen —dice—. Stephen es mi novio. Como le digo, le conté todo lo que ocurrió; al menos, todo lo que recuerdo. —Se echa ligeramente hacia atrás, como si yo despidiera oleadas de calor—. Puede que sólo quiera darle las gracias.

—¿Por qué?

—Por darse cuenta de las cosas —dice—. Y por hacer algo al respecto.

Me viene a la memoria el sonido de los pasos de Keith en su cuarto del piso de arriba, las blandas pisadas de aquí para allá sobre la alfombra y que, durante aquellos minutos solitarios, debía haber estado intentando decidir lo que tenía que hacer, sopesando lo que yo le había dicho antes, examinando los pros y los contras, para, al día siguiente, desestimarlo de una vez y, en aquel descarte fatídico, convertirse para siempre en un hombre.

—No hice nada al respecto —le digo.

—Ya —dice—. Fue Keith.

—Sólo Keith.

Ahora veo lo que entonces no pude ver. Veo a mi hijo en el colegio, lo veo echar una mirada al teléfono público del comedor, pararse, pensarlo de nuevo, marcar el número que había visto impreso en los carteles del vestíbulo del colegio y en los escaparates de las tiendas de toda la ciudad; un número puesto al servicio de rumores, ideas descabelladas, avistamientos falsos, chismes maliciosos, sospechas infundadas y, de vez en cuando, muy de vez en cuando, de la terrible posibilidad de la salvación. Oigo la voz, que siempre había juzgado débil e indecisa, pero que, ahora, en mi mente, suena poderosa y contundente, confiada y decidida.

—Lo único que lamento es que no hubiera ocurrido todo antes. —Sus ojos conservan el lamento inmemorial de nuestra especie, la puerta de hierro que se cierra con cada movimiento del segundero—. Y quiero decirle lo mucho que lo lamento.

Las palabras de su padre resuenan en mi mente: «Llegaré a casa antes de las noticias».

¿A qué casa se había referido? Me lo pregunto de repente. ¿Se había referido a la casa que había compartido con su esposa y su hija?, ¿o a otra a la que esperaba acercarse, un lugar donde confiaba encontrar paz o, cuando menos, olvido?

—Fue todo tan terrible —dice—. Y tan injusto. Sobre todo porque Keith ya había llamado a la policía.

Oyes la voz de tu hijo, la oyes con tanta claridad como cuando Peak te la reprodujo tres días más tarde.

Soy Keith, Keith Moore, y anoche, mi padre y yo fuimos a comprar una pizza a Nico y vimos a un hombre que podría ser el que entregó la pizza en casa de Amy Giordano aquella noche y que fuma Marlboro. En fin, que he pensado que al menos deberían hablar ustedes con él, porque, bueno, ya saben, tal vez no sea demasiado tarde... para Amy.

Ahora surgen imágenes de las profundidades grises, y ves al hombre detenido, y a una niña pequeña que es sacada por las escaleras del sótano y llevada a una ambulancia que espera fuera, y que tiene el pelo enredado y apelmazado por la mugre, y un ojo hinchado, y los labios resecos y agrietados. Retienes la imagen en tu mente mientras miras la cara que tienes enfrente, curada por el tiempo, los labios húmedos, el pelo inmaculadamente limpio y peinado con pulcritud.

—No habría tardado en matarme en realidad —te dice—. Ya había cavado la tumba.

No tienes ninguna duda de que es verdad, que si tu noble y valiente hijo no hubiera hecho solo su solitaria elección, Amy Giordano estaría muerta.

—Lo único que lamento es no poderle dar las gracias a Keith.

Ahora las últimas horas de tu familia pasan ante ti en una sucesión de fotografías que nunca fueron tomadas, pero que has llevado todos estos años en la macabra cartera de tu memoria. Ves a
Keith montado en la bicicleta, regresando de hacer los repartos. Lo
ves entrar en el aparcamiento, con una pierna colgando fuera,
como hacía siempre, con la tienda de fotos al fondo. Lo ves deslizarse sin pedalear, colina abajo, hacia la tienda, en el momento en
que una furgoneta verde entra en cuadro. Ves salir el delgado cañón por la ventanilla abierta de la furgoneta, el cañón de una es-
copeta de caza, culminado por una mira telescópica. Ves a tu hijo
en la retícula, con el brazo levantado, agitándolo hacia ti mientras
se dirige a toda velocidad hacia la tienda, donde te has parado con
la mirada fija e impotente; hasta que el horrible sonido reverbera
en la atmósfera, y tu hijo se levanta del sillín de la bicicleta, se levanta como si una mano invisible tirase de él con violencia y lo
arrojara hacia atrás sobre el pavimento negro, donde se queda re-
torciéndose mientras corres hacia él.

—No sé por qué lo hizo —dice—. Me refiero a mi padre.

Ahora te ves a ti mismo en la foto; te ves desplomado junto a
tu hijo extrañamente inmóvil, recogiendo su cuerpo sin vida entre
tus brazos, y, de repente, te estremeces cuando otro disparo rasga
el aire, por lo demás fantasmagóricamente silencioso, y vuelves
rauda la mirada hacia el ruido y ves un segundo cuerpo caído junto a la rueda de la furgoneta verde de Vincent Giordano.

—Lo hizo —digo— porque te quería.

Sus ojos resplandecen, y durante un momento los dos sois
una sola persona y compartís un único e irremediable dolor.

—Yo también lo siento —le digo.

Y es verdad, lo sientes por Amy, y por Karen, que nunca se volvió a casar; y por Meredith, que no pudo asirse a nada después de
la muerte de Keith, que no sólo fue incapaz de seguir viviendo
contigo sino que tuvo que irse del pueblo donde habíais formado
una familia y disfrutado de la vida de manera fugaz, así que se fue

primero a Boston, y luego a California, y luego a un tercer lugar desde el que no te había enviado ni una palabra.

—Bien —dice Amy—. Eso es todo, tenía la necesidad de verlo y de decirle lo mucho que lamento todo lo ocurrido. —Sacudió la cabeza—. ¡Hubo tantos… malentendidos! —Empezó a levantarse.

—No, espera —le digo.

Se vuelve a sentar con cuidado y me mira fijamente entre divertida y extrañada.

—Quiero hablar contigo —le digo—. Te vas a casar y estás a punto de tener tu propia familia. Hay algunas cosas, Amy, que tienes que saber.

Asiente con la cabeza.

—Sé que las hay —dice.

—Me gustaría ayudarte —le digo—. Permitirte que te beneficies de lo que he aprendido.

—Muy bien —dice, y espera, dispuesta a recibir lo que le quieras ofrecer.

Piensas en Warren, en Meredith, en Keith, en la familia que tuviste brevemente, y de la que dudaste después, y que finalmente perdiste. Recuerdas el último vistazo que le echaste a tu casa, al sendero serpenteante que discurría desde la carretera hasta la puerta delantera, a la sólida parrilla, y al arce japonés que habías plantado con tanto mimo tantos años antes; y recuerdas que aquel último día miraste al suelo de debajo del árbol, tan aturdido, tan atormentado por las dudas y las sospechas, que ya no fuiste capaz de decir si viste un charco de sangre bajo sus ramas desnudas o eran nada más que unas cuantas hojas rojas.

Cierras los ojos y los abres, y todo aquello desaparece y sólo ves a Amy.

—Empezaré por el principio —le dices—. Por el día que abandoné mi casa.

Y entonces, igual que en una fotografía de familia, sonríes.

Visite nuestra web en:

www.umbrieleditores.com